MARY A
Je tiefer n

atb aufbau taschenbuch

MARY ANN FOX, Jahrgang 1978, verdiente ihr erstes Geld in einer Gärtnerei. Der Liebe wegen ging sie nach England und arbeitete dort als Fremdenführerin, als Deutschlehrerin und dann im Botanischen Garten in Oxford. Sie lebt mittlerweile wieder in Hamburg und träumt von einem eigenen Garten, in dem sie das Meer rauschen hören kann.

Blaues Meer und grüne Wiesen, versteckte Buchten und raue Klippen, Fischpasteten und Cream Tea: Die junge Gärtnerin Mags genießt den Frühsommer in Cornwall. Sie soll am Tag der offenen Tür Besucher durch *Shelter Gardens*, einen Landschaftsgarten des 19. Jahrhunderts, führen. Durch die ungewöhnliche Färbung der Blüten neugierig geworden, gräbt Mags im Hortensiental etwas zu tief und stößt dabei auf menschliche Knochen. Sind es die Überreste der Verlobten von Thomas Williams, dem zukünftigen Erben von *Shelter Gardens*? Vor Jahren ist die junge Frau zusammen mit einer wertvollen Schmucksammlung verschwunden. Mags sucht auf eigene Faust nach dem Mörder und steckt bald tiefer in den Ermittlungen, als ihr lieb ist.

MARY ANN FOX

JE
TIEFER
MAN
GRÄBT

EIN CORNWALL-KRIMI

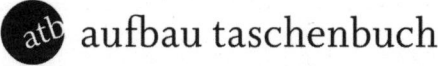

aufbau taschenbuch

MIX
Papier aus verantwor-
tungsvollen Quellen
FSC® C083411

ISBN 978-3-7466-3361-9

Aufbau Taschenbuch ist eine Marke der
Aufbau Verlag GmbH & Co. KG

1. Auflage 2018
© Aufbau Verlag GmbH & Co. KG, Berlin 2018
Umschlaggestaltung www.buerosued.de, München
unter Verwendung eine Motivs von © mauritius images/
Robin Standfield/Alamy
Gesetzt aus der Sabon durch Greiner & Reichel, Köln
Druck und Binden CPI books GmbH, Leck, Germany
Printed in Germany

www.aufbau-verlag.de

One for sorrow, two for mirth
Three for a funeral, four for birth
Five for heaven, six for hell
Seven for a secret, never to be told …

Die Morgendämmerung setzte ein, feiner Nebel lag über *Shelter Gardens*. Eine Elster, die ihr Nest dieses Jahr gut versteckt in das Reetdach der Hütte gebaut hatte, saß auf den Ästen des Walnussbaums. Aufmerksam bewegte sich ihr Kopf von rechts nach links. Geräusche wurden in der feuchten Morgenluft weit getragen.

Schritte. Ein Mensch. Er bewegte sich seltsam, trug etwas über seiner Schulter, stolperte immer wieder auf dem steilen und feuchten Weg.

Der schrille Schrei der Elster zerriss die morgendliche Stille.

Der Mensch erschrak und ließ seine Last fallen. Blondes Haar ergoss sich auf den grünen Rasen.

Er nahm unter Stöhnen seine Last wieder auf die Schulter und ging zum Rand eines Beetes. Vorsichtig entfernte er die Pflanzen und begann zu graben. Er wickelte den schweren Gegenstand, den er trug, in eine schwarze Folie und legte ihn in die Grube.

Die Sonne stieg langsam auf. Auf der Rasenfläche neben dem Weg blinkte etwas. Die Elster flog zu dem glänzenden Gegenstand.

1

»I'm pickin' up good vibrations, she's giving me excitations.«

Mags sang lautstark mit, während sie in ihrem Wagen über die schmalen Straßen nach Hause fuhr. Die Sonne schien auf die grünen Wiesen Cornwalls herab, und ab und zu konnte sie einen Blick auf das blaue Meer erhaschen. Heute war ein guter Tag.

Mags hatte sich erlaubt, die Kassette vorzuspulen. Eigentlich versuchte sie meistens, genau dies zu vermeiden. Es gab in ihrem klapprigen VW-Transporter zwar ein uraltes Kassettendeck, aber in diesem steckte seit Jahren das gleiche Band fest. Jim, der Vorbesitzer, war ein in die Jahre gekommener Surfer, der sich in Mags' kleinem Heimatdorf Rosehaven zur Ruhe gesetzt hatte. Er schwor Stein und Bein, dass eben in dieser Kassette die Magie stecke, die den Transporter noch fahren ließ.

Mr. Smith, Rosehavens Mechaniker, widersprach nach einem ersten Blick auf den Motor und die verrostete Karosserie nicht. Es komme tatsächlich einem Wunder gleich, dass so etwas noch fahren könne.

Mags brauchte einen Transporter für ihren neugegründeten Gartenservice, und dieser hier kostete nicht viel Geld. Sie mochte seine grüne Farbe, und manchmal mochte sie auch an Magie glauben. Daher taufte sie ihn liebevoll Puckpuck, schrieb mit hellgrüner Farbe auf seine

Seitentüren *Evergreen Garden Service* und ihre Telefonnummer und fuhr los. Meistens ging es gut.

Und so hörte sie nun schon seit zwei Jahren dasselbe Band, ein Mixtape von Jim mit den Liedern seiner Jugend. Es gab Schlimmeres.

Um das Band nicht auszuleiern und so womöglich Puckpuck sein magisches Herz zu nehmen, spulte Mags äußerst selten zu einem bestimmten Lied vor. Aber heute war so ein Tag.

Sie hatte die letzten Wochen hart gearbeitet, um den Garten eines alten Cottage in ein kleines Paradies zu verwandeln. Das Cottage hatte jahrelang leergestanden, der Garten war verwildert. Dann hatte sich ein Londoner Paar in das Häuschen verliebt, es gekauft und für viel Geld sanieren lassen. Leider hatten die Bauarbeiter wenig Rücksicht auf den Garten und seine Pflanzen genommen, so dass sich Mags bei ihrem ersten Besuch ein trauriger Anblick geboten hatte. Das Paar wollte nicht nur ein für Cornwall typisches Cottage, sondern auch den dazugehörigen Garten. Adam Wilkins, der Bauunternehmer, hatte ihnen Mags empfohlen, wofür diese sich schon mit einem wunderschönen Rosenbusch bedankt hatte. Ein Stück harte Arbeit lag hinter ihr, aber heute war das Paar aus London gekommen, und als Mags in die leuchtenden Augen geblickt hatte, wusste sie, dass es gut geworden war. Richtig gut. Mags hatte die verwilderte Hecke retten können und Teile der alten Steinmauer unter Bergen von Efeu und Brombeerranken hervorgeholt. Sie hatte die Obstbäume beschnitten und die alten Bäume am Fuß mit Kletterrosen bepflanzt. Neue Stauden füllten die Lücken in den Beeten, und da, wo der Garten einfach noch Zeit brauchte, um seine Wunden selbst zu heilen, hatte Mags mit großen Pflanztöpfen zumindest für diesen Sommer für Farbe gesorgt. Hummeln und Bienen summten von Blüte zu Blüte.

Das Rasenstück leuchtete jetzt, Mitte Mai, in sattem Grün. Die alten, schmiedeeisernen Gartenmöbel strahlten in einem frischen weißen Anstrich. Cornwalls Sonne hatte es an diesem Tag gut mit Mags gemeint und alles in perfektes Licht getaucht. Die Frau hatte mit Begeisterung nach dem Strohhut gegriffen, den Mags ihr als Geschenk mitgebracht hatte, und der Mann hatte lächelnd das kleine Gartenmesser mit seinem schlichten Holzgriff in die Hand genommen. Mags wusste, sie hatte sie an der Angel.

Doch ihr Gartengeschäft konnte nicht allein von solchen Aufträgen leben, dafür waren sie zu selten, und viele Hausbesitzer beauftragten lieber große Firmen, Gartenarchitekten und Landschaftsgärtner mit dem kompletten Entwurf und der Umsetzung ihres Gartentraums. Sie hingegen war ein kleines Unternehmen und hatte nur ab und zu Hilfe von Schülern aus Rosehaven, die sich ihr Taschengeld aufbessern wollten. Sie konnte sich keine Angestellten leisten, noch nicht. So ein Auftrag wie dieser war eher eine Seltenheit. Was Mags brauchte, um sich ein regelmäßiges Einkommen zu sichern, waren Aufträge, die fertigen Gärten weiterzupflegen. Die meisten Feriengäste waren nur für kurze Zeit und einige Wochenenden in ihren Häusern, und dann wollten sie nicht selbst in der Erde wühlen. Oder sie probierten es für einige Monate aus und stellten dann fest, dass Gartenarbeit Knochenarbeit war. Vielleicht mochten einige es auch, mit einer

Gartenschere in der Hand durch ihren Garten zu wandeln und hier und da eine verblühte Rose abzuschneiden oder einige Kräuter zu ernten. Die, die auch die Knochenarbeit liebten, waren ziemlich schnell keine Feriengäste mehr, sondern verfielen ganz und gar dem Land. Bei den anderen kam Mags ins Spiel.

Nach zwei Jahren in dem Geschäft hatte sie gelernt, wie man Kunden an sich band – und nun hatte sie einen weiteren regelmäßigen, gutbezahlten Auftrag an Land gezogen. Wenn es so weiterging, wäre sie vielleicht bald auch die Schulden los, die ihr ihr verstorbener Mann hinterlassen hatte. Arthur war in Amerika, wo sie gelebt hatten, bei einem Autounfall verunglückt. Erst nach und nach hatte Mags herausgefunden, wie dramatisch Arthurs finanzielle Lage gewesen war, hatte sich eingestanden, dass Arthur sie nicht nur in ihrer Ehe betrogen, sondern sie auch tief in seine riskanten Geschäfte mit hineingezogen hatte. Auf zu vielen Papieren stand auch ihr Name – und in einer Nacht-und-Nebel-Aktion war sie nach Cornwall zurückgekehrt und hatte das Haus ihrer Eltern verkaufen müssen.

»Schluss!«, sagte Mags laut zu sich selbst. »Nicht heute, nicht schon wieder!«

Sie drehte die Musik lauter und kurbelte das Fenster so weit herunter, dass ihr der Fahrtwind in den Augen brannte. Keine düsteren Gedanken mehr, nicht heute.

Sie würde Miss Clara, ihre Vermieterin und Freundin, zur Feier des Tages in den Pub einladen. Es war Montag, sicherlich hatte Mrs. Kelvin, die Wirtin, am Morgen frischen Fisch direkt von Alberts Kutter gekauft – und bei dem Gedanken an frittierten Fisch und die dick geschnittenen, hausgemachten Chips, die es im *Golden Budgie* gab, knurrte Mags' Magen laut.

Albert war der letzte Fischer, den Rosehaven noch hatte, und auch er konnte nur überleben, weil er im Sommer neben der Fischerei Touristen auf seinem Boot für Angelausflüge über den Helford River fuhr. Wenn er, mittlerweile sicherlich siebzig Jahre alt, eines Tages nicht mehr hinausfahren würde, hätte Rosehaven ein weiteres Stück seiner Geschichte verloren.

Um auch diesen bedrückenden Gedanken wieder aus ihrem Kopf zu verscheuchen, drehte Mags die Musik noch lauter. Die Aussicht auf Fish and Chips und ein großes Glas Bier, Sonne am Himmel und einen dicken Auftrag in der Tasche verbesserte ihre Laune wieder. Heute war wirklich kein Tag, um Trübsal zu blasen.

Sicherlich hatte Miss Clara wieder neuen Dorfklatsch für Mags – auch wenn die resolute alte Dame niemals von sich selbst behauptet hätte, Klatsch zu verbreiten. Aber als ehemalige Postmeisterin von Rosehaven kannte sie nun mal jeden, und als Vorsitzende der Landfrauenvereinigung Rosehaven, des Planungskomitees für das bekannte Herbstfestival des Dorfes und als Ehrenmitglied des Rosehaven Gartenvereines war sie meist im Mittelpunkt des Geschehens und sah es als ihre Pflicht, über die Ereignisse in ihrem Heimatdorf informiert zu sein. Mags liebte es insgeheim, wenn sie ihr von all den kleinen Verfehlungen der Dorfbewohner erzählte – auch, wenn das stetige Drängen, sich selbst mehr in die Dorfgemeinschaft einzubringen, etwas anstrengend war.

Mags war noch nicht so weit, und außerdem wusste sie, dass ein Großteil des Dorfes sie mit gemischten Gefühlen beobachtete. In deren Augen war sie die Tochter des bewunderten und respektierten Maximilian Blake, die mit dem erstbesten reichen Kerl einfach so fortgegangen war und ihren Vater einsam zurückgelassen hatte. Und die dann, als sie wiederkam, nichts Besseres zu tun hatte, als ihr Elternhaus an wohlhabende Londoner zu verkaufen. Nur Miss Clara wusste, dass Mags keine andere Wahl gehabt hatte, als zu verkaufen – und Mags wusste, dass sie es nur zu gerne erzählt hätte, um den Gerüchten und schiefen Blicken ein Ende zu bereiten. Aber Mags hatte ihr das Versprechen abgenommen, zu schweigen. Cornwall war manchmal verdammt klein – und Arthurs Familie wusste doch nicht …

Diesmal hieb sie aus Frust über sich selbst mit der flachen Hand auf das Armaturenbrett, und die Musik verstummte kurz. Mags hielt den Atem an, bis das Band weiterlief.

Sie konnte es einfach nicht lassen, in ihren eigenen Wunden herumzustochern.

Wenige Minuten später setzte Mags den Blinker und bog nach rechts in einen kleinen Feldweg ab. Dort parkte sie so weit an der Seite wie möglich, so dass die Äste der Weißdornhecke durch das offene Fenster fast ihr Gesicht streiften. Sie wühlte in dem vollgestopften Handschuhfach, bis sie mit einem leisen, triumphierenden Schnauben eine Tüte mit weißen Schokodrops, ihrer Lieblingssüßigkeit, fand. Dann kletterte sie über den Beifahrersitz hinaus.

Der Duft der blühenden Weißdornhecke, die salzige Meerluft und der Blick auf die weißen Segel der Yachten, die auf dem Helford River trieben, verdrängten endgültig alle schlechten Gedanken.

Mags liebte diesen ruhigen Ort, auf den kein Schild hinwies und der in keinem der Reiseführer erwähnt wurde. Sie bückte sich, um unter dem Absperrband hindurch vorsichtig näher an den Rand zu treten. Im März hatte es einige Tage lang stark geregnet, und das Wasser hatte neue Spalten und Gräben in die zerfurchte Oberfläche gespült. Als das Kribbeln in ihrem Bauch stark genug wurde, setzte Mags sich vorsichtig auf den Boden und ließ ihren Blick über das Meer und den breiten Fluss schweifen.

Links konnte sie einige Dächer erkennen, der Großteil von Rosehaven war jedoch von den Klippen verborgen.

Sie brauchte das Dorf nicht vor sich zu sehen, um jede seiner Straßen und die Häuser vor ihrem inneren Auge aufrufen zu können. Immer, wenn sie in Amerika Heimweh gehabt hatte, wenn sie wieder einmal schlaflos alleine in dem großen Haus gesessen hatte, weil Arthur nicht nach Hause gekommen war, hatte sie die Augen geschlossen und war in Gedanken durch das Dorf spaziert. Meist hatten diese Wanderungen oben an der Hauptstraße begonnen. Dort lag auch die Bushaltestelle, an der Mags seit ihrem ersten Schultag bis hin zu ihrem Abschluss jeden Morgen eingestiegen und jeden Nachmittag wieder ausgestiegen war. Die Grundschule lag in Garras, wenige Kilometer entfernt, zur weiterführenden Schule war sie dann nach Helston gefahren. Wie viel Zeit sie wohl in dem alten Schulbus verbracht hatte? Mit den anderen Kindern spielend, vor sich hin träumend oder einen Sommer lang Händchen haltend mit Timothy Potts. Wie alt waren sie gewesen? Dreizehn, vielleicht vierzehn Jahre? Sie hatten Händchen gehalten und sich einmal verschämt hinter der Bushaltestelle geküsst. Und dann war er mit seiner Familie weggezogen – was er wohl heute machte?

Auf jeden Fall fing sie mit ihrem Rundgang an der Hauptstraße an, wo das kleine Ortsschild Rosehavens stand. Weiter ging es auf dem Kopfsteinpflaster ziemlich steil bergab die Main Street entlang in den Ort. Auf der rechten Seite lag ein großer Parkplatz. Man brauchte eine Anwohnergenehmigung, um durch die engen Gassen des Ortes fahren zu dürfen, und die Touristen mussten ihre Autos auf dem Parkplatz abstellen. Aber auch viele Dorfbewohner parkten dort, vor allem, wenn im Herbst und im Frühjahr das Hochwasser bei Flut in den kleinen Hafen und die Gassen gedrückt wurde.

Weiter ging es nach Rosehaven hinein. Kleine Häuser, die sich an den Hang schmiegten und deren Gärten sich oft auf unterschiedlichen Terrassen anordneten. Im Sommer wuchsen an jeder Mauer Stockrosen in leuchtenden Farben, und die Luft war immer erfüllt mit dem Gesumme der Hummeln.

Auf halber Höhe zum Hafen machte die Straße noch einmal einen Bogen, und in der Kurve hatte Mrs. Millers Lebensmittelladen seinen Platz. In Mags' Kindheit war der Laden die einzige Möglichkeit gewesen, sein Taschengeld in Zeitschriften und Süßigkeiten umzusetzen. Heute gab es unten am Hafen noch einen Souvenir- und Geschenkeladen, und Mrs. Whyms hatte letztes Jahr neben ihrem Bed & Breakfast sogar einen kleinen Buchladen eröffnet.

Doch für Mags zählte nur das alte Rosehaven mit dem

kleinen Laden und den Plastikgläsern mit Weingummi und Bonbons hinter der Theke, aus denen man sich für wenige Pennys eine gutsortierte Mischung zusammenstellen konnte.

Mit der Tüte in der Hand ging es dann weiter in Richtung Hafen. Wollte Mags als Kind nach Hause gehen, wäre sie an der nächsten Kreuzung links abgebogen in die Maple Street. Nach wenigen Metern hätte sie das von ihrem Vater in hellem Rot angemalte Gartentor erreicht. Wäre sie allerdings nach rechts abgebogen, hätte sie Rosehavens Kirche erreicht.

Dahinter stand das Pfarrhaus, damals noch verlassen und mit seinem verwilderten Garten ein perfekter Ort für Kinder. Den Garten hatte sie geliebt und zusammen mit ihren Freunden auf einer der massiven Buchen ein Baumhaus gebaut, von dem aus sie jeden Eindringling hatten sehen können. Ein geheimer Ort, frei von Erwachsenen.

Damals erschien ihr der Garten wie eine geheime Insel, wie Nimmerland, und eines ihrer Lieblingsspiele war es, als Peter Pan mit seinen verlorenen Jungs durch die Büsche zu toben im Kampf gegen Captain Hook und seine Bande.

Folgte man der gewundenen Straße weiter bergab, erreichte man den Hafen. Er war nicht groß, damals hatten vielleicht noch eine Handvoll Berufsfischer ihre Boote dort liegen und viele Anwohner ein kleineres Ruderboot zum Angeln. Auch die ersten schickeren Segelboote waren im Sommer zu sehen.

Die alten Fischerhäuser schmiegten sich vor dem Hafen eng aneinander, als würden sie sich, vom Alter etwas krumm und schief, gegenseitig stützen. Heute waren die meisten von ihnen bunt gestrichen, gehörten reichen Sommergästen oder wurden über die Gemeinde an gutzahlende Gäste vermietet. Zwischen den Häusern lag das Pub *Golden Budgie*, geheimnisvoller Treffpunkt der Erwachsenen. Ihr Vater hatte sie dorthin genau zweimal im Jahr mitgenommen. Einmal, wenn die großen Ferien begannen, und das andere Mal an seinem eigenen Geburtstag. Sie erinnerte sich gut an ihre Aufregung, an den dunklen Gastraum, den Wirt mit seiner Schürze über dem dicken Bauch, an die polierten Zapfhähne.

Folgte man der Hafenmauer, wurde die Straße immer schmaler, das Pflaster ging zunächst in Schotter über, dann in Sand und Gras. Der schmale Wanderweg führte entlang der westlichen Seite des Helford River bis hin nach Gweek.

Wandte man sich am Hafen nach links, dann stieß man auf den Küstenwanderweg, der zwischen Klippen und Buchten in einem stetigen Auf und Ab einmal um die Südspitze Cornwalls herum führte. Mags hatte ihn in einem Frühjahr zusammen mit ihrem Vater bewandert – und trug die schönen Erinnerungen daran tief in ihrem Herzen.

Sie dachte an Arthur, der wie sie in Cornwall aufgewachsen war, aber nie eine Verbindung zu der Landschaft aufgebaut hatte, der Wandern für Zeitverschwendung hielt und lieber in einem Cabrio mit offenem Verdeck fuhr. Am Anfang hatte sie genau das gewollt, neben ihm im Auto sitzen, sich frei fühlen, die Welt zu Füßen. Heute wusste sie, dass sie auf ihr Herz hätte hören, lieber die Klippen hätte entlangwandern sollen.

Wie sehr sie selbst das Land liebte, war ihr erst klargeworden, als sie in Amerika gewesen war. Das Heimweh hatte sie fast umgebracht, sie war in ihrem Kopf immer und immer wieder den Weg durch das Dorf gelaufen, nur um sich gegen die von allen Seiten auf sie einstürzende Einsamkeit zu wappnen.

Vor Mags flogen Uferschwalben ihre abenteuerlichen Manöver und fingen Insekten in der Luft. Die Vögel kehrten jedes Jahr wieder an ihre alten Nistplätze zurück, gruben ihre Höhlen tief in das weiche Kalkgestein der Klippen. Und wenn die Jungvögel groß genug waren, kletterten sie an den Rand der Höhle und flogen einfach los.

Mags war sich sicher, dass sie das nur konnten, weil sie nicht darüber nachdachten, dass sie fallen könnten.

Seufzend stand sie auf und ging zurück zu ihrem Bus.

2

Als sie Puckpuck vorsichtig in die von zwei niedrigen Steinmauern gesäumte Auffahrt zum Cottage lenkte, sah Mags, dass Miss Claras in die Jahre gekommener roter Mini nicht neben dem Haus stand.

Sie stellte ihren Transporter ab, griff sich den alten Bastkorb, der ihr als mobiles Büro, Handtasche und Werkzeugkoffer diente, und überlegte, bei welcher ihrer vielen sozialen Aktionen Miss Clara wohl sein könnte. Wahrscheinlich bei einer Veranstaltung des Gartenvereins, denn an diesem ersten Juniwochenende war in ganz Cornwall Tag des offenen Gartens, und auch Rosehaven würde stolz seine Tore öffnen.

Mags umrundete auf dem schmalen kiesbedeckten Weg das Cottage und atmete tief ein. Miss Clara hatte ihren Rosengarten über Jahrzehnte hinweg zur Perfektion gebracht, jetzt blühten die ersten Rosen, und Bienen summten neben dicken Hummeln um die Wette. Sie duckte sich unter einem Bogen mit weißen Kletterrosen, die den wunderschönen Namen Schneewittchen trugen, hindurch und stand dann vor ihrem eigenen Zuhause. Jahrelang war die kleine Scheune mit ihrer Fassade aus gesammelten alten Holzfenstern als Gewächshaus genutzt worden, bis Miss Clara sich nach langen Überlegungen ein modernes Gewächshaus auf die andere Seite des Grundstückes bauen ließ. Mags kannte die Scheune aus der Zeit, als ihr Vater dort, mit Miss Clara über die Anzuchttische gebeugt, gestanden und mit ihr über alte Rosensorten diskutiert hatte.

Als Mags wieder nach Rosehaven gekommen war und Miss Clara in einem schwachen Moment vom drohenden Verkauf ihres Elternhauses erzählt hatte, hatte sie ihr den Schuppen als Wohnhaus angeboten. Der Schuppen hatte einen Stromanschluss und einen wuchtigen Bollerofen, der den großen Raum auch im Winter warm hielt. Mags hatte sich eine Schlafempore mit einer Leiter in den hinteren Teil gebaut und mit Hilfe eines Boilers und einigen alten Schränken eine kleine Küchenzeile improvisiert. In einem kleinen Anbau waren eine Dusche und eine Toilette angeschlossen.

Es gab einen wackeligen Esstisch, und die alten Pflanztische hatte Mags etwas erhöht, um sie als Schreibtisch zu nutzen. Miss Clara hatte von ihrem Dachboden einige geknüpfte Teppiche, dunkle Holzstühle und sogar einen schweren Ohrensessel aus Leder beigesteuert.

Mags hatte aus dem Haus ihrer Eltern nur wenig mitgenommen. Viele der Möbel waren verkauft worden, und nur die wichtigsten Erinnerungsstücke und vor allem die Aquarelle ihres Vaters hatte Mags auf Miss Claras Dachboden verstaut. In ihrem Häuschen wollte sie sie nicht um sich haben. Nur die in grünes Leder gebundenen Gartenbücher ihres Vaters füllten zwei schwere Regalbretter neben dem dicken Lesesessel.

In Gartenbüchern hielten Gärtner sorgfältig fest, was sie wo gepflanzt hatten, was gedieh und was sie wieder entfernen mussten. Sie enthielten Notizen über das Wetter und die besten Pflanzzeiten, über neue Entdeckungen und die besten Methoden gegen Schnecken – heute führte kaum noch jemand welche.

Mags selbst hatte die Tradition ihres Vaters übernommen und schrieb jeden Abend in ihre eigenen Bücher, so wie andere Menschen vielleicht ein Tagebuch führten. Sie war keine so gute Zeichnerin wie ihr Vater, der in seinen Büchern viele mit Bleistift skizzierte Gärten und leuchtende Aquarelle eingelegt hatte, aber sie übte sich darin. Bei einigen der größeren Projekte griff sie auf Fotos zurück, was vielleicht weniger romantisch, aber um einiges detaillierter war als ihre Zeichnungen. Die Gartenbücher ihres Vaters waren für sie ein Schatz, den sie hütete wie ihren Augapfel.

Auf der ausgetretenen Steinstufe vor der Tür stand ein Tablett aus Holz, das mit einem rotkarierten Handtuch bedeckt war. Mags versuchte, sich ihren Korb auf die Hüfte zu klemmen und mit der freien Hand das Tablett anzuheben, als das laute Schrillen ihres Telefons sie zusammenzucken ließ und der Korb zu Boden fiel.

Fluchend kramte Mags ihren Schlüssel aus dem Wust von Dingen hervor, schloss die Tür auf, und als sie vorsichtig über das Tablett hinweggestiegen war und in ihrem Zuhause stand, hörte das Klingeln auf.

»Verdammt!«

Sie hatte schon wieder vergessen, ihren Anrufbeantworter anzuschalten.

Schulterzuckend hob sie das Tablett hoch und sah unter dem Rand des Tuches einen Teller mit goldgelben Scones und frischen Erdbeeren hervorblitzen. Miss Clara hatte gebacken und wie immer auch an sie gedacht.

Mags fand immer wieder Köstlichkeiten auf der Stufe ihres Hauses vor, die sie schon das ein oder andere Mal vor einem Abend mit knurrendem Magen gerettet hatten. Eigentlich konnte Mags kochen, aber sie schaffte es einfach zu oft, etwas auf dem Herd anbrennen zu lassen. Da der kleine Laden von Mrs. Miller nur bis fünf Uhr geöffnet hatte, blieb ihr Kühlschrank oft leer. Mags verabscheute die langen, in weißes Neonlicht getauchten Gänge des Supermarktes, den es in der nächsten Stadt gab, wo man ständig mit Musik und Werbung beschallt wurde. Das hatte sie in Amerika am meisten gehasst: Die Supermärkte und die Tatsache, dass man überallhin mit dem Auto fuhr. Sie hatte das Dorfleben so sehr vermisst und Arthur bekniet, etwas weiter in den Westen an die Küste zu ziehen, wo die Häuser Gärten hatten, wo es kleine Läden und vor allem das Meer gab, aber Arthur hatte nur gelacht und sie seine kleine Landpomeranze genannt. Zu der Zeit ahnte sie schon, dass er sie betrog. Doch wahrhaben wollte sie es nicht. Sie hatte weiterhin an ihn und ihre Liebe glauben wollen, hatte die Augen vor der Realität verschlossen. Bis es zu spät gewesen war.

Mit einem Knall stellte sie das Tablett auf die schmale Küchenarbeitsfläche und griff nach einem der Scones.

Er duftete nach Butter und Kindheit und war noch warm, als Mags hineinbiss. Schlechte Gedanken und Scones passten einfach nicht zusammen.

Schon besser gelaunt, trat sie nach draußen, um ihren Korb zu holen und dessen über die Steine verteilten Inhalt einzusammeln, als das Telefon erneut klingelte.

Diesmal war sie schnell genug.

»Evergreen Garden Service, Mags Blake. Was kann ich für Sie tun?«

»Maggie? Thomas Williams hier. Von *The Shelter* – erinnerst du dich noch?«

Und ob Mags sich erinnerte. Sie erwischte sich dabei, wie ihre freie Hand nach ihrem geflochtenen Zopf tastete, der schon seit Jahren nicht mehr da war. In jenem Sommer war sie fünfzehn Jahre alt gewesen. Ihr Vater war von Thomas' Vater, George Williams, dem Besitzer der traumhaften Gartenanlage *Shelter Gardens*, beauftragt worden, Pläne der ursprünglichen Bepflanzung zu erstellen. Der Garten selbst war um 1840 angelegt worden, zog sich vom Haus aus durch ein breites Tal bis hinunter zum Helford River. Begrünt mit einer Vielzahl von Pflanzen, die die Expeditionen aus Übersee nach England gebracht hatten, war er ein Prunkstück gewesen. Leider hatte ein Vorfahre der Familie Williams Anfang des zwanzigsten Jahrhunderts beschlossen, den Garten umzugestalten, ihn zu modernisieren – und damit einen großen Teil der ursprünglichen Anlage zerstört. Die Kriege und die finanziellen Verluste der Familie Williams in den Nachkriegsjahren hatten ihr Übriges dazu getan, den Garten fast völlig untergehen zu lassen. George Williams hatte dann das Familienvermögen wieder aufgestockt und den Plan gefasst, den Garten nach und nach wiederherzustellen. Es gab nur wenige Unterlagen, aber es gab Mags' Vater. Der streifte wochenlang durch den Garten, wühlte sich durch die wenigen erhaltenen Gartenbücher und Schriftstücke und zeichnete dann ein Bild davon, wie *Shelter Gardens* ausgesehen haben musste. Mags war in diesem Sommer an seiner Seite gewesen, der letzte Sommer, in dem die beiden noch ein friedliches Verhältnis zueinander hatten. Thomas war damals als junger Mann mit achtzehn Jahren in den Semesterferien zu Besuch bei seinen Eltern gewesen, und Mags hatte ihn angehimmelt.

»Oh, ja, natürlich. *Shelter Gardens*. Das ist eine kleine Ewigkeit her.«

Mags merkte, dass ihr Gesicht glühte.

»Ja, ist es. Ich habe das Gefühl, dass ich gerade mit einem jungen Mädchen mit rotbraunem Zopf, einer ausgebeulten Jeanslatzhose und roten Chucks spreche.«

Mags blickte an sich hinunter auf eine ausgebeulte Latzhose und ein Paar verschlissener Chucks.

Sie seufzte. Aus ihr würde niemals eine elegante Frau werden. Sie wettete, dass es in Thomas' Leben eine Menge davon gab.

»Nun, wir sind wahrscheinlich beide älter geworden, oder?«

Hoffentlich war das nicht zu kühl gewesen. Vielleicht hatte die Familie Williams ja einen Auftrag für sie. Zum Glück lachte Thomas nur.

»Ja, das hoffe ich doch. Ich war damals in einer Phase, in der ich mich sehr erwachsen und reif gefühlt habe und immer mit irgendeinem wichtig aussehenden Buch unter dem Arm durch den Garten gestreift bin. Ich war schrecklich. Und so überzeugt von mir …«

»Oh. So genau erinnere ich mich nicht mehr.«

Und ob Mags sich erinnerte. Sie hatte Thomas angehimmelt, gerade weil er mit irgendeinem wichtig aussehenden Buch auf den Bänken gesessen und dabei ziemlich gut ausgesehen hatte.

»Also gut. Maggie, warum ich anrufe: Am Sonntag öffnet *Shelter Gardens* traditionell seine Tore für Besucher. Im letzten Jahr hatten wir schon mit der Menge an Neugierigen zu kämpfen, und jetzt hat sich gerade einer der Gärtner krankgemeldet – uns fehlt einfach noch jemand, der die Gruppen durch den Garten führen kann. Du kennst den Garten doch, und ich dachte, vielleicht …?«

Mags merkte, wie sie bei dem Gedanken an den phantastischen Garten von einem Ohr zum anderen grinste. Natürlich wollte sie! Sie biss sich schnell auf die Innenseite der Wange, um ihrer Stimme einen professionelleren Ton zu geben, auch wenn sie dabei fröhlich auf und ab hüpfte.

»Ja, ja klar. Das mache ich gerne. Ich erinnere mich noch gut an den Garten, und ich habe noch die alten Gartenbücher meines Vaters. Er hat eine Menge über *Shelter Gardens* gesammelt. Es wäre mir eine Freude, euch zu helfen.«

Mags hörte, wie Thomas am anderen Ende der Leitung erleichtert aufatmete.

»Maggie, das ist perfekt. Ich hatte schon befürchtet, ich müsste selbst Besucher durch den Garten führen. Bei der ersten Frage wäre dann allen klargeworden, dass der junge Williams nicht den blassesten Schimmer von dem Garten hat, den er erben wird. Du bist meine Rettung. Wir beginnen am Sonntag um sieben mit einem Frühstück für alle Helfer, dann lernst du auch die anderen Gärtner kennen und bekommst den Ablaufplan. Wenn du noch mehr Informationen brauchst, sag Bescheid.«

»Ich bin am Sonntag da. Und, Thomas?«

»Ja?«

»Sag bitte Mags zu mir.«

Nur ihr Vater hatte sie Maggie genannt.

»Gut, Mags, dann bis Sonntag. Ich freue mich, dich zu sehen.«

Sie legte auf und griff grinsend zu einem zweiten Scone. Thomas Williams also. Wenn sie ihre Sache gut machte, würde sie vielleicht in Zukunft öfter in *Shelter Gardens* arbeiten können. Und die Familie hatte viele Freunde mit großen Gärten und dem nötigen Kleingeld. Ohne weiter an ihre vor der Tür verstreuten Sachen zu denken, zog Mags aus dem Regal neben dem Fenster die zwei dicken, in grünes Leder gebundenen Bücher hervor. Nach einigem Blättern hatte sie gefunden, was sie suchte. Die Skizzen und Notizen ihres Vaters zu *Shelter Gardens*. Ohne den Blick von der feinen Schrift abzuwenden, legte sie das Buch auf ihren Küchentisch und ließ sich auf einen der Stühle sinken. Sie würde eine verdammt gute Führung abliefern.

3

Mags parkte ihren Wagen, der heute Morgen wider Erwarten ohne größere Probleme angesprungen war, auf dem Weg, der am Zaun von *Shelter Gardens* entlangführte. Es war früh am Morgen, die Straßen noch leer und die Luft feucht und kühl. Sie hatte gestern beschlossen, sich den Garten doch vorher anzusehen – und vor ihrem ersten Termin blieb noch Zeit, sich hineinzuschleichen.

Mags hatte keine Lust, sich offiziell beim Haupthaus zu melden. Sicherlich würde sie dann entweder von einem der Gärtner oder von einem Mitglied der Familie Williams selbst durch den Garten geführt werden, aber sie wollte bei ihrem ersten Besuch ganz für sich sein.

Allein der große Eisenzaun, der den oberen Teil des Gartens in westliche und östliche Richtung umschloss, musste ein Vermögen gekostet haben.

Mags hatte es bereits als Kind geliebt, sich in die Vergangenheit zurückzuversetzen. Sie hatte ihren Vater dabei beobachtet, wie er durch die Gärten schritt, und sich dabei vorgestellt, wie der Garten vor zweihundert oder zweihundertfünfzig Jahren ausgesehen haben musste, wie eine ganze Schar von Gärtnern sorgfältig jedes Blatt und jede Blüte umsorgt und wie der Hausherr eine exotische Pflanze nach der anderen von seinen Besuchen aus London mitgebracht hatte. Oft hatten weder er noch seine Gärtner genau gewusst, um welche Pflanzen es sich handelte, wie man sie pflegte und wie groß sie einmal werden würden. Einen Garten anzulegen, Setzlinge von Bäumen zu pflanzen, mit dem Wissen, dass es Jahrzehnte dauern würde, sie in ihrer fertigen Form zu sehen – kaum jemand tat so etwas heute noch. Viele Kunden wollten fertige Gärten, die Bäume wurden für riesige Summen aus den Baumschulen von Deutschland nach Cornwall geliefert und dort eingepflanzt.

In Gärten wie *Shelter Gardens* hatten Gärtner über Jahrzehnte zugeschaut, wie Bäume wuchsen, hatten mit Geduld herausgefunden, was die exotischsten aller Pflanzen brauchten. Es waren Chusam-Palmen, riesige Bambusstauden, Gunnera Manicata, Sumpfpflanzen mit Blättern groß wie Regenschirme, Aronstäbe, australische Baumfarne und so vieles mehr gewachsen. *Shelter Gardens* hatte Ananasbeete neben englischen Gemüsegärten gehabt, doch leider waren davon keine Spuren mehr zu sehen. Der Vorfahre der Williams, dessen Name wahrscheinlich besser nicht laut in den Räumen des Herrenhauses ausgesprochen wurde, hatte Rasen und niedrige Hecken gewollt, und war wie ein Berserker über den Garten hergefallen. Nur nach und nach hatte George Williams es zusammen mit Mags' Vater geschafft, die Wunden wieder zu schließen.

Wie gerne würde sie an einem so großen Projekt mitarbeiten. Aber ohne Studium, ohne irgendwelche Zertifikate auf dickem Papier, ohne die Kontakte ihres Vaters hinter sich, war das nur ein Traum. Sie kniff sich fest in ihren Oberschenkel. »Schluss!« Wenn sie so weitermachte, würde sie irgendwann schlechtgelaunt und verbittert enden.

Mags folgte dem Zaun nicht in Richtung Herrenhaus, sondern in die entgegengesetzte Richtung auf der Suche nach einer Lücke.

Sie hatte Glück, und wenige Meter weiter endete der Zaun und wurde von einer Hecke abgelöst, durch die Mags sich mit einigen Schwierigkeiten kämpfen konnte.

Sie fluchte, da sie wegen Thomas' Bemerkung am Telefon auf ihre übliche Latzhose verzichtet und sich in eine schmal geschnittene Stoffhose, glatte Lederstiefel und eine flaschengrüne Bluse gezwängt hatte, die keinen Schutz gegen die feinen Dornen der Hecke bot. Und all das nur, weil sie Thomas über den Weg laufen könnte. Sie rutschte auf dem feuchten Boden aus und vermisste ihre Arbeitsschuhe.

»Idiotin!«

Sie hatte sich nach Arthurs Tod geschworen, nie wieder Kleidung und Schuhe zu tragen, die sie nicht mochte. Während der acht Jahre ihrer Ehe hatte sie sich jeden Morgen eine Verkleidung angezogen. Immerhin hatte der Verkauf der gesammelten Kostüme, Kleider und Mäntel eine gute Summe Geld eingebracht.

Mags seufzte. Der Tag fing ja gut an. Doch als sie sich aus der Hecke gekämpft hatte, blieb sie ehrfurchtsvoll stehen. Vor ihr lag der obere Teil des Gartens mit seiner von großen Rhododendren gesäumten Rasenfläche und dem Blick bis hinunter zum Helford River. Sie hatte fast vergessen, wie schön der Garten war. Hinter ihr lag das Herrenhaus mit seinen weißen Sprossenfenstern, dem großen Wintergarten und der überdachten Terrasse, vor ihr der von Wegen durchzogene Garten. Und weit und breit kein Mensch.

Damals war sie mit ihrem Vater hier entlanggegangen.

Sie merkte, während sie mit langsamen Schritten den Rasen überquerte und auf einen der schmalen Kieswege einbog, dass ihr Tränen über die Wangen liefen. Ihr Vater hatte Pläne gehabt für Mags, sie sollte studieren, dann wiederkommen, er träumte davon, mit ihr gemeinsam zu arbeiten und vielleicht sogar eines Tages selbst einen der alten Gärten Cornwalls zu kaufen und Schritt für Schritt wieder ins Leben zu holen. Blake und Tochter. Das hatte er immer gesagt. Und gelacht. Für ihn war alles so klar gewesen. Nur dass er sie nicht nach ihren Plänen gefragt hatte. Vielleicht hatte er wirklich nicht gesehen, wie seine Tochter größer wurde, eigene Träume und Ideen entwickelte, Entscheidungen treffen wollte. Immer, wenn sie versucht hatte, seine Vorstellungen für sie zu hinterfragen, von einem Studium im Ausland sprach, davon, wegzugehen, eigene Erfahrungen zu machen, ignorierte er sie. Als sie sich für Praktika weit weg von Cornwall bewarb, wurde er wütend und sagte ihr, dass er keine ihrer Flausen finanzieren würde. Es war eine schwere Zeit. Er hatte nicht wahrhaben wollen, dass aus seiner kleinen Tochter, die seinen Plänen immer mit Begeisterung zugestimmt hatte, eine erwachsene Frau wurde. Und dann hatte sie Arthur kennengelernt. Er schien ihr alles zu bieten, wovon sie träumte. Er sprach von Reisen, von der großen Welt – und sie hatte ihm geglaubt. Glauben wollen. Sie war gerade frisch verheiratet und mit ihrem Mann nach London gezogen, als der Anruf von Miss Clara kam. Ein Autounfall, auf dem Rückweg von einem Auftrag, es hatte stark geregnet. Ihr Vater war noch am Unfallort gestorben.

Mags verließ den Weg, um ihre Hände auf die Rinde eines Baumfarnes zu legen. Schon als Kind hatte sie das Muster der Rinde fasziniert.

Sie konnte die Stimme ihres Vaters neben sich hören, der ihr etwas über die Expeditionen der britischen Botaniker nach Australien erzählte. *Maggie, Kleines, pass gut auf ...* Er war der Einzige gewesen, der sie so nennen durfte.

»Na, wenn das mal nicht eine Überraschung am frühen Morgen ist. Eine Elfe in *Shelter Gardens*.«

Mags fuhr erschrocken auf und drehte sich um. Vor ihr stand ein schlaksiger, in Cordhose und Hemd gekleideter Mann.

»Was machen Sie hier?«

Zu spät erinnerte Mags sich, dass sie es ja war, die sich auf das Grundstück geschlichen hatte. Sie hoffte, dass der Mann ihr gegenüber nicht sehen konnte, dass sie gerade geheult hatte.

Was fiel ihm ein, sich so einfach anzuschleichen und sich dann auch noch über sie lustig zu machen? Mags wusste, dass sie nun mal keine Elfe war. Mit ihren wilden roten Locken und den Sommersprossen auf der Nase würde sie nicht elfengleich über Wiesen wandeln. Für die Gartenarbeit brauchte man Muskeln.

»Oh, eine ausgesprochen höfliche Elfe. Ich bin hier zu Gast, genieße die morgendliche Ruhe und wollte gerade hinab zur Bucht gehen, als ich Sie den Baum da streicheln sah.«

Er setzte jedes Wort mit Bedacht, und Mags sah förmlich, wie er durch die Flure irgendwelcher teurer Colleges ging. Der Schnösel streckte ihr seine freie Hand entgegen.

»Samuel Hawthorn.«

Widerwillig schüttelte Mags ihm die Hand.

»Margaret Blake.«

Sie trat augenblicklich zurück.

»Ach, Sie sind die Gärtnerin, von der Thomas mir erzählt hat. Ich muss zugeben, nach seiner Beschreibung hatte ich mir ein junges Mädchen vorgestellt und nicht …«

Er musste das Funkeln in Mags' Augen gesehen habe, da er seinen Satz nicht beendete.

»Ich bin ein Freund von Thomas. Als Historiker arbeite ich an einem Buch über die Geschichte Cornwalls, daher hat Thomas mich eingeladen, einige Wochen in *The Shelter* zu wohnen. Wir waren auf dem gleichen College, wissen Sie?«

Mags schwieg.

Der Mann neben ihr hatte sich so gedreht, dass er einen freien Blick auf das Tal hatte. Mags konnte am unteren Ende des Gartens durch den aufsteigenden Nebel die Bucht mit ihrem feinen Sand erahnen, davor das leuchtende Blau der Hortensien und das tiefdunkle Rot der großen Rhododendren.

Der Kerl sollte gehen. Sie wollte den Garten alleine erleben.

»Wollten Sie nicht zur Bucht?«

»Ach, ich habe es nicht eilig. Und Sie, was machen Sie denn so früh hier im Garten? Außer einen Baum zu streicheln? Thomas hat gar nicht erwähnt, dass er sie erwartet.«

Mags spürte, wie sie langsam gereizt wurde.

»Also erst einmal: Ich habe den *Baum* nicht gestreichelt, ich habe seine Rinde berührt und mir das Muster genauer angesehen. Wissen Sie überhaupt, was das ist?«

»Ein großer Farn oder so?«

Mags schüttelte den Kopf.

»Und Sie wollen Historiker sein, etwas über die Geschichte Cornwalls schreiben? Das ist ein Baumfarn, er kommt ursprünglich aus New South Wales. 1890 landete ein Schiff mit Farnsetzlingen in Falmouth. Sie wurden aufgeteilt auf die zehn besten Gärten Cornwalls. Und irgendwie schaffte es der damalige Gärtner von *Shelter Gardens*, an einige der Setzlinge zu kommen. Es gibt das Gerücht, dass er sie beim Kartenspielen gewonnen hat. Als der damalige Besitzer des Herrenhauses den Garten umgestalten ließ, rettete ein Gärtner die Farne und pflanzte sie weit hinten im Garten heimlich wieder ein. Dort hat mein Vater sie völlig überwuchert gefunden. Er grub sie aus und setzte sie hier wieder ein.«

Mags' Stimme brach. So ein Mist, sie würde nicht vor dem Schnösel anfangen zu weinen. Sie holte tief Luft.

»Ich sehe mir jetzt den Garten an, um am Sonntag gut vorbereitet zu sein.«

Damit wollte sie sich umdrehen und gehen, als sie seine Hand auf ihrer Schulter spürte.

»Ich wollte nicht …«

»Auf Wiedersehen!«

Mags sah wirklich keinen Grund, noch länger stehen zu bleiben. Erst als sie um die nächste Ecke gebogen war, drehte sie sich vorsichtig um. Er war zu dem Baum getreten und hatte seine Hände auf die Rinde gelegt.

4

Mags' Weg führte sie in einer weiten Rechtskurve hinunter ins Tal. Der Garten war in den letzten Jahren immer mehr in seine ursprünglich angedachte Form gewachsen. Als sie in einen schmalen, von hohem Bambus gesäumten Teil des Weges abbog, sah sie eine Elster vor sich auf dem Boden sitzen, die mit lautem Keckern vor dem Eindringling in den dichten Bambus flüchtete.

One for sorrow …

Zwischen dem hohen Bambus hatte sich die Kälte der Nacht gehalten, und ihr lief in ihrer dünnen Kleidung ein Schauder über den Rücken. Sie beeilte sich, wieder in den offenen Teil des Gartens zu kommen.

Schließlich gelangte sie zu dem kleinen Unterstand, der dem Garten der Legende nach seinen Namen gegeben hatte. Einer der ersten Williams soll als armer junger Mann gewandert, von einem Gewittersturm überrascht worden sein und hier Unterschlupf gesucht haben. Als er dann Jahre später, in Australien reich geworden, zurück nach England kam, kaufte er das Land, baute ein Haus und legte einen Garten an. Den Unterstand ließ er so, wie er ihn gefunden hatte.

Mags bezweifelte allerdings, dass der junge Wanderer damals auf eine komfortable Hütte mit Reetdach gestoßen war, wie sie jetzt dort stand.

Anscheinend wurde der Unterstand gerade renoviert,

das alte Reetdach war schon zum Teil abgetragen, und die grauen Halme lagen in einem wilden Haufen auf dem Boden.

Hoffentlich warfen die Arbeiter die Halme nicht weg. Sie wären perfekt, um damit Beete abzudecken. Vielleicht sollte sie sie stapeln und später einem der Gärtner Bescheid sagen. Als sie näher trat, sah sie ein altes Vogelnest zwischen den Halmen liegen, neben dem etwas in der Morgensonne glitzerte.

Eine Kette! Mags schob vorsichtig die Halme beiseite, legte das Fundstück auf ihre flache Hand und rieb mit dem Daumen über das angelaufene Silber und über einen großen, unregelmäßig geformten schwarzen Stein umringt von kleinen Diamanten. Diamanten zwischen den Resten eines alten Reetdaches? Das Silber glänzte nicht mehr, an einigen Stellen klebte Vogeldreck. Die Kette musste länger hier gelegen haben. Aber wer trug so etwas Wertvolles bei einem Gartenspaziergang?

Erstaunt blickte sie auf den Fund in ihrer Hand, als sie Schritte hinter sich auf dem Kiesweg hörte.

Als sie sich umdrehte, sah sie einen großen dunkelhaarigen Mann in einem hellen Pullover, Jeans und festen Stiefeln auf sich zukommen. Thomas Williams. Auch wenn er älter geworden war, sah er immer noch verdammt gut aus.

Mags winkte und ging auf Thomas zu.

»Guten Morgen, Mags. Ich wusste gar nicht, dass du heute in den Garten kommen wolltest.«

Mags strich sich die Haare aus dem Gesicht und versuchte, nicht daran zu denken, wie ihre Kleidung nach dem Kampf mit der Hecke aussehen musste.

»Guten Morgen. Es war ein spontaner Entschluss, ich hatte noch etwas Zeit vor meinem ersten Termin.«

Sie sah, wie Thomas' Blick erstaunt zu ihrer Hand wanderte.

»Das habe ich eben neben der alten Hütte gefunden.«

Sie hielt Thomas die Kette entgegen und wartete darauf, dass er sie ihr abnehmen würde. Doch Thomas trat einen Schritt zurück, blickte Mags an, und sie sah, dass er leichenblass geworden war.

»Gehört sie deiner Mutter? Sie muss irgendwie auf das Dach der Hütte gekommen sein. Da war ein Vogelnest. Vielleicht eine Elster? Ich habe vorhin eine gesehen.«

Mags lachte unsicher auf. Thomas hatte noch immer kein Wort gesagt und starrte auf die Kette in ihrer Hand.

»Es ist verrückt, oder? Ihr müsst die Kette doch vermisst haben? Oder vielleicht gehörte sie einer deiner Ahninnen, die sie im Reet versteckt hatte? Die Kette sieht echt aus.«

Doch von Thomas kam keine Antwort. Er starrte immer noch auf die Kette, auf seiner Stirn stand Schweiß, und Mags hatte Angst, dass er umkippen würde. Sie machte einen Schritt auf ihn zu und fasste seinen Arm.

»Thomas? Soll ich jemanden holen? Ist dir nicht gut?«

Thomas schüttelte ihre Hand ab und griff nach der Kette.

»Du ... was machst du hier überhaupt? Was hast du hier zu suchen? Einfach in den Garten zu schleichen, du bist hier nicht zu Hause! Verschwinde!«

Thomas' Gesicht war immer noch blass, aber diesmal funkelten seine Augen vor Wut, und seine Stimme wurde immer lauter. Mags war erschrocken einige Schritte zurückgestolpert.

»Ich wollte doch nur ...« Thomas drehte sich um und rannte den Weg hoch zum Haus.

Mags blickte verständnislos auf ihre leere Hand.

5

Auf dem Rückweg zu ihrem Transporter hatte Mags es geschafft, ihren Schrecken in Wut zu verwandeln. Sie preschte auf dem gleichen Weg durch die Hecke, auf dem sie gekommen war, und schimpfte dabei vor sich hin. Sie war eine erwachsene Frau, er konnte doch nicht mit ihr reden wie mit einem ungezogenen Kind. Wenn er nicht wollte, dass sie seinen Garten betrat, dann eben nicht. Sollte er doch sehen, wer dann die Besucher durch den Garten führen würde, aber sie würde definitiv keinen Fuß mehr in *Shelter Gardens* setzen.

»Oh Mags, meine Liebe. Ist alles gut bei dir?«

Miss Clara stand mit einer Gartenschere in der Hand neben dem Weg zu Mags' Schuppen.

Sie zog nur ihre Schultern hoch und blickte an ihrer zerstörten Bluse hinunter. Sie war so müde.

Miss Clara zog fragend eine ihrer Augenbrauen hoch.

»Kein guter Tag? Wer hat dich denn verärgert?«

Und als wäre die Frage eine Einladung gewesen, ging die alte Dame mit kleinen Schritten zu einer der Gartenbänke und setzte sich. Auf dem kleinen Tisch sah Mags einen großen Krug mit Eistee und zwei Gläser stehen. Sie setzte sich erleichtert und griff nach einem der Gläser. Vielleicht würde sich Miss Clara ja einen Reim aus der ganzen Geschichte machen können.

»Ich war heute auf *The Shelter*.«

»Ah, ja. Ich habe George und Vivian Williams erst letzte Woche in der Stadt getroffen. Sie suchten noch jemanden als Verstärkung für die Gartenführungen am Sonntag, und ich habe deine Nummer weitergegeben.«

Miss Clara lehnte sich zufrieden zurück.

»Dann hat es also mit dem Auftrag geklappt?«

»Gestern rief mich Thomas Williams an. Ich soll am Sonntag die Besucher durch den Garten führen. Aber dann war ich heute Morgen da, um mir einen Überblick zu verschaffen, und dann habe ich bei dem alten Unterstand eine Halskette gefunden. Ich glaube, sie war wertvoll. Thomas wurde erst so still und dann aber wütend, er war – ich habe mich so erschrocken. Dann hat er mich aus dem Garten geworfen.«

Hastig trank Mags einen Schluck Eistee.

Miss Clara setzte sich aufrecht hin.

»Wie sah die Kette denn aus?«

Mags blickte ihre Vermieterin erstaunt an.

»Die Kette? Ich weiß nicht, eine Kette halt. Sie hatte einen schwarzen Stein, und …«

Miss Clara unterbrach Mags, was selten vorkam.

»War der Stein ein Opal? Also glänzte er irgendwie?«

Mags richtete sich nun auch auf.

»Ja, er hatte einen eigenartigen Glanz, sogar unter dem ganzen Dreck. Worum geht es hier eigentlich? Warum wussten Sie das?«

Doch Miss Clara schwieg erst einmal, und Mags konnte sehen, dass ihre Vermieterin Tränen in den Augen hatte.

»Oh, Mags.« Sie schien sich sammeln zu müssen.

»Du kennst nicht die ganze Geschichte. Armer Thomas, arme Vivian. Kein Wunder, dass er so aufgewühlt war. Es ist schon vier oder fünf Jahre her, es war das Jahr, in dem es Ende März noch mal fürchterlich kalt geworden ist. Ich hatte eine Menge Knospen verloren. Und dann der viel zu heiße Sommer. Alles war in diesem Jahr merkwürdig verschoben. Auf jeden Fall war es auch das Jahr, in dem sich Thomas mit Emily Franklin verlobte. Ich glaube, du kanntest sie nicht. Sie ist etwas jünger als du und war nur in den Ferien mit ihren Eltern hier. Die Familie kommt aus London, sie haben ein Ferienhaus östlich von *The Shelter*.«

Miss Clara machte eine kurze Pause, und Mags sah, dass die Geschichte sie mitnahm.

»Das mit Emily und Thomas war eine von diesen romantischen Geschichten. Sie wollte ihn zuerst nicht, aber er hat um sie geworben und geworben. Vivian hat mir damals erzählt, dass er ihr Tag für Tag Blumen schicken ließ. Und irgendwann hat er es dann geschafft, und schnell waren die beiden verlobt. Vivian war damals so glücklich. Thomas hatte ja die Jahre davor eher wenig Zeit auf *The Shelter* verbracht, und nach allem, was man so hörte, in London ein eher unstetes Leben geführt. Aber mit Emily an seiner Seite kam er zur Ruhe. Und Emily liebte den Garten und das Haus. Es war perfekt. Die beiden waren so schön zusammen, ich erinnere mich an das Verlobungsfoto aus der Zeitung. Im März fand dann die offizielle Verlobungsfeier auf *The Shelter* statt. Damals wäre ich gerne dabei gewesen – heute bin ich froh, dass ich verhindert war. Vivian und George sind fast daran zerbrochen. Und Thomas … Nun, ich weiß nicht, wie er all das geschafft hat. Vivian hat mir später einiges erzählt. Die Leute haben wochenlang über nichts anderes geredet.«

Miss Clara nahm einen Schluck Eistee und blickte über ihren Garten. Ihre Stimme war immer leiser geworden, und Mags merkte, wie ihr trotz der Sonne kalt war.

»In den Morgenstunden nach der Verlobungsfeier ist Thomas wohl aufgewacht, weil er das Geräusch von splitterndem Glas im Haus gehört hatte. Emily schlief in einem Nebenraum, da Thomas früh am Morgen nach London wollte. Als er nach ihr sah, war ihr Bett leer … Er machte sich auf die Suche und dachte wohl, sie sei in die Küche gegangen, da sah er die offene Tür zum Arbeitszimmer seines Vaters. Er trat ein und sah ein zerbrochenes Glas auf dem Boden – und die offene Tür des leeren Tresors, wo sie die Schmucksammlung von Thomas' Urgroßvater aufbewahrt hatten. Thomas suchte nach Emily, fand sie aber weder im Haus noch im Garten. Auch die Polizei war ratlos.«

Miss Clara ließ den Blick über ihren Rosengarten schweifen und dann wieder zu Mags.

»Das Problem war, dass es keine Spuren eines Einbruches gab. *The Shelter* hat eine Alarmanlage, die weder ausgelöst noch irgendwie beschädigt worden war. Der Tresor war mit dem passenden Code geöffnet worden – und George und Vivian mussten sich eingestehen, dass außer ihnen eigentlich nur Emily die Kombination gekannt hatte. Sie war oft genug dabei gewesen, wenn der Tresor geöffnet worden war. Die Polizei ging davon aus, dass Emily in den Raub verwickelt gewesen sein musste. Es gab Gerüchte, Emily sei mit einem der Täter durchgebrannt, man habe sie in London an der Seite eines anderen Mannes gesehen oder der Dieb habe sie umgebracht und ihre Leiche in den Fluss geworfen. Es war schlimm.«

Mags versuchte, sich zu erinnern, was sie zu Thomas gesagt hatte und wurde blass.

»Oh Gott, das wusste ich nicht. Und ich habe noch Witze über die Kette gemacht.«

»Das konntest du nicht wissen, und Thomas wird es verstehen, wenn er sich beruhigt hat. Ich rufe nachher Vivian an.«

Mags schwieg und versuchte, sich Thomas' Gefühle vorzustellen. Ihr Schock über Arthurs Verrat saß noch tief. Miss Clara schien ihre Gedanken gelesen zu haben.

»Thomas glaubte den Gerüchten nicht, er wurde fuchsteufelswild, wenn jemand in seiner Gegenwart Emily beschuldigte. Er versuchte mit allen Mitteln, die Polizei davon zu überzeugen, dass Emily selbst zum Opfer geworden war, dass sie den Dieb überrascht haben musste, vielleicht entführt worden sei. Er startete sogar einen Aufruf an die Diebe und setzte eine hohe Belohnung für Hinweise aus. Die Presse war voll damit. Aber immer mehr Zeit verstrich, ohne dass irgendeine Spur von Emily oder dem Schmuck auftauchte. Bis heute.«

Mags erinnerte sich an Thomas' Gesicht, als er die Kette in ihrer Hand gesehen hatte. Was muss dieser Anblick in ihm ausgelöst haben?

»Und Sie glauben, die Kette, die ich gefunden habe, gehört zur Sammlung?«

Miss Clara nickte.

»Ja, das glaube ich. Und Thomas scheint sie ja auch erkannt zu haben. Die Familie besaß Edelsteinminen in

Australien. Unter anderem eine Mine in Lightning Ridge, in der die seltenen schwarzen Opale gefunden wurden. Jedes Schmuckstück der Sammlung besitzt einen solchen. Ich habe die Sammlung einmal gesehen. Die Steine sind einzigartig und die Fassungen erlesen. Ich denke, die gesamte Sammlung muss Millionen Pfund wert gewesen sein.«

»Und ich habe heute einen Teil davon gefunden. Das ist doch verrückt.«

Miss Clara nickte versonnen.

»Ja, unglaublich. Vielleicht waren es wirklich Elstern.«

Und dann stimmte sie einen alten Vers an, den fast jedes Kind in England kannte:

»*One for sorrow, two for mirth*
Three for a funeral, four for birth
Five for heaven, six for hell
Seven for a secret, never to be told …«

Mags fiel mit leiser Stimme ein, und gemeinsam beendeten sie den alten Kinderreim:

»*Eight for a wish, nine for a kiss,*
Ten a surprise you should be careful not to miss.
Eleven for health, twelve for wealth
Thirteen beware it's the devil himself.«

Schon ihr Vater hatte jedes Mal, wenn er eine Elster sah, den Reim gesprochen.

Eine Elster steht für Leid, zwei für Freude, drei für eine Beerdigung, vier für eine Hochzeit. Fünf bringen dir den Himmel, sechs die Hölle, sieben stehen für ein lang bewahrtes Geheimnis, acht für einen Wunsch und neun für einen Kuss. Zehn für eine Überraschung, auf die man sich vorbereiten muss. Elf Elstern bringen Gesundheit, zwölf

Reichtum – doch bei dreizehn Elstern bekommst du es mit dem Teufel selbst zu tun.

Auch Mags zählte manchmal die Elstern, die sie im Laufe eines Tages zu sehen bekam.

»Ich habe heute Morgen erst eine Elster gesehen. Kurz bevor ich die Kette gefunden habe.«

Miss Clara blickte die junge Frau an.

»Der Familie Williams hat die Elster auf jeden Fall Sorgen gebracht. Aber vielleicht wird es Zeit, ein altes Rätsel endlich zu lösen.«

»Glauben Sie, dass Emily den Schmuck gestohlen hat?«

Miss Clara schüttelte den Kopf.

»Ich weiß es nicht.«

Bevor Mags weitere Fragen stellen konnte, sahen sie, wie zwei Elstern über das Scheunendach hinweg zu Miss Claras neuem Gewächshaus flogen.

Miss Clara räusperte sich.

»Wirst du trotzdem am Sonntag in *Shelter Gardens* arbeiten?«

»Ja, ich denke schon.«

Mit dem Gedanken an Thomas' schmerzerfülltes Gesicht sah Mags zu den beiden Elstern. Die dritte Elster an diesem Tag. Das war nicht gut.

6

Die Elster hatte sich an den Menschen gewöhnt, der nachts immer zu der Stelle zurückkehrte, wo die Beute vergraben war. Vor einigen Nächten war ihr Nest im Reetdach zerstört worden, und heute liefen immer mehr Menschen durch ihr Revier. Zu viele fremde Stimmen. Das Eichelhäherpaar war geflohen und hatte sich im dichten Unterholz am Rande des Gartens versteckt.

Die Elster aber blieb, während zwei Menschen mit ihren Werkzeugen begannen, unter den Hortensien zu graben. Mehr als Knochen würden sie nicht finden.

Am Tag des offenen Gartens lag über Rosehaven und der Bucht ein feiner Nebel, der sich allmählich lichtete. Die Sonne würde scheinen.

Mags war früh aufgestanden. Sie fühlte sich rastlos und nervös. Thomas hatte sich seit ihrer letzten Begegnung nicht mehr gemeldet. Auf ihrem Anrufbeantworter hatte sie eine Nachricht von Mr. Little erhalten, dem Hauptgärtner von *Shelter Gardens*. Er teilte Mags mit, dass sie sich bitte am Sonntag um sieben Uhr am alten Gärtnerhaus einfinden solle, um alle nötigen Informationen für die Führungen zu bekommen.

Sie konnte sich an den kleinen Mann, der seinem Namen alle Ehre machte, erinnern, doch schon damals war er ihr sehr alt vorgekommen. Anscheinend war er noch nicht bereit, seine Position aufzugeben. Immerhin war Mags also nicht gefeuert.

»Mach dir keine Gedanken, Mags, ja? Es hat damals so viel Wirbel in der Presse gegeben, das alles hat die Familie sehr mitgenommen. Wahrscheinlich wollen sie den Fund daher geheim halten. Geh hin, mach deine Arbeit, halte den Kopf hoch, und alles wird gut.«

Als sie vor einer halben Stunde in der Küche von Miss Claras Cottage gestanden hatte, mit dicken Arbeitsplatten aus Holz, Fliesenboden und einem großen Gasherd, mit einer Tasse Tee in der Hand, hatten die Worte sie getröstet.

Alles würde gut werden.

Doch je näher sie dem Herrenhaus auf den gewundenen Straßen kam, umso mehr verschwand die Zuversicht aus Mags' Blick, und sie merkte, wie sie nervös mit den Fingern auf das Lenkrad trommelte. Aus Puckpucks knarzigen Lautsprechern klang die Stimme Neil Youngs, der auf der Suche nach einem Herz aus Gold über Ozeane reiste. Mags sang den Text leise mit und merkte, wie sie sich entspannte.

Rechts und links von ihr erstreckten sich weite Felder, unterbrochen von grauen Mauern und blühenden Weißdornhecken. Schafe hatten sich die ersten sonnenbeschienenen Stellen gesucht und grasten. Früher hatte es noch viele Schäfer gegeben, die mit ihren Herden von Wiese zu Wiese gezogen waren, heute hatten die meisten Bauern ihre eigenen Schafe, die sie mit dem Hänger transportierten.

Sie bog in die Auffahrt zum Herrenhaus ein und fuhr langsam um das Haus herum in Richtung der alten Stallungen. Hier hatte sie mit ihrem Vater auch immer geparkt, und eine bunte Ansammlung von Autos sagte ihr, dass die Angestellten des Hauses dies immer noch taten. Sie bezweifelte stark, dass George Williams in einem verrosteten Kleinwagen durch die Landschaft fuhr. Und auch Thomas selbst stellte sie sich eher in einem teuren englischen Sportwagen vor als in einem der hier versammelten Autos.

Als Mags den Motor abgestellt hatte, blieb sie noch für wenige Augenblicke mit geschlossenen Augen sitzen. Sie würde es schaffen, und sie würde ihre Sache gut machen. Verdammt gut.

Ein tiefes Knurren ließ sie erschrocken aufschreien und die Türverriegelung herunterdrücken.

»Was zum Teufel …«

Erst, als sie den freudig wedelnden Schwanz eines treu blickenden Hundes erkennen konnte, begann sie wieder normal zu atmen.

»Du hast mich aber erschreckt. Was bist du für ein großer Hund!«

Plötzlich wandte das Tier sich vom Fenster und rannte mit großen Sprüngen auf jemanden zu. Thomas.

Sie hatte gehofft, ihn noch nicht so früh wiederzusehen. Sollte sie so tun, als wäre die Sache mit der Kette nicht passiert? Nervös rieb sie sich die Hände an ihrer Hose ab und öffnete die Tür.

Der Hund stand nun neben Thomas, der ihn an einem Halsband festhielt.

»Jumbuck tut nichts, keine Sorge. Er denkt nur immer noch, er wäre ein kleiner Welpe, und springt jeden an, um auf den Arm genommen zu werden. Jumbuck, sitz!«

Mags ging vorsichtig auf den riesigen Hund zu und streckte ihre Hand aus, um seinen Kopf zu kraulen. Sofort ließ das Tier sich auf den Boden fallen und streckte ihr den Bauch entgegen.

»Er mag dich. Wobei er, um ehrlich zu sein, jeden Menschen mag und auf Streicheleinheiten oder Fressen hofft.«

Mags ging in die Knie, um dem Hund den Bauch zu kraulen.

»Was ist er denn für eine Rasse?«

»Keine Ahnung. Ich habe ihn an der Straße gefunden und mitgenommen. Er war eigentlich noch zu klein, um alleine überleben zu können, aber nach und nach wurde aus dem zitternden Fellbündel ein Riese.«

»Das ist dein Hund?«

Ein solcher Hund schien nicht zu Thomas mit seinen schicken Hosen und Hemden zu passen.

»Er ist wunderschön. Wächst er wohl noch?«

Sie konnte sich ein Grinsen nicht verkneifen.

Thomas gab ein Stöhnen von sich.

»Ich bete inständig, dass er das nicht tut. Gestern hat er mit einem Schwanzwedeln eine der Vasen im Salon meiner Mutter umgeworfen. Und als sie dann mit ihm geschimpft hat, hat er vor lauter Schreck versucht, unter ihr kleines Sofa zu kriechen, was dann natürlich ebenfalls umkippte.«

Mags lachte und blickte Thomas das erste Mal direkt an. Er sah müde aus, und auch sein Lächeln konnte die Schatten unter seinen Augen nicht überspielen.

»Thomas, ich …«

»Warte, Mags, ich zuerst, ja?«

Er richtete sich auf und drehte ihr den Rücken zu, um über den Garten blicken zu können.

»Es tut mir leid, dass ich dich so behandelt habe. Ich war nicht bei mir, als ich die Kette in deiner Hand gesehen habe.«

Mags nickte, auch wenn Thomas das nicht sehen konnte.

Seine Stimme drang leise zu ihr herüber.

»Du weißt, was es mit der Kette auf sich hat, oder?«

Jetzt drehte er sich um und blickte sie an.

»Ja, Miss Clara hat es mit erzählt. Es tut mir so leid, Thomas. Ich wusste es nicht, ich war damals ja in Amerika.«

Thomas nickte.

»Meine Eltern und ich sind immer noch sehr aufgewühlt. Wir haben die Kette der Polizei übergeben.«

In seine Stimme hatte sich bei den letzten Worten ein schneidender Unterton geschlichen, seine Augen waren dunkler geworden.

»Die Polizei sieht es wohl nur als einen weiteren Beweis dafür, dass Emily in die Sache verwickelt war. Sie werden nichts tun. Sie konnten damals ja schon nicht mehr tun, als alles in den Dreck zu ziehen.«

Thomas schüttelte den Kopf.

»Emily hat den Schmuck nicht gestohlen. Sie ist keine Diebin. Ich habe sie sehr geliebt. Wir wollten hier gemeinsam leben, das Haus, den Garten, all das wieder erstrahlen lassen. Das hat uns verbunden.«

Mags blickte über den Garten. Was für ein schöner Gedanke, so etwas wie *Shelter Gardens* gemeinsam zu gestalten und wachsen zu lassen.

»Wenn bekannt würde, dass eines der Schmuckstücke wieder aufgetaucht ist – es wäre fatal. All die Geschichten würden wieder aufgewärmt werden, die Presse würde sich das Maul zerreißen wie damals. Meine Mutter war sehr krank nach der ganzen Angelegenheit. Kann ich dich darum bitten, nicht darüber zu sprechen? Zu niemandem?«

Mags riss ihren Blick von Jumbuck los, der sich gerade hingebungsvoll das Ohr kratzte.

»Natürlich, Thomas, ich würde nie ... Miss Clara weiß es, aber du kennst sie, sie wird es nicht erzählen, wenn wir sie darum bitten. Allein deiner Mutter zuliebe nicht.«

Thomas nickte und legte eine Hand leicht auf Mags' Unterarm.

»Ich bin dir wirklich sehr dankbar. Und vielleicht schaffe ich es ja nachher, an einer deiner Führungen teilzunehmen.«

Er drehte sich um, und sofort sprang Jumbuck auf, um seinem Herrchen zu folgen.

Mags rieb sich verstohlen ihren Unterarm und wollte in Richtung des alten Gärtnerhauses gehen, als Thomas' Stimme sie erneut einholte.

»Mags? Ich bin froh, dass du wieder hier bist.«

Dann ging er mit großen Schritten davon.

7

Nachdem Thomas mit seinem Hund zurück zum Herrenhaus gegangen war, holte Mags tief Luft und ging links
um eine große Pinie herum zu den hinteren Gewächshäusern und dem alten Gärtnerhaus.

Sie hatte schon damals das Gärtnerhaus mehr gemocht
als das Herrenhaus selbst. *The Shelter* war beeindruckend
mit seinem silbrig glänzenden Schieferdach, den weißen
Sprossenfenstern und der großen Terrasse. Wie eine Film-
kulisse. Und sie wusste von Miss Clara, dass die Williams
schon mehrmals Haus und Garten für ausländische Film-
produktionen zur Verfügung gestellt hatten. Auch die
wenigen Male, die sie das Haus von innen gesehen hatte, hatten diesen Eindruck noch verstärkt. Polierte Holz-
böden, Möbel, auf denen man sicherlich keinen Kaffee-
becher abstellen würde, Sofas, die mit ihren eleganten
Beinen zwar sehr anmutig, aber nicht bequem aussahen.
Sie hoffte für Thomas und seine Eltern, dass es irgendwo hinter gut verschlossenen Türen einen Bereich gab, in
denen bequeme Möbel standen. Aber sicher war sie sich
da nicht.

Das alte Gärtnerhaus hingegen war von außen eher un-
scheinbar mit seinen auf den grauen Putz geschraubten
Spalieren, an denen im Herbst Trauben wuchsen, und mit
hellen Fensterrahmen.

An das eigentliche Haus, das nur eine Etage und ein

flaches Reetdach hatte, schmiegten sich noch die leer-stehenden Stallungen für die Gartenpferde. Die früheren Gärtner hatten für die schwereren Arbeiten immer zwei Kaltblutpferde gehabt, und vielleicht hatte es in *Shelter Gardens* ja sogar einen der ersten Rasenmäher gegeben, der von einem Esel langsam über die Rasenfläche gezogen wurde. Mags hatte Zeichnungen von solchen Geräten in alten Gartenbüchern gesehen. Und der Gärtner hatte sicherlich einige Hühner gehabt, vielleicht noch andere Tiere, für sich und seine Familie. Mags mochte die Vorstellung, wie sich, nur wenige Meter von den Terrassen von *The Shelter* entfernt, auf denen die Damen in unbequemen Kleidern langweilige Gespräche führten, der Gärtner auf seine grobe Holzbank vor die sonnenbeschienene Hauswand gesetzt hatte. Würde man Mags fragen, ob sie lieber Hausdame oder Gärtnerin wäre – die Antwort wäre klar.

Sie erinnerte sich, dass der alte Hauptgärtner, Mr. Little, mit seiner Frau, die als Köchin und Haushälterin im Herrenhaus arbeitete, seit Jahren im Gärtnerhaus lebte. Zusammen delegierten sie Aufgaben an ein paar Aushilfen aus den umliegenden Dörfern.

Als ihr Vater hier gearbeitet hatte, war der kleine Raum neben den Stallungen Treffpunkt der Gartenarbeiter gewesen, und auch jetzt lockten sie der Geruch nach Kaffee und Zigaretten und ein leises Stimmengemurmel genau dorthin.

Zwar hoffte sie, vielleicht auf ein vertrautes Gesicht zu treffen, doch sie war nicht sicher, wie weit der Klatsch über sie getragen worden war – und sie wusste, dass sie heute Morgen keinen feindseligen Blicken standhalten würde.

Thomas hatte gebrochen ausgesehen, als ob der selbstbewusste Junge, an den sie sich so gut erinnerte, einfach nicht mehr da wäre. Sahen die anderen sie auf eine ähnliche Art und Weise? Dabei hatte sie in den letzten beiden Jahren doch bewiesen, dass Arthurs Tod sie zwar getroffen, aber eben nicht gebrochen hatte. Sie hatte gekämpft, hatte sich ihr Geschäft aufgebaut, machte sich einen Namen, und wenn sie ab und zu verbittert auf ihre Ehe zurückblickte, schaffte sie es dennoch, sich nicht in dunklen Gedanken zu verlieren. Aber hinter Thomas' Augen hatte sie etwas erkannt, was in ihr das Bedürfnis auslöste, ihn zu trösten.

Mags biss sich auf die Zunge. Sie sollte aufhören. Sie wollte sich nicht um jemanden kümmern müssen, schon gar nicht um Thomas. In ihrem Plan war das nicht vorgesehen.

Entschlossen ging sie auf die angelehnte Tür zu, und als sie gegen den Türrahmen klopfte, verstummten auch die Gespräche.

Am Kopfende eines Tisches saß leicht gebückt ein kleiner Mann mit weißen Haaren und von Wind und Wetter gezeichneter Haut. Seine Schultern und Hände waren trotz seines Alters kräftig, und er blickte Mags neugierig und offen an.

»Mr. Little! Sie haben sich kein bisschen verändert.«

Mags lächelte den Hauptgärtner von *Shelter Gardens* freundlich an. Der wiederum lachte und stand auf, um Mags die Hand zu reichen.

»Die kleine Margaret Blake. Nur, dass Sie jetzt gar nicht mehr so klein sind. Ich freue mich, dass Sie heute zu uns stoßen.«

Er hielt Mags' Hand weiterhin fest und drehte sich zum Tisch um.

»Das hier ist Margaret Blake. Ich habe euch ja schon erzählt, dass sie heute für Tim einspringen wird. Wie ihr wisst, hat ihr Vater hier vor Jahren ein kleines Wunder vollbracht, und seine Tochter ist in seine Fußstapfen getreten.«

Mags fühlte sich kurz unbehaglich, denn es gab Fußstapfen, in die sie gar nicht treten wollte, aber dann sprach Mr. Little schon weiter.

»Vielleicht haben einige von euch in der letzten Zeit den Garten rund um das neue Hotel bei der alten Crown-Brennerei gesehen? Er ist das Werk dieser jungen Dame hier – und ein wirklich feines Stück Arbeit.«

Mags merkte, wie sie rot wurde, als die Gruppe am Tisch anerkennend nickte. Sie hätte Mr. Little für seine letzte Bemerkung am liebsten umarmt.

Der Garten um das Hotel war vor zwei Jahren ihr erster großer Auftrag gewesen. Jules Smith, der Hotelbesitzer, war über einige Ecken mit Miss Clara verwandt, und daher hatte sie den Auftrag bekommen, ohne nach ihrer Rückkehr aus Amerika viel Erfahrung oder Empfehlungen vorweisen zu können.

Sie hatte viel Herzblut in die Ausarbeitung der Pläne und ihre Umsetzung gesteckt.

Jules Smith hatte das Hotel in den alten Mauern modern eingerichtet, es gab regelmäßige Veranstaltungen in der Brauerei, wie etwa Konzerte und Ausstellungen, und Paare konnten sich vor der alten kupfernen Destille sogar das Jawort geben.

Der Auftrag war es gewesen, einen einladenden Garten

mit einigen ruhigen Sitzplätzen zu gestalten, der – wie bei den meisten ihrer Aufträge – nicht zu viel Arbeit machte. Mags hatte nach langem Überlegen ein Konzept für einen modernen Skulpturengarten vorgelegt. Ihre Idee war es gewesen, jedes Jahr einem jungen Künstler für eine bestimmte Zeit ein Stipendium mit Arbeitsplatz und einer Ausstellungsmöglichkeit in der Brennerei zu ermöglichen und im Gegenzug dafür ein Objekt für den Garten zu bekommen. Jules Smith war von der Idee begeistert gewesen, und so hatte sie mit Hilfe der Bauarbeiter einen Garten angelegt, der sich zwischen niedrige Mauern schmiegte, die aus den alten Ziegeln einer abgerissenen Scheune bestanden. Im Keller der Brennerei hatte sie alte Fässer entdeckt, die ein Tischler zu Sitzbänken umgewandelt hatte. Der Garten würde also die nächsten Jahren mit Kunst gefüllt werden und dem Hotel, wenn alles gutging, Besucher einbringen. Und er war ihr erster großer Erfolg gewesen, ihr erstes eigenes Projekt. Sie war sehr stolz auf das Ergebnis.

Sie lächelte verlegen in die Runde und hoffte, unter ihren Sommersprossen nicht allzu rot zu werden.

»Ich freue mich, heute hier mitarbeiten zu dürfen.«

Reihum stellten sich nun auch die Gärtner am Tisch vor. Neben Mr. Little saß eine schlanke, sehnige Frau, etwa vierzig Jahre alt, die Mr. Little als Heidi Schuhmann vorstellte. Mags hatte von ihr gehört. Sie und ihr Team waren als kletternde Baumpfleger sehr gefragt und hatten durch Schnitt und Expertise schon so manchen großen Baum vor dem Fall gerettet.

Daneben saß ein etwas mürrisch blickender junger Mann in einer klassischen grünen Gärtnerlatzhose, der ihr als Eric Clay vorgestellt wurde. Auch von ihm hatte sie gehört, da er im ganzen Bezirk als Aushilfsgärtner arbeitete und Mags als ausdauernder Arbeiter ans Herz gelegt worden war. Irgendwann würde sie über Angestellte nachdenken müssen, auch wenn ihr vor der Verantwortung graute.

Einen Platz weiter saß eine kleine ältere Dame in einem der für England typischen Twinsets, eine dünne, goldgerahmte Brille auf der Nase, die graublonden Haare zu einem schlichten Haarknoten gefasst. Ein leichtes Lächeln umspielte ihre Lippen.

Mr. Little stellte sie als Elisabeth King vor, und Mags musste sich kurz in die Wange beißen, um nicht vor Erstaunen mit offenem Mund dazustehen.

Elisabeth King war eine bekannte Autorin. Sie schrieb romantische Wälzer, die zu Zeiten König Arthurs spielten. Sie war so etwas wie die Hobbyarchäologin und Artus-Expertin Cornwalls und begehrte Interviewpartnerin der lokalen Presse. Mags hatte selbst ihr neuestes Buch neben dem Bett liegen und schon so manchen Abend mit der tragischen Heldin gelitten und geliebt.

Mr. Little hatte wohl Mags' Erstaunen bemerkt, denn er lächelte.

»Elisabeth ist meine Schwester und wie ich auf *The Shelter* groß geworden. Sie wird ebenfalls einige Führungen durch den Garten übernehmen.«

Neben ihr saß ein weiterer Mann in klassischem Gärtnergrün, der Mags mit einem Lächeln anblickte und Mr. Little zuvorkam.

»Ich kann mich noch gut an Maggie, also Miss Blake hier, erinnern. Herzlich willkommen.«

Mags musste ebenfalls lächeln. Jake, vielleicht fünfzig Jahre alt, war mit seinen breiten Schultern schon damals Mr. Littles rechte Hand gewesen, und sie konnte sich sehr gut daran erinnern, wie das ungleiche Paar gemeinsam mit ihrem Vater durch den Garten gestreift war.

»Setzen Sie sich, Margaret. Ich war gerade dabei, den Ablauf einmal durchzugehen.«

Mr. Little kramte aus der einen Hosentasche einen zerknitterten Zettel und aus der anderen eine schmale, verbogene Lesebrille hervor. Damit hatte er mehr und mehr etwas von einer Figur aus einem Kinderbuch.

»Heidi, Elisabeth, Jake und Sie werden oben am Tor die Besuchergruppen übernehmen und dann durch den Garten führen. Jeder Rundgang sollte etwa eine bis anderthalb Stunden dauern. Die Gäste werden am Torhaus empfangen und schon einmal in Gruppen aufgeteilt. Wir starten in Abständen von einer Viertelstunde, so dass niemand zu lange warten muss. Mehr als zehn Gäste sollte keiner von uns in seine Gruppe nehmen, ja? Den Weg durch den Garten könnt ihr wählen, nur sollte er an der Terrasse des Haupthauses enden. Dort hat meine Frau zusammen mit Mrs. Williams ein kleines Café aufgebaut, wo es Kuchen und Getränke gegen eine Spende für den National Trust geben wird. Und dort wird dann auch Mr. Williams sein und weitere Fragen der Besucher beantworten. Es gibt einen kleinen Verkaufsstand, den Eric hier zusammen mit Miss McEwans, der Praktikantin, führen wird. Sie ist schon oben am Haus. Angeboten werden kleine Tüten mit Samen aus dem Garten, Setzlinge und einzelne Pflanzen. Bitte weist alle Besucher darauf hin, dass der Verkauf für einen guten Zweck ist.«

Er sah von seinen Notizen auf und ließ den Blick sehr ernst über die am Tisch versammelten Menschen schweifen. Mags überlegte immer noch, ob er sie mit seiner Brille und dem faltigen Gesicht eher an eine weise alte Maus oder an eine Art Waldkobold erinnerte. Sie hatte ihre eigenen Großeltern nie kennengelernt. Die Eltern ihres Vaters waren noch vor ihrer Geburt gestorben, und die ihrer Mutter ... Auf jeden Fall hatte sie sich immer einen Opa wie Mr. Little gewünscht.

»Leider ist es den Besuchern untersagt, alleine durch den Garten zu gehen. Aber wie immer werden einzelne Gäste doch versuchen, sich von der Gruppe loszueisen. Wenn das so ist, lasst sie laufen, Eric und ich werden am Abend dann einmal alles abgehen und auch noch die letzten Besucher aufscheuchen. Wer Kinder in seiner Gruppe hat, sollte die Brücke am alten Pfad meiden, die hat ja zurzeit kein Geländer. Einige werden sich noch an den Vorfall vor einigen Jahren erinnern, die kreischende amerikanische Mutter mit ihren klitschnassen Söhnen?«

Mags sah, wie Jake rot wurde und vor gespielter Verzweiflung die Hände vor sein Gesicht schlug. Anscheinend war er derjenige gewesen, der die Mutter in seiner Gruppe gehabt hatte.

»Also geht besser außen um den See herum. Toiletten für die Besucher befinden sich neben der Hauptküche. Wenn etwas ist, sprecht Mr. Williams an, er hat das Kommando. Ich werde auch oben bei der Terrasse sein, wenn Fragen aufkommen. Sollten doch mehr Gäste als erwartet auftauchen, können sowohl Mr. Williams als auch ich einspringen und Gruppen übernehmen. So, ich denke, das waren alle wichtigen Informationen.«

Er blickte von seinem Notizzettel auf.

»Ach ja, wenn sich in euren Gruppen Journalisten befinden, seid höflich, haltet die Klappe bei allen Fragen zur Familie, und sagt dann bitte Mr. Williams Bescheid. Er wird sie nach der Führung kurz selbst einmal sprechen wollen.«

Mr. Littles Blick war bei den letzten Sätzen finster geworden.

»Ich denke, mittlerweile sollten wir unsere Ruhe haben, aber sicher ist sicher. Margaret, ich nehme an, Sie wissen um die Probleme, die wir mit der Presse hatten, nachdem ...«

Mags nickte Mr. Little zu.

»Ja, ich weiß Bescheid.«

»Gut. Aber ich hoffe, dieses Jahr wird es zu keinen Zwischenfällen kommen.«

Jake beugte sich zu Mags.

»Vor vier Jahren am ersten Tag des offenen Gartens, nachdem Miss Franklin verschwunden ist, hat es vor Journalisten gewimmelt. Vorher hatten die Williams ja niemanden auf das Gelände gelassen. Es war grotesk und erschreckend. Mr. Williams musste die Polizei rufen, um die Schnüffler loszuwerden. Daher sind wir sehr vorsichtig geworden in dieser Hinsicht.«

Mags nickte und hoffte sehr, dass ihre Entdeckung wirklich nicht irgendwo durchgesickert war.

Mr. Little stand auf.

»Wir sollten jetzt zum Haupthaus gehen, Sir George will sicherlich noch ein paar Worte an uns richten. Margaret, nehmen Sie sich doch ein Sandwich auf die Hand, Sie werden etwas im Magen brauchen für die ersten Touren. In den Pausen können Sie gerne hierherkommen, meine Frau hat einen Eintopf gekocht. Tee und Kaffee gibt es hier oder in der Küche im Haupthaus.«

Mags nickte und freute sich, denn natürlich hatte sie nicht daran gedacht, sich etwas zu essen für den Tag mitzunehmen. Zur Not hätte sie Schokodrops gehabt, aber die Aussicht auf eine heiße Suppe und eine Pause in der gemütlichen Stube hier im Häuschen war deutlich besser. Sie griff schnell nach einem der dicken Sandwiches und folgte den anderen Gärtnern hinaus.

»*Sir* George?«, flüsterte Mags Eric Clay neben sich zu.

Er grinste nur, was sein mürrisches Gesicht innerhalb von Sekunden zu einem sehr schönen machte, und zuckte mit den Schultern.

»Ein Spitzname. Mr. Williams ist ein guter Boss, wirklich, aber manchmal scheint er zu vergessen, in welchem Jahr wir leben, und seine Art zu sprechen … Sieh selbst.«

8

Die Terrassen hinter dem Herrenhaus waren stufenförmig angeordnet, und man hatte einen phantastischen Blick hinunter zur Bucht und über das Tal, in das sich der Garten schmiegte. Die beachtliche Höhe einiger Bäume und Palmen war von hier am besten zu sehen, und auch, welche Arbeit in diesem Garten steckte. *Shelter Gardens* war prachtvoll, ein passenderes Wort fiel Mags an diesem Morgen nicht ein. Das Licht, das den Helford River, auf dem nur wenige Fischerboote zu sehen waren, in ein dunkles Blau tauchte, und davor die Baumkronen, zwischen denen immer wieder Teile der blühenden Rhododendren und Hortensien aufblitzten, die kleine Bucht mit ihrem hellem Sand – das alles war prachtvoll.

Wandte man sich dann dem Herrenhaus zu mit seinen großen Sprossenfenstern und dem weißen Anstrich, der im frühen Sonnenlicht glänzte, war man ebenso beeindruckt.

Doch als die Truppe der Gärtner sich den offenen Terrassentüren näherte, erkannte Mags, dass der Eindruck etwas trügte. Die Fassade bröckelte an einigen Stellen, wo unter der weißen Farbe Spuren schneller Reparaturen zu sehen waren. Die Fensterrahmen waren zwar frisch lackiert, aber man konnte deutliche Risse sehen. Was musste es kosten, diese Rahmen auszutauschen! Einige der großen Steinplatten auf der oberen Terrasse waren gebrochen, die Spalten waren zwar sorgfältig von Unkraut befreit, aber dennoch sichtbar. Mags versuchte, mit einem Blick nach oben einzuschätzen, wie alt das Dach war, und sah, dass die Regenrinnen, sicherlich einmal vollständig aus teurem Kupfer geschlagen, an vielen Stellen mit hellerem Blech repariert worden waren. *The Shelter*, die prachtvolle erhabene Lady, sah ein bisschen in die Jahre gekommen aus, wie eine alte Dame, bei der sich Puder und Lippenstift in den Falten abgesetzt hatten und eher betonten, was sie eigentlich verschleiern sollten. Das Haus war dadurch nicht weniger würdevoll, aber Mags wurde von einer leichten Melancholie ergriffen. Hatten die Williams die Möglichkeiten, auf Dauer ein Haus wie dieses und die dazugehörigen Gärten erhalten zu können?

Mags liebte es, durch die Gärten in Cornwall zu wandern, die für Besucher geöffnet waren. Sie bewunderte die Arbeit so vieler Privatleute und vor allem auch des National Trust. Es war gut, die Dinge sichtbar zu machen und zu erhalten. Aber irgendwie blieb da dieses Gefühl, dass auch Gärten wie *The Shelter* etwas sehr Privates waren.

Vielleicht war der Gedanke nicht zeitgemäß, aber Mags liebte Gärten, für die man, um sie zu sehen, über Mauern oder Zäune klettern musste.

Und natürlich war der Gedanke traumhaft, so einen Garten selbst zu besitzen, für sich alleine zu haben, ihn wie einen besonderen Schatz nur wenigen Menschen zu zeigen.

Sie liebte jeden einzelnen Garten, den sie für ihre Kunden angelegt hatte, aber das Aufeinandertreffen von Geschichte und Natur, durch die man spazieren konnte wie durch ein Museum, das war es, was Mags am meisten liebte.

Solche Gärten waren es, die sie an allen Orten, an denen sie gelebt hatte, suchte, die botanischen Gärten in den Städten, die großen Landschaftsgärten vor den Toren, Klostergärten und Jagdsitze.

Sie hatte zu Hause an ihrer Wand eine Karte, in der Nadeln für diese Gärten steckten. Nadeln mit grünen Köpfen für die Gärten, die sie schon besucht hatte, und so viele Nadeln mit roten Köpfen für die Gärten, die sie noch sehen wollte.

Sie wollte die Gärten von Suzhou in China sehen, durch die Klosteranlage von Cervara laufen, den Jardin Majorelle in Marrakesch besuchen. Obwohl sie schon in Italien gewesen war, die Gärten im Norden und in Florenz gesehen hatte, war sie noch nicht im Sacro Bosco in Bomarzo gewesen, dem verwunschenen Garten unweit von Rom. Sie hatte Bilder des Gartens von Beverly McConnell in Auckland, Neuseeland, gesehen, in dem man einen Blick auf den Vulkan Rangitoto hatte. Sie wollte nach Südafrika fliegen und den Kirstenbosch-Garten in Kapstadt sehen und einmal in Kyoto den Kokedera betreten, einen Klostergarten, den man nur auf Einladung besuchen durfte und bei dem jeder Besucher vor Betreten eine buddhistische Schrift im Tempel kopieren musste. Auch England, Schottland und Irland steckten noch voller Nadeln mit roten Köpfen. Sie würde ein weiteres Leben brauchen, um all diese Orte besuchen zu können.

Auf der südlichen Seite der Terrasse waren unter einem großen Segel kleine Tische aufgebaut worden, und eine

Tafel am Weg zeigte an, welche Kuchen es heute geben sollte. Neben den Tischen sah Mags eine Gruppe von Menschen stehen, die sich unterhielten.

Die Köchin, Mrs. Little, schien über etwas zu lachen, was ihr Thomas zugeflüstert hatte. Mags konnte sich gut an die rundliche Frau mit den immer geröteten Wangen und der altmodischen Hochsteckfrisur erinnern. Während sie mit ihrem Vater Zeit auf *The Shelter* verbracht hatte, war ihnen in den Pausen so manches Stück Kuchen oder eine Pastete aus der Küche zugesteckt worden. Mags hatte damals schon immer Frau Holle aus dem Märchen vor Augen gehabt, wenn sie die Köchin gesehen hatte. Auch sie hatte sich, genau wie ihr Mann, kaum verändert. Wie alt die beiden wohl mittlerweile sein mochten?

Neben Thomas stand seine Mutter, Vivian Williams. Mags kannte sie flüchtig, aber wirklich gesprochen hatte sie noch nie mit der schmalen Frau, die heute in einem geblümten Sommerkleid, einer weißen Strickjacke und mit teurem Schmuck aussah wie aus einer Laura-Ashley-Werbung entsprungen. Ihr Gesicht war blass, und Mags fragte sich, ob die glatte Haut wohl auf Gene zurückzuführen war oder doch auf eine Menge teurer Schönheitscremes. Sie selbst hatte, wie immer im Juni, die Nase und Wangen voller Sommersprossen.

Die junge Frau neben Vivian Williams musste die Praktikantin sein, Miss McEwans, von der Mr. Little gesprochen hatte. Sie trug einen kurzen schwarzen Rock, ein schwarzes T-Shirt, das den Namen einer Band trug, die Mags nicht kannte, und an den Füßen trotz des sich ankündigenden strahlenden Junitages dicke Doc-Martens-

Stiefel. Die blonden Haare waren kurzgeschnitten, das Gesicht aufwendig geschminkt. Mags fragte sich, wie die junge Frau in einem solchen Outfit mit Mr. Little im Garten arbeiten wollte. Sie hatte mal wieder Vorurteile, da sie automatisch davon ausging, dass Gartenmenschen eher wie sie selbst Jeans und T-Shirt vorziehen würden.

Mr. Little winkte der jungen Frau zu, und ein wunderschönes Lächeln erschien auf ihrem Gesicht.

Sie blickte weiter nach links, wo sie George Williams im Gespräch mit Sam Hawthorn bemerkte. Sie hatte sich schon gedacht, dass sie hier wieder auf ihn stoßen würde. George Williams, nicht gerade ein Hüne, musste seinen Kopf leicht in den Nacken legen, um sich mit dem großen Mann unterhalten zu können, aber sein Lächeln zeigte, dass die beiden Männer sich gut verstanden.

Thomas' Vater war deutlich älter geworden. Sie hatte George Williams als energiegeladenen Mann mit weit ausholenden Gesten und einem lauten Lachen in Erinnerung. Der Mann, der dort stand, hatte tiefe Falten im Gesicht, schmale Hände, die in ihren Bewegungen eher fahrig als kraftvoll wirkten, und seine weißen Haare waren dünn geworden.

Hätte ihr Vater mittlerweile auch so ausgesehen? Es war schwer für Mags, sich Maximilian Blake zehn Jahre älter vorzustellen.

Neben George Williams standen noch zwei Mädchen aus dem Dorf, die Mags schon öfters im Pub gesehen hatte. Sie trugen über ihren Sommerkleidern weiße Schürzen und würden sich wohl auf der Terrasse um die Besucher kümmern. Hoffentlich würde in ihrer Pause auch ein Stück Kuchen für sie abfallen. Sie lächelte und winkte Mrs. Little zu, als diese den herannahenden Trupp der Gärtner bemerkte. Je gnädiger die Köchin ihr gesinnt war, desto höher wäre ihre Chance auf Kuchen.

Thomas hatte sie ebenfalls bemerkt, und Mags freute sich, als er ihr offen zulächelte. Alles schien wieder gut zu sein zwischen ihnen, und sie merkte, wie sie sich langsam auf den Tag zu freuen begann.

Als alle bei den Tischen angekommen waren, räusperte sich George Williams und stellte sich auf die Treppenstufen vor den Terrassentüren.

»Meine lieben Freunde und Helfer. Ich freue mich, dass ihr heute den Weg zu uns auf *The Shelter* gefunden habt und gemeinsam daran mitwirken wollt, diesen Tag des offenen Gartens zu einem besonderen zu machen. Seit nunmehr zwanzig Jahren öffnen wir den Garten einmal im Jahr für Besucher, und durch die außerordentliche Arbeit der Gärtner in den letzten Monaten können wir ihn voller Stolz erneut präsentieren. Mein Ururgroßvater hätte sicherlich nicht daran gedacht, dass so viele Jahre, nachdem er hier den ersten Baum pflanzte, immer noch …«

Mags lächelte, während sie mit einem Ohr der weiteren Ansprache von Sir George lauschte. Der Spitzname passte, und sie war sicher, dass außer ihr kaum jemand der Anwesenden diese Rede zum ersten Mal hörte. Trotzdem lauschten alle höflich, als er die Geschichte des Gartens Revue passieren ließ. Mags spürte, dass der Mann dort auf der Treppe von den Menschen um sie herum gemocht und respektiert wurde.

»In seiner jüngsten Geschichte hat der Garten vor allem einem Mann einiges zu verdanken, Maximilian Blake.

Ohne seine Recherchen zur ursprünglichen Bepflanzung des Gartens, ohne seinen Eifer und seine künstlerischen Visionen wäre *Shelter Gardens* nicht das, was wir heute präsentieren. Umso mehr freut es mich daher, seine Tochter Margaret Blake heute unter uns begrüßen zu dürfen. Sie wird ebenfalls Besuchergruppen durch den Garten führen. Ihr Vater wäre sicherlich stolz auf sie.«

Mags musste bei diesen Worten schlucken, und sie hoffte, dass niemand sehen konnte, wie sie errötete. Sie war nicht sicher, ob es Freude oder Wut war, die ihr das Blut ins Gesicht trieb, vielleicht eine Mischung aus beidem. Sie lächelte Sir George und seiner Frau Vivian zu. Niemand meinte es böse. Keiner konnte wissen, wie sehr ihr Vater sich dies gewünscht hätte und wie wenig er bereit gewesen war, danach zu fragen, was eigentlich seine Tochter wollte.

Sir George war zum Ende seiner Rede gelangt, und Mags merkte, dass die Anwesenden klatschten. Schnell fiel sie ein und hoffte, dass niemand ihr Zögern bemerkt hatte.

Sie würde sich ab jetzt auf die Führungen konzentrieren und allen zeigen, was sie konnte.

9

Mags atmete auf, als sie am Eingang des Gartens ihre letzte Gruppe für heute in Empfang nahm. Sie hatte insgesamt fünf Gruppen durch den Garten geführt und merkte nun langsam, dass ihre Beine müde wurden. Aber bis jetzt hatte alles geklappt, und die Besucher hatten ihr gerne und mit Interesse zugehört. Das hoffte sie zumindest.

Ihre Pause hatte sie mit Elisabeth King verbracht und es sehr genossen, mit der interessanten Frau über Gärten zu sprechen.

»Ich freue mich sehr, dass Vivian und George *Shelter Gardens* weiterhin öffnen werden. Es wäre schlimm für uns alle gewesen, wenn sie sich nach allem, was passiert ist, von Haus und Garten abgewandt hätten. Nachdem Ihr Vater hier so glanzvolle Arbeit geleistet hat, war ich mir sicher, dass George zusammen mit meinem Bruder den Garten zu einem der schönsten in Cornwall machen würde. Und dann brach erst einmal alles zusammen. Mein Bruder hat mir erzählt, dass es sogar Gerüchte gab, dass die Familie verkaufen und wegziehen würde.«

»Das muss schwer für Ihren Bruder gewesen sein.«

»Ja. Er liebt diesen Garten. Wollte nie etwas anderes tun, als hier zu arbeiten. Sehen Sie, wir sind beide im Gärtnerhaus aufgewachsen. Unser Vater war hier schon Gärtner zu einer Zeit, als man sich noch einen leisten konnte, und mein Bruder ist dann in seine Fußstapfen getreten. Sogar in Zeiten, als nicht sicher war, ob er bezahlt werden könnte – er blieb. Er und seine Frau haben ein lebenslanges Wohnrecht im Gärtnerhaus. Sie hätten es nicht verloren, aber wer weiß, was unter einem neuen Besitzer aus dem Haus und dem Garten geworden wäre. Es ist ihr Zuhause.«

»Ihres auch?«

Die selbstsichere Frau dachte kurz nach.

»Ich glaube, nein. Mein Zuhause war das Gärtnerhaus vor vierzig Jahren. Jetzt ist es … anders. Ich selbst ging früh nach London, und dort ist mein Zuhause. Ich komme gerne hierher, natürlich auch beruflich, aber Cornwall und *The Shelter* zu besuchen ist für mich oft so, als würde ich in ein altes Kinderbuch tauchen.«

Sie lächelte Mags an.

»Aber erzählen Sie das nicht meinem Bruder. Er hat immer noch ein schlechtes Gewissen, dass er hier wohnen darf und ich nicht, und das nutze ich seit über vierzig Jahren schamlos bei jedem meiner Besuche aus und lasse mich verwöhnen. Aber ich bin wirklich froh, dass sich das Leben hier nach den letzten Jahren wieder normalisiert.«

Mags dachte an die Kette, die sie gefunden hatte. Sie hoffte sehr, dass ihr Fund nicht alles wieder in Bewegung bringen würde.

»Waren Sie auch hier, als Emily verschwunden ist?«

»Nicht in jener Nacht, nein. Aber ich bin kurz darauf angereist. Es war schlimm.«

Sie trank einen Schluck Tee und blickte Mags nachdenklich über ihre Tasse hinweg an.

»Sind Sie bloß neugierig oder steckt mehr hinter Ihrer Frage?«

Mags wurde rot.

»Nein. Aber ich bin neugierig, ja.«

Sie überlegte, wie sie das, was sie gefühlt hatte, am besten ausdrücken sollte.

»Ich habe diesen Garten das letzte Mal gesehen, als mein Vater hier gearbeitet hat. Alles war so voller Energie und unbeschwert. Vieles im Garten selbst war ja in keinem guten Zustand, aber alle hatten einfach diese Idee, dass es klappen werde. Alle malten sich aus, wie der Garten in einigen Jahren wieder gesund sein könnte.«

Mags runzelte die Stirn und blickte angestrengt auf den leeren Teller vor sich.

»Und noch bevor ich wusste, was passiert war – ich war in Amerika, als Emily verschwand –, wirkte der Garten traurig auf mich, als ich vor einigen Tagen das erste Mal hier war. Zuerst dachte ich, es seien nur die Erinnerungen an meinen Vater, die mich traurig machten, aber das stimmte nicht.«

Sie blickte vorsichtig auf und erwartete, dass Elisabeth sie für albern oder überdreht halten würde. Aber sie nickte ernst.

»Ich verstehe, was Sie meinen. Ich habe schon so viele besondere Orte in meinem Leben gesehen, und ich glaube, dass sie die Spuren der Menschen und Ereignisse in sich tragen.«

Sie schwiegen für einen Moment, bis die ältere Frau die Stille unterbrach.

»Ist Ihnen schon einmal aufgefallen, dass Gärten und Verbrechen oft eng zusammenhängen?«

Mags dachte nach.

»Sie meinen, so wie in Kriminalromanen?«

»Ja, so in etwa. Ein Kollege von mir hat sich auf Giftpflanzen spezialisiert und einmal eine Liste aufgestellt, in welchen Kriminalromanen mit welchem Gift gemordet wurde. Er sagt immer, dass man eigentlich für jeden normalen Ziergarten einen Waffenschein bräuchte.«

Mags musste lachen.

»Das muss ich mir merken.«

Die beiden Frauen standen auf.

»Glauben Sie, dass auch Emily ermordet wurde? Von einem Einbrecher?«

Elisabeth King schüttelte den Kopf.

»Ich weiß es nicht. Ich weiß nur, dass die verschwundene Schmucksammlung einen beträchtlichen Wert hat. Geld und Liebe waren schon immer starke Motiv zu töten, oder?«

Mags dachte an Thomas und daran, wie er Emily verteidigt hatte. Er glaubte nicht, dass sie selbst etwas mit dem Raub zu tun hatte. Aber er hatte sie schließlich geliebt, und Liebe machte blind. Das hatte sie selbst schmerzhaft erfahren müssen.

10

Vielleicht würde Thomas in ihrer letzten Gruppe sein. Immerhin hatte er ja angedeutet, dass er eine ihrer Führungen mitmachen wollte. Aber sie hatte ihn den ganzen Tag noch nicht gesehen, wobei sie wusste, dass er ja auch keine Ahnung von Gärten hatte.

Doch als sie sich lächelnd der wartenden Gruppe zuwandte, entdeckte sie zwischen den Besuchern zwar ein vertrautes Gesicht, aber keines, das sie sich gewünscht hatte. Sam Hawthorn.

In einem etwas schnelleren Tempo als geplant, schritt Mags vor der Gruppe hinunter zum Garten, während sie gleichzeitig die wichtigsten Fakten und Eckpunkte seiner Geschichte rekapitulierte.

Erst als sie etwas atemlos bei der ersten Abzweigung angekommen war, hielt sie inne. Was machte sie da eigentlich? Sie hasste es doch selbst, wenn sie bei Führungen mit Zahlen und Fakten überschüttet wurde, ohne etwas über den Garten selbst zu erfahren. Warum ließ sie sich von jemandem wie Sam Hawthorn so verunsichern?

Bewusst verlangsamte sie ihren Schritt und drehte sich zu der Gruppe um, in der ihr einige der Gesichter schon eher verängstigt als begeistert zugewandt waren.

»Ich könnte noch viele Jahreszahlen und Namen von Menschen und Pflanzen aneinanderreihen, bis Sie alle davon überzeugt sind, in einem wichtigen Garten zu stehen. Aber ich möchte, dass Sie nach dieser Führung mit einem Kopf voller Bilder nach Hause gehen und mit dem Gefühl, etwas wahrlich Schönes und Erhaltenswertes gesehen zu haben.

Sehen Sie sich um, horchen Sie, riechen Sie, fühlen Sie. Gärten sind wie Menschen, sie haben ein Gesicht, einen Charakter, sie verändern sich im Laufe der Jahre, bekommen vielleicht die ein oder andere Falte mehr, oder auch das ein oder andere Fettpolster, aber ihr Wesen bleibt gleich.

Und deshalb kann man sich in einen Garten verlieben, man kann einen Garten betreten, den man zuvor vielleicht nur auf Bildern gesehen hat, man kann durch ihn hindurchwandern – und plötzlich das Gefühl haben, an einem Ort zu sein, der Sehnsucht in einem auslöst, der einen dazu bringt, jeden Atemzug bewusst wahrzunehmen und seine Hände vorsichtig über Blüten, Blätter und die Rinde von Bäumen gleiten zu lassen. Einen Ort, der einen dazu bringt, zu lieben. Kennen Sie solche Orte?«

Mags ließ ihren Zuhörern Zeit, sich zu erinnern.

»Ich hatte dieses Gefühl schon an vielen Orten, ob im Garten meiner Nachbarin, in den ich als Kind heimlich geklettert bin, oder im French Quarter in New Orleans, umgeben vom Geruch der Hängepflanzen, die von jedem der Balkone auf die Straße hinabreichten. Meine erste Liebe war meine Liebe zu den Gärten Cornwalls, die sich in die Klippen und Buchten dieser atemberaubenden Landschaft schmiegen und zeigen, was Menschen schaffen können, wenn sie auf das hören, was die Pflanzen ihnen mitteilen.«

Mags merkte, dass sie gesprochen hatte, ohne nachzudenken, und dass sie daher mehr preisgegeben hatte, als sie wollte. Aber die Besucher blickten sich jetzt neugierig im Garten um – alle, außer Sam Hawthorn, der sie mit einem nachdenklichen Gesichtsausdruck ansah.

»Alle Wege in *Shelter Gardens* haben eigene Namen bekommen. Der Weg zu unserer linken ist der Raindrop Path.«

Mags führte die Gruppe um die nächste Wegbiegung. Die Blätter der teilweise über zwei Meter hohen Mammutblattpflanzen ragten über ihnen auf. Wenn es regnete, konnte man die Tropfen abprallen hören, während man selbst sicher und trocken unter einem grünen Dach stand.

»Vielleicht ergeht es Ihnen ja wie mir, aber ich fühle mich wie ein Kind, sobald ich unter den Blättern stehe. Wenn ich an mir hinunterblicke, erwarte ich fast, an meinen Füßen meine alten roten Gummistiefel zu sehen. Manchmal vergessen wir, wie es war, als Kind durch einen Garten zu laufen.«

Viele Köpfe um sie herum nickten. Mags lächelte. Diesmal hatte sie ihre Zuhörer fest eingefangen, und das fast schon feierliche Gemurmel hinter ihr freute sie diebisch. Mags führte die Gruppe weiter die Blossom Lane entlang in Richtung des Pirate Trail. Der Pfad hatte seinen Namen von einem kleinen Aussichtsturm, von dem aus man einen phantastischen Blick über die Bucht auf den Fluss hatte.

»Piraten und Cornwall gehören zusammen wie Pech und Schwefel, das wissen die meisten von Ihnen sicherlich. Der ursprüngliche Turm wurde an dieser Stelle um 1910 gebaut, und ich stelle mir immer vor, wie die ein oder andere Dame in lange zurückliegenden Tagen hier oben stand und von amourösen Abenteuern träumte.«

Sie sah ihre Zuhörer lächeln.

»Weniger bekannt ist, inwieweit die Geschichte von Gärten wie diesem ebenfalls mit beeindruckenden Diebstählen zu tun hat. Der bekannteste dieser Diebstähle ist wohl Robert Fortune gelungen, der es schaffte, Teepflanzen aus China herauszuschmuggeln. Die großen Seehandelsrouten, der Reichtum der British East India Company und die Idee, mitgebrachte Pflanzen auch hier anzupflanzen, sind alles Gründe dafür, dass es Gärten wie diesen hier gibt.«

Mags führte die Gruppe weiter bis zum Ende des Pfades. Das Lichtspiel war atemberaubend, als sie die letzte Wegbiegung nahm und sich vor ihr der freie Blick auf das Hortensiental öffnete. Am anderen Ufer des Sees lag die Einsiedlerhütte, deren neues Reetdach mittlerweile fertiggestellt war und an der die Handwerker ihre Arbeit beendet hatten.

Der Anblick der unzähligen blauen Blüten, die sich um den schmalen See schmiegten, war außergewöhnlich. Doch jetzt stand die Sonne so, dass das Wasser des Sees wie ein Spiegel wirkte und das ganze Tal in einem dunklen Blau zu leuchten schien. Mags schwieg, während hinter ihr die Besucher ebenfalls die Luft anhielten und Fotoapparate gezückt wurden. Sie ließ ihnen Zeit, atmete tief ein, und ihr Blick glitt langsam über die Bucht und das Tal. Es war wirklich ein besonderer Ort. Als sie merkte, dass die Gruppe hinter ihr langsam unruhiger wurde, drehte sie sich um.

»Vor sich sehen Sie das Hydrangea Valley voller Hortensien. Das Geheimnis ihrer Farbe liegt in der Erde, in der sie wachsen. Ihr PH-Wert bestimmt die Farbe der Blüten. Ist der Boden sauer, blüht die Hortensie blau. Ist der Boden hingegen alkalisch, blüht sie rosa. Die Pflanzen können so auch ihre Blütenfarbe ändern. Schon früh haben Gärtner die Farben der Blüten beeinflusst. Hier im Tal ist die Erde sehr sauer, so dass die Blüten Jahr für Jahr in diesem prächtigen Blau blühen.«

Mags lächelte und flüsterte:

»An anderen Orten, die ich jetzt nicht nennen werde, wird da chemisch nachgeholfen.«

Ihre Zuhörer lachten.

»Als Gärtner muss man also ein wenig Ahnung von Chemie haben. Wissen Sie, was ein Widow-Maker ist? So nannte man die mechanischen Pumpen für die Unkrautvernichtungsmittel, die die Gärtner sich früher auf den Rücken schnallten. Witwenmacher, weil gerade zu Beginn oft mit Stoffen experimentiert wurde, die nicht nur Unkraut, sondern auch Menschen umbringen konnten.«

Die Gruppe lachte erneut und folgte Mags dann entlang dem kleinen See in Richtung Bucht. Eine Frau, die aufmerksam zugehört hatte, beeilte sich, nach vorne zu Mags zu kommen und zeigte auf eine Stelle in der Nähe der Einsiedlerhütte.

»Wenn der Boden hier so sauer ist, warum tragen dann dort hinten einige der Pflanzen rosafarbene Blüten?«

Sie wies auf eine kleine Stelle in der Nähe der Hütte.

Auch Mags war der Fleck schon aufgefallen. Rosa Blüten auf saurer Erde ... Um die Erde alkalisch werden zu lassen, brauchte es bestimmte Prozesse. Abbauprozesse von ...

Sie wandte sich der Frau zu und bemerkte dabei wieder Sam Hawthorn, der hinter ihnen ging und gespannt zuzuhören schien.

»Ich weiß es nicht, der Boden muss an dieser Stelle auf jeden Fall alkalisch sein. Natur ist nicht berechenbar, vielleicht hat sie sich eben diese Stelle gesucht, um uns darauf hinzuweisen? «

Mags blickte noch einmal zu den rosafarbenen Blüten zurück. Neben den Hortensien waren drei junge Elstern gelandet und schienen in ihre Richtung zu blicken.

»Ich weiß es wirklich nicht.«

11

Mags stand an Puckpucks geöffneter Tür. Die letzten Besucher waren gegangen, Sir George hatte allen Helfern seinen Dank ausgesprochen und ihnen jeweils einen Scheck in die Hand gedrückt.

Mags würde mit bester Laune nach Hause fahren, da sie ihre Karte an einige Besucher verteilt und mit dreien von ihnen auch schon konkreter über Projekte gesprochen hatte. Am längsten mit einer jungen Frau, die zusammen mit ihrer Familie vor einem Jahr in ein altes Schulhaus gezogen war. Sie hoffte, dass die sympathische Frau ihren Mann dazu überreden konnte, die Umgestaltung des alten Obstgartens in Mags' Hände zu legen.

Sie war schon mehrmals an dem Haus vorbeigefahren und hatte die dicken Steinmauern bewundert. Es wäre ein gutes Stück Arbeit, sie müsste behutsam vorgehen, aber sie konnte das Ergebnis schon deutlich vor ihren Augen sehen: Sie würde einige der alten Bäume erhalten, Kletterrosen unter sie pflanzen und einige Hochbeete anlegen, die sich an die Sonnenseite der Mauer schmiegten. Sie würde Wege anlegen müssen, die dazu einladen, morgens mit einer Tasse Tee in der Hand durch den Garten zu gehen.

Mags seufzte. Schon wieder war sie dabei, noch bevor überhaupt ein ernsthaftes Vorgespräch stattgefunden hatte, den kompletten Garten in ihrem Kopf zu gestalten.

Sie erinnerte sich daran, wie sie einmal einen Auftrag

übernommen hatte, bei dem sie gegen ihren Instinkt, ihr Wissen und zum Teil auch gegen den Garten selbst gearbeitet hatte – und auch wenn das Ergebnis den Besitzer glücklich gemacht hatte, vermied sie selbst es seitdem, an dem Haus vorbeizufahren.

Vielleicht würden auch Mr. Little oder Sir George bei der ein oder anderen Gelegenheit an sie denken und sie weiterempfehlen. Sie hatte ihre Sache gut gemacht.

Warum stieg sie nicht endlich ein? Es war spät, sie hatte morgen einen frühen Termin, sie sollte nach Hause fahren, etwas essen und ihre müden Beine hochlegen und *Shelter Gardens* hinter sich lassen. Doch immer wieder hatte sie die rosafarbenen Hortensien vor Augen. Was war der Grund für ihre Farbabweichung?

Mit einem leisen Fluch schloss sie die Fahrertür wieder und holte etwas unter der dicken, schwarzen Plane hervor, die die Ladefläche bedeckte. Entschlossen stapfte sie in Richtung Tal.

»Sie sehen aus, als hätten Sie noch größere Pläne?«

Sam Hawthorns Stimme ließ sie zusammenzucken, und mit einem Klirren fiel ihr der Spaten aus den Händen.

Fluchend hob sie ihn wieder auf.

»Das geht Sie gar nichts an.«

»Da könnten Sie recht haben. Da Sie allerdings einen Spaten tragen und offenbar auf dem Weg zum Hortensiental sind, mische ich mich dennoch ein. Mir ist Ihr Zögern vorhin durchaus aufgefallen, als es um die eigenartige Farbe der Hortensien ging.«

»Was? Deswegen spionieren Sie mir nach?«

Ihr Gegenüber machte ein schnaubendes Geräusch, das beinahe wie ein Knurren klang.

»Irgendwann müssen Sie mir erklären, was ich Ihnen eigentlich getan habe. Ich spioniere Ihnen nicht nach. Aber vielleicht kann ich Ihnen helfen?«

Mags dachte kurz nach. Sie war nicht erpicht darauf, in der Dunkelheit alleine ins Tal zu gehen.

»Na schön.«

Sie überlegte kurz.

»Ich glaube, an der Hütte stand noch eine Schaufel, die die Bauarbeiter vergessen haben. Aber wahrscheinlich ist das sowieso nur ein Hirngespinst.«

Sam schüttelte den Kopf und pfiff leise vor sich hin. Mags meinte, die Titelmelodie der alten Miss-Marple-Filme zu erkennen, und musste wider Willen lächeln.

Nun gut, sollten sie sich eben zu zweit lächerlich machen.

Eine halbe Stunde später hatten sie im Hortensiental die Büsche mit den auffälligen rosafarbenen Blüten aus der Erde gehoben und begonnen, vorsichtig die Erde darunter abzutragen.

»Glauben Sie wirklich, dass wir unter den Wurzeln etwas finden werden?«

Sam hatte seinen schicken Blazer ausgezogen und stellte sich mit der Schaufel nicht so ungeschickt an, wie Mags gedacht hatte.

»Ich hoffe, dass ich mich irre. Aber etwas im Boden sorgt dafür, dass die Blüten rosa sind. Da verwest etwas.«

Schweigend gruben sie weiter.

Nach einer Weile wollte Mags schon erleichtert aufatmen, als sie auf ihrer Schaufel etwas Hellgraues erkannte.

»Stopp!«

Sam schrak zusammen und hielt in seiner Bewegung inne.

»Was haben Sie …?«

Doch dann sah auch er, was auf Mags' Schaufel lag.

»Knochen.«

»Von einem Tier?«

Mags schüttelte nur den Kopf und bewegte vorsichtig ein Stückchen Erde zur Seite. Darunter glänzte etwas Silbernes.

»Ich fürchte, nein.«

12

Mags war sich sicher: Sollte der Polizist vor ihr sie noch einmal mit hochgezogenen Augenbrauen und in ungläubigem Ton danach fragen, warum sie hier gegraben hatten, sie würde ihm mit Freude ihren Spaten über den Kopf ziehen. Die Ereignisse hatten sich überschlagen.

Nachdem Sam zum Haupthaus gelaufen war, um die Polizei zu rufen und Thomas zu suchen, hatte Mags in sicherer Entfernung von der kleinen Grube gewartet. Sie hatte gehofft, dass ihr Verdacht, was es mit der Farbänderung der Hortensien auf sich haben könnte, sich als albernes Hirngespinst erweisen würde. Aber da lagen Knochen und Reste irgendeines Stoffes. Vielleicht waren die Knochen ja viel älter, vielleicht würde es sich als harmlos erweisen. Vielleicht doch ein Tier?

Doch wem machte sie eigentlich etwas vor? Wenige Meter entfernt hatte sie vor einigen Tagen die Kette gefunden, nun die Knochen und die Reste eines Kleidungsstückes. Sie hatte ja hier gegraben, weil sie den Verdacht hatte, genau das zu finden. Emily.

Mags schüttelte den Kopf und hoffte, dass Sam bald wiederkommen würde, ohne Thomas oder die Familie.

Doch die schnellen Schritte auf dem Kiesweg ließen sie aufseufzen. Das waren mehrere Personen. Sam ging vornweg und versuchte, mit seinem ausgestreckten Arm Thomas davon abzuhalten, auf die Grube zuzustürzen.

»Thomas? Thomas! Die Polizei wird nicht wollen, dass …«

Aber Thomas' Gesicht ließ keinen Zweifel daran aufkommen, dass er sich notfalls auch gegen Sam wenden würde, um zur Grube zu kommen.

Erst die bestimmte und laute Stimme seines Vaters ließ ihn innehalten.

»Thomas, nein! Wir warten hier, bis die Polizei da ist.«

Mags konnte immer besser verstehen, warum er von den Leuten Sir George genannt wurde. Trotz seiner Blässe und des sichtbaren Entsetzens war seine Stimme fest, und erst als Thomas wirklich stehen blieb, drehte Sir George sich zu den anderen Menschen um, die ihm gefolgt waren.

»Jake, Sie gehen zur Einfahrt und weisen den Polizisten den Weg. Schließen Sie die Tore und lassen Sie ansonsten niemanden herein, ja? Mr. Little, können Sie einige dicke Bretter oder Bohlen besorgen, damit der Boden bedeckt werden kann? Und können Sie nachsehen, ob der kleine Generator im Stall bereit ist? Wir brauchen sicherlich Strom hier unten, wenn es dunkler wird.«

Er blickte auf die paar Menschen, die sich auf dem schmalen Weg hinter ihm stauten.

»Sam, könntest du bitte Mrs. Little Bescheid sagen, dass sie Kaffee und Tee kochen möge und …«

Hier hörte Mags zum ersten Mal eine Unsicherheit in seiner Stimme.

»Und könntest du einmal nach Vivian sehen? Sie soll um Gottes willen im Haus bleiben, ja? Vielleicht ist es gut, ihren Arzt anzurufen und zu fragen, ob er vorbeikommen könnte. Mrs. Little hat seine Nummer. Du kannst ihm erzählen, was passiert ist, er wird schweigen.«

Nachdem alle Angesprochenen sich wieder auf den Weg zum Haupthaus gemacht hatten, standen nur noch Eric Clay und die Praktikantin auf dem Weg. Beide mit leichenblassem Gesicht.

»Ich möchte Sie bitten zu gehen. Wenn Sie warten wollen, dann tun Sie das oben in der Küche, ja? Wir informieren Sie, wenn wir Genaueres wissen. Und ich bitte Sie inständig, noch nicht über all das hier zu sprechen. Aus Respekt vor – « Seine Stimme brach kurz. »Aus Respekt.«

Mags fand, dass Thomas' Vater seine Worte geschickt formuliert hatte. Einer solchen Bitte musste man nachkommen.

Thomas stand immer noch unbeweglich an der Stelle, wo die Stimme seines Vaters ihn hatte innehalten lassen.

Mags konnte sehen, dass er seine Lippen bewegte, als würde er etwas sagen wollen, aber kein Laut war zu hören. Sie wäre gerne zu ihm gegangen, nur um bei ihm zu stehen, aber sie wusste, er würde es in diesem Moment nicht wollen.

Sie merkte, wie sie zusammenzuckte, als Sir Georges Blick auf sie fiel.

»Margaret, ich … Warum haben Sie hier bloß gegraben? Ich verstehe das nicht.«

Mags erklärte ihm mit leiser Stimme, was der Besucherin aufgefallen war.

»Ich hätte nie damit gerechnet, wirklich etwas zu finden. Aber ich konnte auch nicht einfach nicht nachsehen, verstehen Sie?«

»Erst die Kette, und jetzt das hier …«

Mags nickte.

»Ja, ich befürchtete, dass … Wir haben neben den Knochen noch Reste eines Stoffes mit silbernen Pailletten gefunden.«

»Emily trug an jenem Abend ein silbernes Kleid.«

Sir George blickte mit schmerzverzerrtem Gesicht zu der Grube.

Mags erschrak, als sie Thomas' leise Stimme hörte.

»Sie hat das Kleid in London gekauft, in einem kleinen Laden in Notting Hill. Sie hatte zuerst Zweifel, ob ein so auffälliges Kleid für eine solche Feier passend wäre, aber sie sah atemberaubend darin aus. Sie lachte die ganze Zeit, während sie es anprobierte, und freute sich über die Lichtreflexe an den Wänden der Umkleidekabine. An dem Tag wurde mir zum ersten Mal wirklich bewusst, dass wir heiraten würden.«

Er schwieg, und auch Sir George machte keine Versuche, Mags weitere Fragen zu stellen. Also setzte sie sich wieder auf die Steine am Wegrand und wartete.

Obwohl der Tag warm und sonnig gewesen war, merkte sie, wie die Kälte langsam von der Bucht her den Garten heraufkroch und sich auf die Pflanzen und auf sie legte. Ihre Zähne klapperten, und fröstelnd zog sie ihre dünne Jacke enger um die Schultern. Der Blick auf Thomas, der sich immer noch keinen Millimeter bewegt hatte, ließ ihr Frösteln noch stärker werden.

Sie hörte wieder Schritte auf dem Weg, und wenig später spürte sie, wie ihr jemand eine Wolldecke über die Schultern legte und eine Tasse mit Kaffee in die Hand drückte. Sie mochte keinen Kaffee, schon gar nicht mit einer solchen Unmenge Zucker darin, aber er tat seine

Wirkung, und sie merkte, wie ihr Zähneklappern weniger wurde.

»Danke.«

Sam hatte sich neben sie gesetzt und nippte ebenfalls an einer Tasse.

»Im Haus ist es ruhig. Mrs. Little hat Vivian erst einmal ins Bett geschickt, und der Arzt ist unterwegs. Die Polizei sollte bald da sein.«

Mags konnte aus den Augenwinkeln sehen, wie Mr. Little mühsam einen kleinen Generator auf einer Schubkarre in die Nähe der Grube brachte und sich dann leise mit Sir George unterhielt.

»Mags?«

Sam hatte wohl schon mehrmals versucht, sie anzusprechen.

»Oh, ja. Entschuldigung. Was haben Sie gesagt?«

»Soll ich Sie ins Haus bringen? Sicherlich können wir auch dort auf die Polizei warten.«

»Nein, nein. Es geht schon. Ich bin lieber hier draußen.«

Sie gab sich einen Ruck und wandte sich ihm zu.

»Erzählen Sie mir etwas. Erzählen Sie mir, warum Sie Geschichte studiert haben. Und warum sind Sie in Cornwall? Sie kommen nicht von hier, oder?«

Sam nickte und schien kurz nachzudenken, dann lächelte er.

»Nein, ich komme nicht von hier. Erstaunlich, dass Sie es noch hören. Ich habe jahrelang daran gearbeitet, jeden Akzent verschwinden zu lassen.«

Sam runzelte die Stirn.

»Es sind die Vokale, oder?«

Mags zuckte leicht mit den Schultern und lächelte auch. Eigentlich hatte sie gar nichts gehört. Sam sprach sauberes Oxford-Englisch, daher hatte sie schlicht geraten. Wer sich so um seinen Ausdruck und seine Aussprache bemühte wie Sam, wollte damit meist irgendetwas überspielen. Viele ihrer Schulfreunde hatten sich, im Gegensatz zu ihr, immer sehr bemüht, ihren cornischen Akzent loszuwerden. Mags allerdings mochte den ihren.

Sie zog die Decke fester um ihre Schultern und blickte Sam an. Hoffentlich schaffte er es, sie von der wenige Meter entfernten Grube abzulenken.

»Ich bin in London groß geworden, aber meine Mutter kommt aus Prag. Sie ist als Musikerin über ein Austauschstipendium nach England gekommen. Sie spielt Geige und ist geblieben, nachdem sie meinen Vater kennengelernt hatte. Die beiden mussten heiraten, damit sie bleiben konnte, und vielleicht war es zu voreilig, oder vielleicht war es nie die große Liebe, aber als sie dann mit mir schwanger war, ist er gegangen. Sie redet nicht so viel darüber, aber es war wohl nicht leicht für sie. Ich erinnere mich, dass während meiner gesamten Kindheit Geigenschüler bei uns im Wohnzimmer ein und aus gingen.«

Sam trank einen Schluck aus seinem Becher, und Mags nutzte die Pause, um eine Frage einzuwerfen.

»Spielst du auch Geige?«

Er lachte.

»Ja, aber nicht sehr gut. Meine Mutter war ziemlich enttäuscht, glaube ich, auch wenn sie versucht hat, es sich nicht anmerken zu lassen. Ich bekam zuerst Geigenunterricht, dann Trompete, Klavier sowieso, Gitarre. Irgendwann hat sie wohl eingesehen, dass meine Begabungen woanders lagen. Statt Geige zu üben, habe ich gelesen. Es gab eine kleine öffentliche Bücherei in der Nähe unserer Wohnung, und ich habe mich nach und nach durch die Regale gearbeitet. Ich erinnere mich noch, dass die Bibliothekarin einmal meine Mutter anrief, weil ich die Bücher aus der Kinderabteilung durchgelesen hatte und zur Erwachsenenabteilung wechselte. Da war ich vielleicht elf Jahre alt. Meine Mutter musste mir eine schriftliche Erlaubnis ausstellen, dass ich alle Bücher lesen durfte.«

Mags lachte.

»Mir fallen einige Bücher ein, die mich mit elf auf jeden Fall verwirrt hätten.«

Sam musste auch lachen.

»Ja, manchmal war es schon komisch. Aber wenn ich nicht verstanden habe, worum es ging, habe ich das Buch wieder zur Seite gelegt. Als ich bei den Geschichtsbüchern ankam, war ich glücklich. Ich erzählte zu Hause, dass ich auch Bücher schreiben wollte, und meine Mutter erklärte mir, dass ich dafür verdammt gut in der Schule sein müsste, um zu studieren und Stipendien zu bekommen. Also hab ich gelernt und es geschafft.«

Mags schüttelte den Kopf. So einfach konnte es wohl kaum gewesen sein, aber es war schließlich seine Geschichte.

»Und warum Cornwall?«

Sam lächelte und stellte seinen mittlerweile leeren Becher neben sich ab.

»Einer der Schüler meiner Mutter, James, war vielleicht zwei Jahre älter als ich, und er lud uns in einem Sommer ein, ihn und seine Familie hier zu besuchen. Sie hatten sich in dem Haus einer Verwandten eine Ferienwohnung eingerichtet, in der Nähe von St. Ives. Meine Mutter und ich kamen mit dem Zug an. Ich kann mich noch an die Fahrt erinnern. In London regnete es, dann fuhren wir stundenlang durch Wiesen, und alles war nass, und meine Laune sank – bis wir irgendwann aus einem Tunnel hinausfuhren und um uns herum einfach nur Licht war. Die Wolken hatten sich geöffnet, und die Sonne tauchte alles in Licht. Ich kann es nicht so gut beschreiben, aber ich weiß, dass ich am Zugfenster hing und mir die Nase platt drückte. Ich hatte gerade alles über die Artus-Sage verschlungen, was ich finden konnte, und so spielten wir am Strand und zwischen den Klippen Ritter und Zauberer. Es war phantastisch. Meine Mutter spielte seit langem wieder Geige.«

Mags kannte ähnliche Geschichten.

»Du hast dich in Cornwall verliebt?«

Sam nickte.

»Ja, bis über beide Ohren. Ich wollte nicht wieder weg, und London kam mir nach diesen Wochen nur noch eng und dunkel vor. Als ich dann später im Studium frei genug war von den Ideen und Zwängen meiner Professoren, fing ich an, an einer Geschichte Cornwalls zu arbeiten.«

»Und, wie weit bist du?«

Sam schloss seufzend die Augen.

»Ich befürchte, es wird nie fertig. Es entgleitet mir oft, weißt du? Als ob es nicht fertig werden wollte. Mir fallen immer neue Themen oder Einzelheiten ein, es gibt immer wieder Aspekte, die unbedingt noch erwähnt werden müssen, ich komme nie zu einem Ende, wie es scheint.«

Jetzt war es an Mags, zu lächeln.

»Vielleicht willst du auch einfach nicht, dass es zu Ende geht?«

Sam blickte sie zuerst erstaunt, dann mit einem merkwürdigen Leuchten in den Augen an.

»Ja, vielleicht will ich das auch einfach gar nicht.«

Geräusche auf dem Weg ließen sie aufschrecken. Die Polizei war angekommen.

13

Innerhalb weniger Minuten hatten sie die Grube abgesperrt, Scheinwerfer aufgestellt und Planen gespannt.

Mags und die anderen waren höflich, aber bestimmt bis zur alten Hütte zurückgedrängt worden, wo sie warteten.

Eine Frau in Zivil, die sich als Sergeant Mary Shifter vorgestellt hatte, hatte Sam beiseitegenommen, und ihr Kollege, der sich schon zuvor durch seine kurzen Befehle als Vorgesetzter herausgestellt hatte, widmete sich Mags.

»Inspector Johnson.«

Der Inspector, vielleicht Ende fünfzig, blickte sie direkt und ohne zu blinzeln an. Er war wohl jemand, der wusste, was er wollte. Ob er wohl jemals blinzeln musste? Mags beschloss, es nicht auf einen Versuch ankommen zu lassen und senkte kurz die Augen.

»Mrs. Blake, können Sie mir erklären, warum Sie heute ausgerechnet hier gegraben haben?«

»Miss.«

Sie mochte weder seinen Ton noch die latente Aggressivität, die er ausstrahlte.

»Miss Blake. Warum hier?«

Sie hatte es ihm schon erklärt. Wie sie die Kette gefunden hatte, wie sie von Emilys Verschwinden erfahren hatte, wie die Besucherin sie auf die ungewöhnliche rosa Färbung der Hortensien aufmerksam gemacht hatte, wie sie dann den Verdacht nicht mehr loswerden konnte, dass es sehr wohl eine fürchterliche Erklärung dafür geben könnte, warum der Boden alkalisch geworden war …

Er hatte zugehört und seine kleinen Augen dabei zusammengekniffen. Und dann hatte er kurz geschwiegen, seine Augenbrauen hochgezogen und gesagt:

»Noch mal, bitte.«

Mags wollte protestieren, sie war müde und zerschlagen und wollte weg aus dem Garten und weg von dem Polizisten. Sie hatte dann aber seinen Blick auf sich gespürt und noch einmal alles erzählt, doch auch danach war Johnson anscheinend nicht zufrieden.

»Nehmen wir mal an, Ihre Geschichte stimmt – warum sind Sie dann mit Ihrem Verdacht nicht ins Haus gegangen und haben dem Hausherrn Bescheid gesagt?«

Mags versuchte, tief durchzuatmen und ihre Schultern nach unten sinken zu lassen.

»Weil ich mir nicht sicher war. Wie denn auch? Es gibt viele Erklärungen, warum die Blüten ihre Farbe verändern. Was, wenn ich nur auf die Reste irgendeines Tieres gestoßen wäre? Was, wenn irgendein Besucher oder einer der Bauarbeiter dort etwas ausgekippt hätte, was den PH-Wert des Bodens veränderte? Was, wenn die Hortensien einfach ohne Grund ihre Farbe geändert hätten? Ich hätte fürchterliche Bilder bei der Familie hervorgerufen. Ich wollte erst sicher sein, und ich hoffte die ganze Zeit, dass alles einfach nur eine hirnrissige Idee von mir gewesen wäre.«

Johnson hatte weiterhin beinahe gleichmütig zugehört. Sie merkte, wie sie ihre Hände zu Fäusten ballte. Wahrscheinlich wartete er nur darauf, dass sie wütend wurde.

»Erzählen Sie mir noch einmal, wie es überhaupt dazu kam, dass Sie letzte Woche und heute hier waren?«

Mags' Erschöpfung trieb ihr die Tränen in die Augen. Aber sie würde nicht heulen.

»Ich bekam einen Anruf, dass für den Tag des offenen Gartens noch jemand gesucht wurde, der die Besuchergruppen durch den Garten führt. Ich habe den Job angenommen und wollte mir den Garten vorher noch einmal ansehen.«

»Warum gerade Sie? Sind Sie Expertin?«

Mags knirschte mit den Zähnen. Dieser Mann war unglaublich.

»Nein, bin ich nicht. Mein Vater hat vor Jahren an den Plänen zur Restaurierung mitgearbeitet, ich habe ihn damals begleitet. Heute habe ich meine eigene Gartenfirma. Man hat mich einfach gefragt.«

»Sie meinen, Thomas Williams fragte Sie?«

Das Gespräch hatte einen scharfen Unterton, den man nicht überhören konnte.

Sie zwang sich, tief durchzuatmen.

»Ja.«

Johnson zog seine Augenbraue noch höher. Hoffentlich bekam er davon ordentliche Kopfschmerzen. Oder eine dicke Falte.

»Ja?«

Sie würde sich nicht provozieren lassen.

»Ja.«

Bevor der Inspector sich eine neue Frage überlegen konnte, wurde er nach unten zur Grube gerufen.

»Chef? Wir haben jetzt freie Sicht.«

»Sie warten hier.«

Er drehte sich um und ließ Mags stehen.

Wenige Meter entfernt konnte sie Sam und die Polizistin leise miteinander sprechen hören. Anscheinend schaffte er es mühelos, sein Gegenüber um den Finger zu wickeln.

An die Grube waren noch mehr Scheinwerfer gerückt worden, und Mags konnte das Gemurmel der Stimmen hören. Einer der Polizisten schleppte eine Kameraausrüstung an ihr vorbei, und bald bemerkte sie die ersten Blitze. Der Garten und die Hortensien sahen unwirklich aus in dem grellen Licht, und das am Tag noch so zauberhaft wirkende Blau der Blüten wirkte nun unter den Scheinwerfern hart und künstlich. Beinahe giftig. Mags drehte sich langsam um. Sam war von der Polizistin alleine gelassen worden und hatte sich neben Sir George und Thomas gestellt. Die drei Männer blickten bewegungslos zur Grube hinüber.

Im Augenwinkel bemerkte sie eine Bewegung. Unter den Bäumen am Rande des Pfades standen zwei Gestalten. Mags kniff die Augen zusammen, um sie besser sehen zu können. Der junge Gärtner, Eric Clay, und neben ihm eine schmale Person. Die Praktikantin? Geräusche auf dem Weg ließen Mags weiter nach rechts schauen. Zwei Träger kamen mit einer Art Bahre auf sie zu. Auch Eric und das Mädchen schienen sie gesehen zu haben. Mags blickte wieder zur Grube, hörte dann aber ein unterdrücktes Schluchzen hinter sich. Die Praktikantin war am Baum zu Boden gesunken und hielt sich eine Hand vor den Mund. Mags meinte, das Weiß ihrer weit geöffneten Augen sehen zu können. An der Grube traten alle

zur Seite, um die beiden Männer mit der Trage vorbei-
zulassen. Mags lief ein Schauder über den Rücken, und
sie drehte sich um. Sie wollte das nicht sehen.

14

Mags war froh, als sie endlich wieder bei Puckpuck stand. Sie würde jetzt nach Hause fahren, sich einen Becher Tee mit einem ordentlichen Schluck Whisky machen und dann einfach schlafen. Doch bevor sie in ihren Wagen steigen konnte, hörte sie, wie jemand ihren Namen rief.

»Miss Blake?«

Eigentlich wollte sie den Ruf ignorieren, einfach einsteigen und losfahren, aber als sie sich vorsichtig umdrehte, sah sie am Rand der Terrasse von *The Shelter* die schmale Silhouette von Vivian Williams.

»Miss Blake?«

Mags seufzte, sie würde Thomas' Mutter nicht einfach stehenlassen können.

»Ich komme, warten Sie kurz.«

Im Näherkommen sah Mags, dass Vivian Williams nur mit einem dünnen, schwarzen Morgenmantel bekleidet war. In ihrem blassen Gesicht wirkten ihre dunklen Augen riesig. Sie war im Gegensatz zu heute Morgen ungeschminkt, was ihr wirkliches Alter deutlich erkennen ließ. Die hellen, blonden Haare wirkten durch das aus dem Wohnzimmer auf die Terrasse fallende Licht eher grau, und Mags hatte kurz das Gefühl, einer alten Frau gegenüberzustehen.

»Mrs. Williams, Sie sollten nicht hier draußen sein, es wird kalt.«

Mags sah ein kurzes Aufblitzen in den großen Augen, das dann einer Müdigkeit wich, die wohl auch mit Beruhigungsmitteln zusammenhing.

»Der Arzt hat mich auch schon ins Bett geschickt, und Mrs. Little hat mir wie einem kranken Kind Tee und Suppe gebracht. Alle waren äußerst bemüht, mir zu sagen, was ich tun soll. Aber ich habe mich wieder runtergeschlichen.«

Mags schwieg.

»Niemand schien es für nötig zu halten, mir zu erzählen, was dort unten genau los ist. Ich habe gehört, wie Sam Mrs. Little gesagt hat, Sie hätten dort – «

Ihre Stimme brach, und Mags konnte sehen, wie sie um Beherrschung rang.

»Sam hat mir gesagt, Sie hätten dort unten Knochen gefunden?«

Mags erinnerte sich an das, was Miss Clara und Thomas ihr erzählt hatten. Dass Emilys Verschwinden für Vivian Williams ein großer Schock gewesen sei und dass ihre Nerven die Aufregung, die Angst und die Gerüchte der Presse nicht ertragen hätten. Sie sollte das alles wirklich der Familie überlassen.

»Miss Blake, ich bitte Sie. Ich muss wissen, was Sie dort gefunden haben.«

Mags nickte. Es konnte nichts Schlimmeres geben, als einfach nicht zu wissen, was geschehen war und hier oben im Haus auf Neuigkeiten zu warten.

»Mrs. Williams, Sam und ich haben unter den Hortensien im Tal menschliche Knochen gefunden. Ich konnte Reste eines silbernen Stoffes mit Pailletten erkennen.«

»Emily.«

Mags, die schon Angst gehabt hatte, dass die zierliche Frau vor ihr umkippen werde, blickte erstaunt auf, als sie nur dies eine ruhig ausgesprochene Wort hörte.

»Ja, das denkt die Polizei auch. Thomas konnte das Kleid identifizieren.«

Vivian Williams nickte.

»Sie trug Silber an diesem Abend. Eigentlich ein viel zu auffälliges Kleid für die Feier, aber sie sah zauberhaft aus.«

Vivian Williams fuhr sich mit den Händen über das Gesicht und wirkte müde.

»Der Abend war so schön, die beiden haben viel gelacht, wir haben angestoßen, und George war so stolz, als Thomas verkündete, er und Emily würden hierherziehen wollen.«

Ihre Stimme war leiser geworden, die Augen hatte sie bei den letzten Worten geschlossen. Mags überlegte schon, wie sie Vivian zurück ins Haus bringen konnte, als diese erneut zu Mags aufblickte.

»Sie haben auch die Kette gefunden, oder?«

»Ja, eine Elster muss sie in ihrem Nest versteckt haben. Ich habe sie im alten Reetdach der Hütte gefunden.«

»Ja, natürlich. Elstern sammeln glänzende Dinge, oder? Wer weiß, ob …«

»Mutter!«

Mags atmete erleichtert auf, als sie hinter sich Thomas' Stimme hörte.

»Mutter, es ist viel zu kalt hier draußen. Lass mich dich ins Haus bringen, ja?«

Thomas griff den Arm seiner Mutter und nickte Mags nur kurz zu. Sein Gesicht schien in den letzten Stunden jede Farbe und Fassung verloren zu haben.

»Es tut mir leid.«

Kurz überlegte Mags, ihre Hand auf seinen Arm zu legen, doch Mutter und Sohn wirkten so vertraut miteinander, dass sie nicht stören wollte.

»Ich fahre dann jetzt.«

Und mit einem letzten Blick auf das Hortensiental und den hellen Lichtkreis der Scheinwerfer, die ein Grab beleuchteten, kletterte Mags in Puckpuck und fuhr los.

15

Eigentlich wollte Mags nur so schnell wie möglich nach Hause ins Bett und sich die Decke über den Kopf ziehen. Aber als sie an der engen Abzweigung zum Klippenweg vorbeifuhr, trat sie auf die Bremse und ließ Puckpuck wenige Meter in den Weg hineinrollen. Sie brauchte Luft. Einfach nur Luft und Wind zum Durchatmen. Sie ließ ihren Wagen mitten auf dem Weg stehen und öffnete die Tür.

Durch den Mond war es auf den Klippen hell genug, und Mags konnte ihren Schatten sehen. Im Sommer gab es diese hellen Mondnächte häufiger. Wenn sie als Kind nicht hatte schlafen können, war sie heimlich aus ihrem Kinderzimmerfenster geklettert und hatte sich im Garten in die Hängematte gelegt und in den Himmel geschaut. Sie hatte damals von Elfen gelesen, die im Mondschein tanzen. Manchmal hatte sie sich das feine Flirren ihrer Flügel eingebildet.

Heute wollte sie einfach nur die Klippen entlanglaufen und endlich dieses Gefühl loswerden, das sich schwer und kalt auf ihre Brust gesetzt hatte. Die Knochen, die sie ausgegraben hatte, waren Emily Franklins gewesen. Die junge Frau war gar nicht verschwunden, sondern hatte seit fünf Jahren nur wenige Meter vom Haus entfernt unter den Pflanzen gelegen. Jemand musste sie getötet und dort begraben haben.

Sie hatte gehört, wie einer der Polizisten zu Inspector Johnson etwas von einer tödlichen Wunde am Hinterkopf gesagt hatte.

Eigentlich hatte Mags erwartet, sich übergeben zu müssen, den ganzen Widerwillen loszuwerden, der in ihr war, aber das war nicht passiert. Sie hatte Sam zugehört, sich den Fragen des Inspector gestellt. Sie hatte es geschafft hierherzufahren, und nun stand sie am Rand der Klippen und blickte auf die im Mondlicht spiegelglatte See. Müsste sie nicht völlig aufgelöst sein?

Aber in ihr war nur dieser riesige Klotz an Widerwillen und Wut. Sie hatte Emily nicht gekannt und wusste nicht, was in jener Nacht passiert war, aber sie merkte, dass ihr Zorn auf den Menschen, der all dies getan hatte, immer größer wurde.

16

Die Elster, die in der Morgendämmerung in Miss Claras Garten nach Würmern suchte, blickte auf. Schon so früh am Morgen waren Schritte auf dem Kiesweg zu hören. Normalerweise waren erst nach Sonnenaufgang, wenn die Rosen dicke Hummeln und Bienen anzogen, Menschen im Garten unterwegs. Es waren stolpernde Schritte, und ein Mensch mit blassem Gesicht und hellen Haaren bewegte sich langsam über den Weg, als sei er verletzt. Mit einem schrillen Schrei flog die Elster auf und setzte sich auf das Dach des Gewächshauses. Wachsam blickte sie über ihr Revier.

Mags' erster Blick nach dem Aufwachen fiel auf einen Haufen erdverkrustete Kleidung neben ihrem Bett. Es war also kein Traum gewesen. Mit einem Seufzen schloss sie die Augen wieder. Doch sofort tauchten die Stoffreste, die weißen Knochen, Thomas' totenblasses Gesicht und die grellen Lichter der Polizeischeinwerfer wieder in ihrer Erinnerung auf.

Sie schüttelte den Kopf und schlug die Decke zurück.

Der kalte Steinboden unter ihren Füßen fühlte sich sicher und vertraut an, als sie zu der kleinen Küchenzeile ging, um den Teekessel aufzusetzen. Sie hatte einen vollen Tag vor sich.

Das Ehepaar James hatte zu seiner diamantenen Hochzeit von allen Kindern und Enkeln einen Sitzplatz hinter dem kleinen Haus mitsamt einem Steingarten dazu geschenkt bekommen. Mags hatte in den letzten Wochen schon die Steinmauer angelegt und alles vorbereitet. Heute wollte sie die Pflanzen einsetzen und ihre Arbeit abschließen. Steingärten standen nicht oft auf der Wunschliste ihrer Kunden, aber dieser passte perfekt in die windgeschützte Ecke hinter dem kleinen Haus, wo die grauen Feldsteine die Wärme des Tages speicherten. Und er würde dem Ehepaar kaum Arbeit machen. Sie hatte in Cynthia Collins' Gärtnerei alle passenden Pflanzen bestellt und hoffte, dass sie auch heute angekommen waren.

Cynthias Gärtnerei war ein Ort, an dem Mags jedes Mal leuchtende Augen bekam. Die Gärtnerei war als Familienbetrieb vom Großvater aufgebaut worden. Als Cynthias Eltern sich vor einigen Jahren zur Ruhe setzten, hatte die junge Frau gemeinsam mit ihrem Mann den Betrieb übernommen. Mags kannte Cynthia noch aus der Schule, war aber einige Klassen unter dem selbstbewussten und schlagfertigen Mädchen gewesen. Die Gärtnerei hatte sich im Laufe der Jahre beträchtlich vergrößert. Mags wusste, dass es sich für die kleineren Betriebe kaum noch lohnte, ihre Pflanzen selbst zu ziehen, da die Preise auf dem Londoner Großmarkt zu niedrig waren. Sie war im letzten Jahr mit Cynthia und ihrem Mann auf den Markt gefahren.

Was für ein Erlebnis! Die Händler hatten ihre Ware in den alten Hallen aufgebaut und riefen mit lauter Stimme den potentiellen Käufern ihr Angebot zu. Es roch nach Erde und Rosen und Kaffee, nach Wurst und Eiern. Mags konnte in den Stimmen der Besucher eine Vielzahl von

Akzenten hören. Gärtner aus dem Norden, aus Yorkshire oder den Midlands.

Mags war erstaunt gewesen, wie schnell Cynthia mit wenigen Gesten dort eine Palette Zimmerpflanzen, hier ganze Kisten voll von Tulpen oder Bündel von Rosen gekauft hatte. Sie schien alle Händler zu kennen und wurde mit Respekt behandelt, und am Ende war der Transporter bis unter sein Dach mit neuer Ware gefüllt.

Vielleicht hätten Cynthia und Mags Freundinnen werden können, wären da nicht die bohrenden Fragen nach den Hintergründen von Arthurs Tod und Cynthias große Schwäche für Tratsch und Klatsch gewesen. So blieb es bei einer losen Bekanntschaft.

Über Cynthia hatte sie die Pflanzen für den Garten der James' zu einem guten Preis bekommen, und sie freute sich darauf, durch die Beete und Gewächshäuser zu bummeln und nach neuen Ideen zu suchen.

In Cynthias Gärtnerei konnte sie Stunden verbringen.

Mit einer der dicken Teetassen in der Hand, die im benachbarten Dorf von einer Kunsthandwerkerin getöpfert wurden, öffnete Mags die Tür, um die frische Morgenluft hereinzulassen – und konnte nur mit Mühe verhindern, den heißen Tee über die Person zu verschütten, die auf ihren Eingangsstufen saß.

»Was in aller Welt …?«

Die Gestalt auf der Treppe zuckte zusammen. Sie schien, den Kopf an den Türrahmen gelehnt, geschlafen zu haben.

»Was machen Sie denn hier?«

Mags suchte in ihrem noch müden Kopf nach einem Namen. Die Praktikantin.

»Miss McEwans, richtig?«

Die junge Frau vor ihr strich sich die wirren Haare aus dem Gesicht und trat einen Schritt zurück. Die gleichen dunklen Augen, die gestern Abend so entsetzt geblickt hatten.

»Ich heiße eigentlich gar nicht McEwans. Ich bin Janet, ich dachte, Sie könnten …«

Mags hörte das unterdrückte Schluchzen in der Stimme und holte tief Luft.

»Komm erst mal rein, ja? Setz dich. Tee? Kaffee?«

Mit Blick auf die zitternden Hände und das verweinte Gesicht beschloss Mags, dass Tee mit viel Zucker wohl am besten wäre. Und dazu die Reste von Miss Claras Teekuchen, die sie sich für einen ruhigen Moment aufbewahrt hatte.

Die junge Frau wartete schweigend am Tisch, während Mags nach Zucker, Milch und Kuchen suchte, dann saßen sich die beiden Frauen gegenüber.

Mags kam das Gesicht der jungen Frau bekannt vor, so als hätte sie es schon einmal gesehen. Unter der verlaufenen Schminke sah sie, dass es ein sehr schönes Gesicht war.

»Du heißt also gar nicht McEwans?«

Mags hoffte, sie hatte das Gestammel der jungen Frau vor der Tür richtig verstanden. Das Mädchen schüttelte den Kopf, so dass ihr wieder die Haare ins Gesicht fielen.

»Miss Blake, ich wollte Sie nicht stören, ich dachte nur …«

»Ich heiße Mags.«

»Ich bin Janet Hayes. Emily Franklin ist – war meine Halbschwester.«

Mags hatte kaum Zeit, über das Gesagte nachzudenken, als es an der Tür klopfte.

Durch die Scheibe erkannte sie die Polizistin, die mit Sam gesprochen hatte.

Mags hatte gestern im Garten nur einen kurzen Blick auf die Frau werfen können und sie aus irgendeinem Grund als blasse Frau Mitte dreißig abgespeichert – und war jetzt erstaunt, wie wenig das mit dem Aussehen der Frau übereinstimmte, die nun vor ihr stand. Zum einen war Mary Shifter jünger, als Mags gedacht hatte. Wahrscheinlich lagen zwischen ihr und der Frau nur wenige Jahre. Zum anderen wirkte das mausbraune Haar im Tageslicht eher blond, und aus dem streng nach hinten gebundenen Zopf hatten sich einzelne Locken gelöst, die sich weich um das Gesicht ringelten, in dem Mags Sommersprossen erkennen konnte. Auch sie hatte oft genug in ihrem Leben zu Make-up, strengen Frisuren und formeller Kleidung gegriffen, um ernst genommen zu werden. Auch die Polizistin sah verkleidet aus, und Mags wettete, dass sie privat eher in Jeans und dickem Pullover als in einem Kostüm anzutreffen wäre.

»Miss Blake? Sergeant Shifter. Kann ich kurz mit Ihnen sprechen?«

»Sie sind ja wohl nicht zufällig hier, oder?«

»Nein, zugegebenermaßen nicht. Ich habe gestern gesehen, wie Miss McEwans am Tatort sehr aufgewühlt reagierte. Das machte mich neugierig. Und als ich dann versuchte, mehr über eine Sue McEwans zu erfahren, musste ich zu meinem Erstaunen feststellen, dass sie anscheinend nicht existiert. Auf *The Shelter* teilte mir Mrs. Little dann mit, dass die junge Dame sich erkundigt habe, wo Sie wohnen. Also hatte ich gehofft, dass sie vielleicht hier sein könnte?«

Mags überlegte, ob sie die Beamtin einfach so abweisen könnte, als sie hinter sich die Stimme von Janet hörte.

»Es ist schon gut, sie soll ruhig alles wissen.«

Mags öffnete die Tür etwas weiter, und die Polizistin ging an ihr vorbei direkt auf die junge Frau zu, die immer noch am Tisch saß und blass und sehr verloren aussah.

»Wer sind Sie also wirklich?«

Die Frage klang wie ein Schuss durch Mags' friedlich wirkende Küche.

Sie schloss die Tür und stellte sich schützend vor die junge Frau. Irgendetwas an dem forschen Auftreten der Polizistin gefiel ihr nicht, obwohl sie gerade noch etwas wie Sympathie für sie empfunden hatte. Immerhin war das ihr Haus und Janet ihr Gast, und es war Montag früh, sie hatte immer noch keinen Tee trinken können.

»Miss Shifter, richtig?«

Die Beamtin nickte.

»So geht das hier nicht. Die junge Dame ist Gast in meiner Küche, und ich erwarte, dass Sie meinen Gästen gegenüber höflich sind. Sie können also bitte Ihre Jacke ausziehen, einen Tee nehmen und in aller Ruhe mit meinem Gast sprechen.«

Mags hoffte, dass sie sich nicht zu weit aus dem Fenster gelehnt hatte. Vielleicht durfte die Polizistin Janet ja einfach verhaften, und sie hatte gerade alles nur schlimmer gemacht, aber sie brauchte jetzt endlich ihren gottverdammten Tee. Sie sah, wie in den Augen der Frau kurz etwas aufblitzte. Aber schließlich nickte sie, hängte ihre

Jacke über eine Stuhllehne und ließ sich mit einem Seufzer am Tisch nieder.

»Entschuldigung, ich wollte nicht ... Es war eine lange Nacht, ich hatte zu viel schlechten Kaffee, und mein Chef ist ...«

Sie holte tief Luft und wandte sich dem Mädchen zu.

»Egal. Ich wollte Ihnen keine Angst machen. Ich bin Detective Sergeant Mary Shifter, CID. Ich habe gestern Ihre Reaktion am Tatort bemerkt, und meiner Erfahrung nach reagieren die wenigsten Menschen so heftig. Außer sie haben das Opfer wirklich gekannt. Kannten Sie Emily Franklin?«

»Sie war meine Schwester.«

Die junge Polizistin legte ihre Stirn in Falten.

»Aber Emily Franklin hatte keine Schwester, ich habe damals an ihrem Fall mitgearbeitet und mit der Familie gesprochen.«

»Wir sind Halbschwestern. Unser Vater hatte eine Affäre mit meiner Mutter. Sie wurde schwanger. Er wollte bei seiner Frau und seiner Tochter bleiben, meine Mutter wollte keinen Skandal. Sie ist Anna Hayes.«

Jetzt wusste Mags, woher ihr Janets Gesicht so bekannt vorkam. Sie hatte erst vor kurzem einen Film gesehen, in dem Anna Hayes die Hauptrolle gespielt hatte. Und unter dem verschmierten Make-up konnte Mags jetzt deutlich die Ähnlichkeiten sehen. Anna Hayes war eine attraktive Frau, die mit dem Alter noch schöner zu werden schien, und ihrer Tochter würde es genauso gehen.

»Die beiden einigten sich, und niemand erfuhr von der Sache. Emily hat es dann eher durch Zufall herausgefunden und heimlich den Kontakt zu mir gesucht. Am Anfang habe ich ihr nicht geglaubt, aber meine Mutter hat es dann bestätigt. Emily hat es geschafft, zu mir durchzudringen, und wir wurden Schwestern. Keiner außer uns wusste davon. Über mehrere Monate schrieben wir uns regelmäßig, ihre letzte Mail hat sie mir zwei Tage vor ihrem Verschwinden geschrieben. Dann kam nichts mehr. Wir haben uns nie gesehen.«

Die Polizistin schüttelte den Kopf.

»In ihren Kontakten tauchten Sie nicht auf.«

»Sie hat mir unter einer anderen Adresse geschrieben. Ich weiß nicht, irgendwie war es ja unser Geheimnis, dass wir uns gefunden haben. Ich habe es nie jemandem erzählt, und ich denke, Emily auch nicht.«

Janet hielt ihre Teetasse fest umklammert.

»Ich wollte schon immer hierherkommen. Den Ort sehen, wo Emily verschwunden ist. Ich habe mir immer ausgemalt, dass sie dann wieder auftauchen würde. Mir zuliebe. Albern, oder?«

Mags fand das nicht albern. Janet musste noch ein halbes Kind gewesen sein, als Emily verschwand.

»Aber ich wusste nicht, wie ich herkommen sollte. Bis ich die Idee mit dem Praktikum hatte. Ich wollte sie doch einfach nur finden.«

Schweigen legte sich über die Küche, bis Mary Shifter sich räusperte.

»Hat sie denn vor ihrem Tod …«

Der Tee in Janets Tasse schwappte über, und sie holte tief Luft.

»Entschuldigung. Hat Ihre Schwester vor ihrem Verschwinden eine Andeutung gemacht, dass es einen anderen Mann geben könnte, Probleme, irgendetwas?«

»Nein, sonst hätte ich mich doch gemeldet! Ich habe erst einige Tage später aus der Presse erfahren, dass sie verschwunden ist. Und dann kamen schon überall diese bösen Gerüchte auf, dass Emily die Juwelen gestohlen habe, dass Emily durchgebrannt sei mit einem anderen Mann, lauter solche Sachen. Und das stimmte nicht. Sie hat mir von Thomas erzählt und von *Shelter Gardens*, und sie war glücklich und freute sich auf die Hochzeit. Sie wollte, dass ich komme.«

Die drei Frauen schwiegen, bis Mags sich an die Polizistin wandte.

»Warum ist man damals eigentlich davon ausgegangen, dass Emily etwas mit dem Juwelenraub zu tun hatte? Warum hat man nicht an eine Entführung gedacht, oder daran, dass sie den Dieben in die Quere gekommen ist?«

Die Polizistin seufzte.

»Es gab ja Ermittlungen in alle Richtungen. Aber es kam keine Lösegeldforderung, es gab keine Spuren, die auf einen Kampf hinwiesen, bis auf das zerbrochene Glas am Boden, und vor allem fehlten Emilys Koffer, ein Teil ihrer Kleidung und ihre Handtasche mit allen Papieren. Das passte nicht zusammen. Wir haben davon auch erst einige Tage später erfahren, als der Köchin in Emilys Räumen die fehlenden Sachen aufgefallen waren. Thomas Williams hatte uns nichts davon erzählt, obwohl wir glauben, dass es auch ihm aufgefallen sein muss. Wir vermuteten, dass er versuchte, seine Verlobte zu schützen. Kein Entführer lässt sein Opfer nachts noch einen Koffer mit Kleidung packen. Thomas selbst schlief ja in den Nebenräumen. Verstehen Sie? Es sah so aus, als hätte sie ihr Verschwinden geplant.«

Janet hatte der Polizistin aufmerksam zugehört.

»So etwas hätte Emily nie getan. Nie! Und jetzt ist sie tot.«

Ihre Stimme war ein einziger Vorwurf.

»Ja, jetzt wissen wir, dass sie das Grundstück nie verlassen hat. Es tut mir sehr leid für Sie. Wir müssen nun noch einmal von vorne anfangen.«

Mags hatte aufmerksam zugehört.

»Man hat gestern aber keine Handtasche oder Koffer gefunden, oder?«

»Nein, sie trug noch das Abendkleid, das sie bei der Feier anhatte, und sonst nichts.«

Die Polizistin schien zu überlegen, wie viel sie erzählen durfte.

»Wer immer sie dort vergraben hat, hat alles andere mitgenommen. Auch Schuhe fehlten.«

»Sie meinen, auch keine Juwelen? Ich habe die Kette ja nur wenige Meter entfernt gefunden.«

»Da war kein Schmuck. Wer immer Emily dort vergraben hat, muss die Kette dabei verloren haben.«

Mags nickte.

»Sie steckte zwischen Reethalmen des Daches, das die Arbeiter abgerissen hatten. Vielleicht hat eine Elster sie gestohlen.«

»Der Dieb wird sie auf dem Weg verloren haben. Oder Emily …«

Mit einem Blick auf Janet, die jedem Wort mit aufgerissenen Augen lauschte, brach die Polizistin ab.

»Wir müssen abwarten, was die Untersuchungen des Labors ergeben.«

Sie trank einen Schluck Tee und blickte Mags an.

»Aber ist es nicht erstaunlich, was Sie in dieser Woche schon alles gefunden haben? Zuerst die Kette, dann die Knochen? Oder wussten Sie vielleicht aus irgendeinem Grund, wo Sie suchen mussten?«

Mags sah, wie Janet bei den Worten der Polizistin zusammenzuckte.

»Ihre Andeutungen können Sie sich sparen. Anscheinend sind Sie und Ihr Chef sich doch um einiges ähnlicher, als Sie sagten.«

Sie stand so schnell auf, dass der Stuhl mit einem polternden Geräusch zurückgeschoben wurde.

»Wir müssen das ja heute nicht mehr weiter besprechen. Janet, wo bist du untergekommen? Ich bringe dich dorthin zurück.«

»Ich habe ein Zimmer auf *The Shelter* bekommen, aber da möchte ich nicht mehr hin.«

Mags konnte das verstehen.

»Du kippst gleich um vor Erschöpfung, oder? Hier ist zu wenig Platz, aber nebenan im Cottage meiner Vermieterin gibt es ein wunderbares Gästezimmer. Du bleibst erst einmal hier, und dann sehen wir weiter. Miss Clara wird sich sicherlich gerne um dich kümmern.«

Mags wusste, dass das eine Untertreibung war. Miss Clara lebte dafür, sich um andere zu kümmern, und Janet Hayes mit ihren zotteligen Haaren, so dünn und blass, wäre die perfekte Herausforderung. Mags schluckte. So wie sie selbst damals vor zwei Jahren hier angekommen war, unsicher, müde und völlig planlos, wie es weitergehen sollte. Ohne Miss Clara wäre sie sicherlich nicht so schnell wieder auf die Beine gekommen.

Mags vertrieb die Gedanken an diese Zeit, indem sie

forsch die Tür aufriss und Janet gar keine andere Wahl ließ, als ihr zu folgen.

Im Gehen wandte sie sich an die Polizistin, die bei Mags' Worten vorsichtig ihre Teetasse abgestellt hatte und gerade etwas sagen wollte.

»Ach ja, bitte schließen Sie die Tür hinter sich, wenn Sie gehen.«

Sie war zufrieden damit, das letzte Wort gehabt zu haben, und ging mit Janet im Schlepptau durch den Garten zu Miss Claras Küchentür. Der Duft nach warmem Porridge hing in der Luft. Mit etwas Glück gab es dazu Birnenkompott und cremigen Cottage Cheese.

17

Sie hatte Janet bei Miss Clara gelassen, die sich, ohne viele Fragen zu stellen, innerhalb von Sekunden um die junge Frau kümmerte, Badewannenwasser einlaufen ließ und nach einem Schlafanzug suchte.

Ihr Porridge in der Hand, schlenderte sie zurück zur Scheune. Noch eine Viertelstunde, dann müsste sie losfahren, wenn sie noch die Pflanzen abholen und den Termin bei dem Ehepaar James einhalten wollte.

Auf der grüngestrichenen Holzbank vor ihrer Scheune saß allerdings immer noch die junge Polizistin, die das Gesicht zur mittlerweile schon höher stehenden Sonne gewandt hatte.

Mags überlegte, ob sie an der Frau vorbeigehen und sie einfach ignorieren sollte. Doch schließlich siegte ihre Neugierde, und sie setzte sich neben sie auf die Bank.

Mary Shifter öffnete die Augen.

»Sie ist so verdammt jung und verletzlich. Egal, wie viel Make-up sie sich ins Gesicht schmiert.«

Mags wusste einfach nicht, wie sie die Polizistin einordnen sollte. Im einen Moment wirkte sie zynisch und hart, um dann im nächsten Moment unerwartet Mitgefühl zu zeigen.

»Ja, das stimmt.«

Mags lehnte sich zurück und steckte sich den nächsten Löffel Porridge in den Mund.

»Es tut mir wirklich leid, dass ich heute Morgen so bei Ihnen hineingeplatzt bin. Es gibt eine Menge Druck von allen Seiten, und ich will rausfinden, was damals passiert ist.«

Mags kniff die Augen zusammen.

»Sie glauben aber immer noch, dass Emily in den Diebstahl verwickelt war?«

»Es ist irrelevant, was ich glaube. Was ich weiß, ist eine andere Sache. Die Juwelen fehlen, Emily verschwindet mitsamt Gepäck und ihren Papieren mitten in der Nacht, am Safe und im Haus sind keine Einbruchsspuren zu finden, die Alarmanlage war ausgeschaltet. Sie sehen, wir haben schon eine Menge herausgefunden. Was ich allerdings noch nicht weiß, ist, warum Sie Emily gestern unter den Hortensien gefunden haben. Warum wurde sie umgebracht?«

»Und wo sind die Juwelen?«

Mags hatte mittlerweile im Internet ein wenig über Opalschmuck recherchiert und eine Vorstellung von dem Wert der Stücke bekommen.

»Ja, das auch. Aber eines können Sie mir glauben, die Juwelen stehen auf meiner Liste ganz weit unten. Hier geht es um Mord. Ich bin mir ziemlich sicher, dass der Gerichtsmediziner das bestätigen wird. Der Schädel war … Das war kein Unfall. Jemand hat eine junge Frau ermordet. Ich will wissen, wer, und ich will, dass derjenige vor ein Gericht kommt und bestraft wird. Ein Leben lässt sich nicht in Juwelen messen.«

Mags erkannte, dass die Polizistin mehr preisgegeben hatte, als sie wollte.

»Sind Sie deswegen Polizistin geworden?«

»Nein, wegen der guten Bezahlung, der regelmäßigen Arbeitszeiten und des angenehmen Betriebsklimas.«

Sie lachte kurz auf.

»Ich muss jetzt wieder los. Hier ist meine Karte. Können Sie sie an Miss Hayes weitergeben? Sie soll sich melden, falls ihr noch etwas auffällt, und vielleicht können Sie ja ein gutes Wort für mich einlegen. Ich möchte nämlich die Mails lesen, die sie mit ihrer Schwester ausgetauscht hat.«

18

Als Mags in der Gärtnerei eintraf, war Cynthia gerade in ein Gespräch mit einem Kunden vertieft, so dass Mags sich in Ruhe in den Verkaufsräumen umsehen konnte.

Cynthia hatte bei der Übernahme der Gärtnerei einige grundlegende Veränderungen durchgesetzt, sehr zum Unwillen ihrer Eltern. Doch schon nach wenigen Monaten hatte ihr der Erfolg recht gegeben, und mittlerweile würde keiner mehr wagen, ihre Ideen in Frage zu stellen. Sie hatte den Verkaufsraum aus dem engen Nebengebäude in das vordere Gewächshaus gelegt. Durch die Glasfenster war es immer hell, und die Schnittblumen leuchteten. Zwischen rot-weiß karierten Stoffen, geflochtenen Körben und bunten Lampions ging Mags auf die hinteren Gewächshäuser zu. In einem der Nebenräume erkannte Mags eines von Cynthias neuen Projekten: Unter Tageslichtlampen stand eine Auswahl von Bonsaibäumen. Mags hatte schon bei ihrem letzten Besuch einen der kleinen Bäume ins Auge gefasst. Vielleicht würde sie ihn sich zu ihrem Geburtstag selbst schenken. Leider hatten die Bonsais einen hohen Preis.

Auf dem Außengelände standen auf abgedeckten Beeten Gartenpflanzen aller Art. Mags wusste, dass Cynthia über ihre Kontakte in der Lage war, bis zu mehrere Meter hohe Bäume aus Deutschland zu bestellen, etwas, was sich nur wenige sehr reiche Gartenbesitzer leisten konnten. Aber es gab immer wieder Menschen, die nicht warten wollten, bis ihr Garten sich langsam entfaltete, sondern die sofort ein fertiges Ergebnis sehen wollten. Allein die Wurzelballen dieser Bäume wogen sicherlich Hunderte von Kilos, und der Transport war eine logistische Meisterleistung.

In einem großen Bogen schlenderte Mags zurück zum vorderen Eingang und sah, dass Cynthia mittlerweile alleine war und über Katalogen brütete.

»Hi! Wieder einmal beim Einkaufen?«

Mags grinste, als Cynthia sich aufrichtete und stöhnend durch die Haare fuhr.

»Ich sage dir, irgendwann Anfang November werde ich den ganzen Laden einfach schließen und erst im Januar zurückkommen.«

Als Mags näher an den Tresen trat, sah sie, dass der Katalog voll von Weihnachtsdekoration war.

»Weihnachten? Jetzt im Juni?«

Cynthia schlug den Katalog mit einem lauten Knall zu.

»Eigentlich bin ich sogar schon recht spät dran mit meinen Bestellungen.«

Die Dekoration zur Weihnachtszeit war jedes Jahr atemberaubend. Es gab Glühwein nach einem deutschen Rezept, und von der kleinsten Weihnachtsbaumkugel bis hin zum komplett geschmückten Baum war einfach alles zu kaufen, was man sich vorstellen konnte.

»Sag Bescheid, wenn du wieder eine Aushilfe brauchst, ja? Im Dezember habe ich immer Zeit und freue mich über die Abwechslung.«

Mags hatte im letzten Jahr zu Weihnachten für einige Wochen stundenweise in der Gärtnerei ausgeholfen.

Cynthia lachte.

»Wenn du dir erneut das ganze Getümmel antun willst, bist du sofort eingestellt. Ich kann schon nach den ersten Wochen kein einziges Weihnachtslied mehr hören. Ernsthaft, ich träume seit Jahren von Weihnachten auf Hawaii unter Palmen.«

Als Cynthia hinter dem Tresen hervortrat, konnte Mags ihre Schürze bewundern. Sie nähte sie für sich und ihre Angestellten selbst, immer passend zu der jeweiligen Ladendekoration. Diesmal hatte die Schürze ein Muster aus kleinen Erdbeeren und Scones.

Es kostete Mags einige Mühe, sich neben dieser Frau und ihrer geballten Energie nicht ausgelaugt und müde zu fühlen.

»Du bist wegen der Pflanzen für den Steingarten hier, oder? Mein Mann hat sie schon an der Seite zusammengestellt, ich sage ihm kurz Bescheid, dass er sie auf deinen Transporter laden soll. Und dann trinken wir beide noch einen Tee, ja?«

Mags sah das Funkeln in Cynthias Augen. So viel zu der Hoffnung, dass sich die Ereignisse in *Shelter Gardens* noch nicht herumgesprochen hatten. Die Frau vor ihr platzte fast vor nur schwer verhohlener Neugierde.

Als sie sich mit zwei Bechern Tee in eine kleine Sitzecke zwischen zwei Gewächshäuser zurückgezogen hatten, ergab sich Mags in das Unausweichliche.

»Du weißt, was gestern in *Shelter Gardens* passiert ist, nehme ich an.«

Cynthia, die sich offenbar auf einen längeren Kampf eingestellt hatte, um Mags die Informationen aus der Nase zu ziehen, lehnte sich erstaunt zurück.

»Nun, ich weiß, dass die Polizei da war, und dass sie unten im Garten etwas gefunden haben. Emily Franklin?«

Mags nickte. Vielleicht wäre es besser, Cynthia die wichtigsten Informationen zu geben, bevor die gutgeölte Gerüchteküche in der Region womöglich eine ganz andere Geschichte hervorbringen würde.

»Ja. Es sieht so aus, als wären es die Knochen von Emily Franklin gewesen. Und anscheinend wurde sie in der Nacht, in der sie verschwand, auch dort begraben.«

»Und was hast du mit der Sache zu tun?«

Mags erzählte nach und nach, was passiert war.

»Ach, du meine Güte! Ich hatte ja keine Ahnung, dass du sie gefunden hast.«

Cynthias Augen leuchteten. Sie würde den Kunden heute so einiges an Informationen bieten können.

»Aber immerhin haben die Familien jetzt Gewissheit. Weißt du, mit all den Gerüchten … das, was ich mir immer am schlimmsten vorgestellt habe, ist diese Hoffnung, dass sie vielleicht doch noch wiederkommt.«

Mags nickte. Etwas Ähnliches hatte Miss Clara gestern Nacht, als sie ihr in der Küche alles erzählt hatte, auch gesagt.

»Wie hat Thomas es aufgenommen?«

»Ich weiß es nicht. Er war starr. Sein Gesicht, sein Körper – keine Regung. Es tat weh, ihn so zu sehen.«

Cynthia blickte Mags nachdenklich an.

»Ich kenne Thomas, wir sind ja ungefähr im selben Alter, auch wenn er natürlich nie bei uns auf die Schule gegangen wäre. Aber die ein oder andere Party hat er besucht. Wir waren alle ganz scharf auf ihn. Aus dem hübschen Jungen ist ein gutaussehender Mann geworden, nicht wahr?«

Als Mags nicht reagierte, ließ Cynthia das Thema erst einmal ruhen.

»Und was hat die Polizei gesagt?«

»Mir nicht viel. Sie werden wohl abwarten, was die Untersuchungsergebnisse ergeben.«

Mags würde einen Teufel tun und Cynthia erzählen, was sie am Morgen von Mary Shifter erfahren hatte. Aber die Frau vor ihr war nicht auf den Kopf gefallen.

»Egal, was die Ergebnisse sagen, die Frau konnte sich ja schlecht selbst dort begraben, oder? Irgendjemand hat es getan. Sie wurde umgebracht, darauf wette ich.«

Mags zuckte mit den Schultern.

»Wer weiß. Ich hoffe einfach nur für die Familie, dass die ganze Sache schnell vorbeigeht.«

Aber Cynthia war so leicht nicht abzuschütteln.

»Hat man denn den Schmuck bei ihr gefunden?«

Mags zuckte wieder mit den Schultern. Sie würde niemandem von der Kette erzählen.

»Ich weiß es nicht. Nachdem ich die Knochen gefunden habe, hat die Polizei alles abgesperrt und mich nach Hause geschickt. Es geht mich nichts mehr an, verstehst du?«

Mags versuchte, ihre Stimme überzeugend klingen zu lassen und dabei weder an Thomas' braune Augen noch an Janet zu denken, die sicherlich gerade in einem von Miss Claras Gästebetten schlief.

»Na ja, immerhin hatte der Diebstahl damals auch etwas Gutes für die Familie.«

»Wie meinst du das?«

»Du weißt, dass der Schmuck sehr wertvoll ist?«

»Ja, das haben alle gesagt.«

»Die Opale, die der Urgroßvater fassen ließ, sind seltene schwarze Opale. Und die Fassungen sind mit einer Menge Steinchen besetzt. Ich habe sie mal gesehen, als sie in St. Ives ausgestellt waren. Sie kosten ein Vermögen, nur dass die Williams sie natürlich nie verkauft hätten. Es war ein Familienerbe.«

»Und?«

Nun doch neugierig geworden, lehnte Mags sich vor.

»Du hast wirklich keinen Sinn für Geld, oder?«

Würde Mags Cynthias nicht so gut kennen, wäre sie etwas beleidigt. Aber sie wusste, dass sie sich nie etwas Böses bei solchen Aussagen dachte. Cynthia war eben direkt wie eine Kanonenkugel, hatte Miss Clara einmal gesagt.

»Unverkauft nutzten die Steine den Williams nichts, und vor einigen Jahren sah es wirklich nicht gut für die Familie aus. Ich weiß, dass sie sogar Probleme hatten, die Aushilfsgärtner zu bezahlen, und auch ich musste bei einigen Rechnungen sehr lange warten. Das war aber, nachdem dein Vater dort gearbeitet hatte. Ich glaube, George Williams hat an der Börse die ein oder andere falsche Entscheidung getroffen – und so ein Haus wie *The Shelter* frisst Geld. Viel Geld.«

»Und was hat das mit dem Diebstahl zu tun?«

»Versicherungen, Schätzchen. Die Steine waren hoch versichert. Und da die Polizei es als Diebstahl einordnete, bekamen sie Geld. Das half den Williams, sich wieder aus dem Gröbsten herauszuarbeiten. Später war dann wohl Thomas selbst ganz erfolgreich mit ein oder zwei seiner

Geschäfte, und ich denke, es ist vor allem sein Geld, das Haus und Garten überleben lässt.«

Cynthia lehnte sich wieder zurück und musterte Mags fragend.

»Apropos Geschäfte. Bei dir sieht es doch auch ganz rosig aus, oder? Einige gute Aufträge hattest du dieses Jahr schon. Ich frage mich immer noch, was du mit der ganzen Kohle vorhast. Hoffentlich steckt es nicht zusammen mit dem Geld aus dem Hausverkauf und deinem Erbe unter der Matratze. Du solltest es wirklich gut anlegen oder investieren. Ich verstehe einfach nicht, warum du immer noch diesen grünen Schrotthaufen da draußen fährst und niemanden angestellt hast. Es gab hier schon manche, die darüber spekulierten, ob du vielleicht alles heimlich im Casino verspielt hast.«

Da war es wieder. Die Leute würden hier keine Ruhe geben, bis sie herausgefunden hatten, was Mags' Pläne waren. Und auch, wenn Cynthia belustigte Neugierde zeigte, verhinderten genau solche Fragen, dass Mags eine wirklich Freundschaft zu ihr aufbauen konnte. Sie würde einfach mit dem Gerede leben müssen.

»Casino also? Das habe ich noch nicht gehört. Aber sicherlich wird den Leuten bald noch eine bessere Geschichte einfallen. Ich bin schon gespannt.«

Mags stand auf.

»Sei mir nicht böse, aber ich muss wirklich los. Das Ehepaar James freut sich schon sehr auf die Pflanzen, und ich will die Mittagssonne vermeiden.«

Sie winkte der verdutzten Cynthia zu.

»Schick mir eine Rechnung, ja? Ich gucke dann mal unter meiner Matratze nach, was noch zu finden ist.«

Halb verärgert, halb frustriert verließ Mags die Gärtnerei und belegte dabei ihren verstorbenen Mann mit dem ein oder anderen Schimpfwort. Aber dann dachte sie an Arthurs Eltern und die tiefe Trauer, in die der Tod ihres Sohnes sie gestürzt hatte. Ihnen zuliebe würde sie weiterhin schweigen.

19

Die Arbeit im Garten hatte Mags gutgetan. Sie hatte sich mit Schwung in die Bepflanzung der neuen Steinmauern gestürzt und die jungen Pflanzen in die Spalten und Lücken gesetzt. Dabei hatte sie erfolgreich jeden Gedanken an *The Shelter* verdrängt.

Die Mauer würde in wenigen Wochen nicht mehr wie neu bepflanzt aussehen, und die James hätten einen windgeschützten Sitzplatz, der perfekt war für ihre endlosen Partien Scrabble. Mags lächelte, als sie an das Paar dachte, das seit sechzig Jahren verheiratet war und immer noch verliebt wirkte. Sie hatte gesehen, wie Mr. James seiner Frau verstohlen den Hintern getätschelt und diese dann leise gekichert hatte. Die Innigkeit der beiden hatte sie gerührt.

Bepackt mit einem Korb, in dem Eier, mehrere Gläser Pflaumenkompott des letzten Jahres und ein Stapel alter Strickzeitungen lagen, stieß sie mit dem Rücken die Tür zu Miss Claras Küche auf.

»Ich soll Sie vom Ehepaar James grüßen und Ihnen die Zeitungen geben. Die Eier und das Kompott lasse ich …«

Als sie sich umdrehte, bot sich ihr ein Bild, das sie erst einmal auf sich wirken lassen musste. Janet, mittlerweile ohne das zerlaufene Make-up, war in einen alten Bademantel von Miss Clara voller kleiner Rosenblätter gekleidet, stand vor der glänzenden Holzarbeitsfläche und knetete mit roten Wangen einen großen Klumpen Teig. Miss Clara stand daneben und putzte Erdbeeren. Janet sah Mags und grinste sie an.

»Wir machen Erdbeertorteletts! Kannst du glauben, dass ich noch nie in meinem Leben etwas gebacken habe? Ich wusste gar nicht, dass es so viel Spaß macht.«

Miss Clara lächelte, und Mags merkte wieder einmal, wie in ihr tiefe Dankbarkeit und Zuneigung aufstiegen.

»Ich liebe Erdbeertorteletts!«

Miss Clara entzog Mags die Schüssel, in die sie gerade einen Finger stecken wollte.

»Später. Könntest du vielleicht nach *The Shelter* fahren und Miss Hayes' Sachen abholen? Ich habe gerade kurz mit Vivian telefoniert, die noch immer schockiert ist, und ihr mitgeteilt, dass ihre Praktikantin bei uns untergekommen ist. Ich glaube, sie hat kaum zugehört. Mrs. Little, die ich danach noch mal angerufen habe, hatte sich allerdings schon Sorgen gemacht und wird Miss Hayes' Sachen packen. Janet bleibt hier bei mir. Du müsstest den Koffer nur kurz in der Küche abholen, ja?«

Mags seufzte, sie kannte diesen Ton und ging wieder zur Tür.

»Ach, und Mags, ich habe Mrs. Kelvin heute im Ort getroffen. Sie erzählte, dass sie frische Austern bekommen hat und Pasteten macht. Ich dachte mir, ein bisschen Ablenkung würde uns heute Abend guttun, und habe ihr gesagt, dass wir zu dritt kommen würden. Passt dir das?«

Mags' Lächeln kehrte bei dem Gedanken an frische Austern, Mrs. Kelvins Pasteten, ein kaltes Bier und die wohlige Atmosphäre des *Golden Budgie* zurück. Sie liebte Rosehavens Pub, und auch Janet würde dort etwas Ablenkung finden.

20

Nun fuhr sie innerhalb weniger Tage zum dritten Mal die gewundene Küstenstraße entlang, die zu *The Shelter* führte. Erst eine Woche war vergangen, seit sie die Kette gefunden hatte. Das Radio blieb aus. Ihr Kopf war schon voll genug mit all dem, was geschehen war, und brauchte Ruhe.

Sie parkte Puckpuck erneut auf dem Parkplatz und blickte sich verstohlen um, bevor sie die Tür öffnete. Sie wollte sehr ungern Thomas oder seinen Eltern über den Weg laufen. Immerhin hatte sie das alles erst ins Rollen gebracht. Es wäre albern, ihr die Schuld zu geben, aber sie wusste, dass Menschen in Trauer oft nicht rational dachten. Nach Arthurs Tod hatte sie auch lange versucht, jemanden zu finden, dem sie ihre Wut und Trauer ins Gesicht hätte schreien können. Aber übrig geblieben war nur sie selbst. Sie hatte wirklich zu lange Zeit damit verbracht, sich selbst niederzumachen, statt Arthur die Verantwortung zu geben. Er hatte das Auto gegen den Baum gefahren, ihre Ehe und das Geschäft zerstört. Er war schuld – und sie hatte einfach zugesehen, ohne zu handeln, ohne zu gehen oder ihn zur Rede zu stellen. Aber das Auto hatte er gefahren.

Da niemand zu sehen war, öffnete sie die Fahrertür und rutschte hinaus. Sie würde einfach schnell in die Küche gehen und in fünf Minuten wieder zurück sein. Als sie sich umdrehte, fuhr ein Auto viel zu schnell auf sie zu und bremste scharf neben ihr. Eric Clay stieg aus und stürmte auf Mags zu, bis er wenige Zentimeter vor ihr stand.

»Eric! Du hast mich erschreckt.«

Der junge Mann machte keine Anstalten, den Abstand zwischen sich und Mags zu verringern.

»Woher hast du gewusst, dass sie dort liegen würde? Los, ich will wissen, woher du es wusstest!«

Seine Stimme wurde leiser, und Mags konnte riechen, dass er etwas getrunken hatte.

»Eric, du stehst mir im Weg. Ich muss zu Mrs. Little.«

Sie hoffte, dass ihr ruhiger Ton ihn dazu bringen würde, einen Schritt zurückzugehen.

»Woher hast du gewusst, dass sie dort liegt, he? Woher wusstest du das?«

Seine Stimme war wieder lauter geworden, aber immerhin war er einige Schritte zurückgetreten. Er war betrunken, seine Augen waren rot unterlaufen, seine Hände zu Fäusten geballt.

»Eric, ich wusste es nicht. Es war nur ein Verdacht. Die Blüten dort waren so rosa, verstehst du?«

»Der Garten ist so groß, warum dort? Was wusstest du? Kanntest du Emily? Die anderen sagen, du warst nicht hier, als sie verschwunden ist. Aber woher wusstest du dann, wo sie lag? Jemand hat es dir erzählt, oder? Wer?«

Mags merkte, dass sie langsam Angst bekam. Eric wurde immer wütender.

»Eric, nein. Ich war weit weg in Amerika. Und keiner hat mir etwas erzählt. Ich wusste bis vor wenigen Tagen gar nicht, dass Emily verschwunden war. Ich kannte sie doch gar nicht.«

»Du lügst! Du bist so alt wie sie. Jeder hier kannte Emily. Sie ist doch … Sie war so schön.«

Jetzt hatte sich ein unterdrücktes Schluchzen in seine Stimme gemischt. Mags hob beschwichtigend ihre Hände, die er plötzlich fest umklammerte.

»Wer hat dir von Emily erzählt?«

»Lass mich los! Du tust mir weh. Ich weiß gar nichts über Emily, verstehst du das nicht? Ich habe nur die Blumen gesehen.«

Eric schien ihr gar nicht mehr zuzuhören und drängte sie mit seinem Körper gegen die Seitentür ihres Wagens.

»Ich weiß, was alle denken. Dass Emily den Schmuck gestohlen hat. Hat sie aber nicht. Ich weiß das. So etwas hätte sie nie getan.«

Der Druck auf ihre Handgelenke verstärkte sich, und Mags überlegte, ob sie ihr Knie hochziehen sollte, ob ihr das genug Zeit bringen würde, um zum Haus zu rennen und Hilfe zu holen. Er musste sich doch irgendwie beruhigen lassen. Sie setzte gerade zu einem Hilfeschrei an, als sie spürte, wie der Griff an ihrem Handgelenk sich löste. Eine Hand lag auf Erics Schulter und riss ihn unsanft zurück.

»Immer langsam, ja?«

Eric versuchte, sich umzudrehen, aber sein Arm war auf den Rücken gedreht.

Sam. Wer sonst … Mags fuhr sich mit den Fingern über die Stirn und durch die Haare. Die wenigen Sekunden hatten ausgereicht, um ihr den Schweiß auf die Stirn zu treiben.

»Vorsichtig. Er ist betrunken.«

Sie hörte ein Schluchzen. Eric hatte den Kopf nach vorne sinken lassen. Mags holte tief Luft.

»Und anscheinend sehr traurig und wütend.«

Sam zog fragend eine Augenbraue nach oben.

»Emily.«

Mags wandte sich an Eric.

»Eric, hör mir zu. Ich wusste nicht, was mit Emily geschehen ist. Ich habe die rosafarbenen Blüten gesehen und mich gefragt, warum sie so blühen. Ich wusste, dass in der Nähe der Hütte eines der gestohlenen Schmuckstücke gefunden wurde.«

Diese Information schien den jungen Mann zu überraschen, er blickte argwöhnisch auf.

»Die Polizei weiß das auch. Aber ich habe keine Ahnung, wie Emily dorthin gekommen ist. Ich kannte sie nicht. Das musst du mir glauben.«

Mags versuchte, in Erics Augen eine Reaktion zu sehen, aber der junge Mann schien nicht wirklich gehört zu haben, was sie gesagt hatte, und starrte sie nur weiterhin an.

Mags zuckte mit den Schultern und wandte sich an Sam.

»Und nun?«

»Ich denke, wir werden zusammen zum Gärtnerhaus gehen. Mr. Little und Jake müssten noch dort sein. Entweder beruhigt Eric sich und schläft seinen Rausch aus, oder sein Chef wird sich um das Problem kümmern müssen.«

Eric zuckte zusammen.

»Nein, ich … Es tut mir leid, ich wollte nicht …«

Er versuchte, sich in Sams Griff etwas aufzurichten.

»Ich habe zu viel getrunken, ich vertrage das nicht. Im Stall steht eine alte Pritsche. Ich muss mich etwas ausruhen. Sie können mich loslassen.«

Mags sah, wie Sam zögerte.

»Die Autoschlüssel! Das dort ist sein Auto. Er sollte so nicht fahren.«

»Ja, das stimmt. Eric, ich lasse Sie gleich los, und Sie schlafen Ihren Rausch aus. Aber vorher geben Sie mir Ihre Autoschlüssel, ja? Wenn Sie wieder nüchtern sind, bekommen Sie sie wieder.«

Eric nickte nur und rieb sich, als Sam seinen Griff löste, mit schmerzverzerrtem Gesicht seine Schulter. Als er sich umdrehte und direkt vor Sam stand, sah Mags, wie er kurz seine Muskeln anspannte.

Aber anscheinend beruhigten Sams entspannte Körperhaltung und sein gelassener Blick ihn.

»Schlafen Sie erst einmal. Und wenn Sie dann noch etwas über gestern Abend wissen wollen, kommen Sie zu mir. Wir können das dann klären. Und jetzt der Schlüssel.«

Eric zog langsam einen dicken Schlüsselbund aus seiner Hosentasche und trottete, ohne einen Blick auf Mags zu werfen, in Richtung Gartenhäuschen.

21

»Alles in Ordnung mit dir?«

Mags schluckte. Sie war noch wackelig auf den Beinen und hatte einen Kloß im Hals. Daher nickte sie bloß.

»Armer Kerl. Man konnte schon damals spüren, dass er Emily anhimmelte.«

Sam warf den Schlüssel in die Luft und fing ihn wieder auf.

»Aber ich denke nicht, dass er dich noch einmal bedrohen wird, oder?«

Mags schüttelte den Kopf. Der Schreck war groß gewesen, aber sie merkte, wie sie sich langsam wieder entspannte.

»Nein, ich glaube nicht. Gestern war er total charmant und nett zu mir. Es waren der Alkohol und die Trauer. Viele Menschen versuchen, ihre Trauer mit Wut zu überdecken.«

»Du auch?«

Mags stand eigentlich nicht der Sinn danach, mit Sam eine tiefe Diskussion über Trauer zu führen.

»Ja, ich auch. Aber ich habe gelernt, dass Wut nur ein sehr dünnes Pflaster ist.«

Mags blickte zu Sam auf, der immer noch völlig entspannt neben Puckpuck stand.

»Woher kannst du das?«

»Was?«

»Woher weißt du, was man in so einer Situation machen muss, und wie konntest du so ruhig bleiben, als er vorhatte, dich zu schlagen? Das hatte er doch vor, oder?«

»Oh, ja, hatte er. Aber ich wäre schneller gewesen.«

Als Mags verächtlich schnaubte, hob Sam beschwichtigend eine Hand.

»Nein, so meinte ich das nicht. Ich wäre schneller gewesen, weil er betrunken war und mich gar nicht wirklich schlagen wollte, verstehst du? Gegen jemanden, der dich wirklich verletzen will, hast du wenig Chancen. Dann rennst du besser.«

Sam blickte Mags neugierig an.

»Was hättest du gemacht, wenn ich nicht gekommen wäre?«

»Ich bin mir nicht sicher. Ich wusste irgendwie, dass er mir nicht wirklich weh tun wollte. Ich hatte überlegt, mein Knie hochzuziehen oder um Hilfe zu rufen, wenn er nicht loslassen würde. Aber dann kamst ja du.«

»Das mit dem Knie hätte wahrscheinlich funktioniert, er stand nah genug. Aber du weißt, dass du es richtig wollen musst, oder? Also nicht zaghaft oder vorsichtig, sondern wirklich mit aller Kraft. Sonst klappt das nicht so, wie man es aus den Filmen kennt. Hast du schon mal jemanden geschlagen?«

Mags schüttelte den Kopf. Außer einigen Rangeleien zur Schulzeit war sie nie in eine körperliche Auseinandersetzung geraten.

»Nein. Kann man es lernen? Ruhig zu bleiben und nicht zu zögern?«

Sam nickte.

»Ja, klar. Man kann fast alles lernen, wenn man es will. Die Frage ist eher, ob du es wirklich lernen möchtest.«

Darüber musste Mags nachdenken.

Sam lehnte sich noch etwas bequemer an Puckpucks Seitentür.

»Wenn man in einer Stadt wie Oxford etwas lernt, dann, mit Betrunkenen umzugehen. Schon an meinem ersten Abend am College hatte ich das Gefühl, in einen schlechten Film geraten zu sein. Zum Glück lernte ich gleich Thomas kennen, und da er durch die Schule schon viele der Rituale kannte, half er mir, mich zurechtzufinden. Er holte mich regelmäßig unter den Büchern hervor. Durch ihn lernte ich boxen und mich selbst zu verteidigen.«

Sam schien die Erinnerung zu amüsieren. Mags, die boxen immer mit einer Mischung aus Faszination und Abneigung beobachtet hatte, versuchte sich vorzustellen, wie die beiden sich in einem Ring gegenüberstanden.

»Nach und nach lernte ich, meinen Körper besser zu kontrollieren. Vorher war ich schrecklich tollpatschig, bin überall angestoßen. Jetzt passiert mir das nur noch, wenn ich sehr nervös bin oder wenn ich …«

Mags bemerkte, wie Sam rot wurde und schnell weitersprach.

»Auf jeden Fall schleppte mich Thomas zum Boxtraining. Und da ich schon immer ehrgeizig war, hatte ich am Ende sogar richtig Spaß daran.«

»Wer war besser? Du oder Thomas?«

Sam lachte.

»Wir haben nur einmal miteinander gekämpft. Thomas ist einen Kopf kleiner als ich, Entsprechendes gilt auch für seine Reichweite. Dafür ist er verbissen. Sobald er einmal begonnen hat, war er nur noch auf den Kampf konzentriert. Wie gesagt, man darf nicht zögern, wenn man gewinnen will. Thomas zögert äußerst selten.«

Mags schmunzelte und erinnerte sich dann an Thomas, wie er gestern regungslos vor der Grube gestanden hatte.

»Wo ist er jetzt?«

Sam seufzte.

»Ich weiß es nicht. Er hat gestern nicht wirklich viel gesprochen, und heute Morgen hat er dieses Riesenvieh von Hund in sein Auto gepackt und ist einfach losgefahren. Ich habe ihn den ganzen Tag nicht gesehen.«

Mags starrte hinunter in den Garten. Thomas' Trauer war gestern greifbar gewesen.

»Wie war sie eigentlich?«

»Emily?«

Sam schien nachzudenken. »Ich weiß es nicht so genau. Sie war schön, auf eine Art und Weise, die schwer zu erklären ist. Vielleicht klingt das zu kitschig, aber wenn sie in einen Raum trat, dann wurde es irgendwie ein bisschen heller. Sie vermittelte einem das Gefühl, ganz in ihrer Aufmerksamkeit zu stehen.«

Sam ließ die Schlüssel in seiner Hand einen nach dem anderen durch seine Finger gleiten. Mags schien es, als würde er gerade fünf Jahre in der Zeit zurückgehen.

»Sie war es gewohnt, das zu bekommen, was sie wollte. Aber nicht auf eine fordernde Art, nicht aggressiv, vielmehr mit einer gewissen Selbstverständlichkeit. Als sei es nun mal so.«

Wieder klirrten die Schlüssel leise in seiner Hand. Sein Gesichtsausdruck hatte sich leicht verzogen, die Stirn hatte er in Falten gelegt. Er war es nicht gewohnt, nach den richtigen Wörtern suchen zu müssen, das konnte Mags spüren.

»Sie arbeitete ja als Anwältin in London, und irgendwie hatte sie es geschafft, sich während ihres Studiums und auch noch, als sie arbeitete, so eine Art kindlichen Glauben an das Gute zu erhalten. Letztendlich würden die Guten immer gewinnen. So trat sie auf, und meist funktionierte das auch.«

Seine Hand schloss sich fester um die Schlüssel.

»Ich glaube, sie hat Thomas geliebt. Das glaube ich schon. Und sie liebte die Idee, hier auf *The Shelter* zu leben, vielleicht, weil es ein bisschen wie im Film war. Ich kann mich noch erinnern, dass sie, nachdem sie das Herrenhaus und den Garten gesehen hatte, ihre Kleidung ein wenig veränderte. Mode ist nicht mein Gebiet, aber ich glaube, sie wollte mit aller Macht hierher passen. Ihr gefiel die Idee, dazuzugehören. Sie nannte *The Shelter* einmal ihr Märchenschloss und Thomas ihren Prinzen.«

Wieder hatten seine Hände angefangen, mit den Schlüsseln zu spielen. Mags erinnerte sich an das, was er ihr gestern Abend erzählt hatte. Auch für ihn lag eine Welt mit Märchenschlössern und Prinzessinnen wohl fernab der Realität.

»Ihre Familie hat Geld. Der Vater hat irgendetwas mit dem Finanzmarkt zu tun. Sie und Thomas haben sich auf einer Feier kennengelernt. Das war noch zu seinen Londoner Zeiten. Damals hatten wir nicht so viel Kontakt. Thomas trug plötzlich schwarze Anzüge und fuhr einen Sportwagen, während ich in Oxford schuftete, um meinen Doktortitel zu bekommen. Ich gab Nachhilfe, um mich über Wasser halten zu können. Zwei unterschiedliche Welten. Als er dann aber Emily kennenlernte, kam er mit ihr nach Oxford. Es war das erste Mal, dass er mir eine seiner Freundinnen vorstellen wollte. Sie stieg aus dem Auto und schimpfte scherzhaft über den unbequemen Sportwagen. Dann lachte sie und stellte mir tausend Fragen.«

Mags sah, wie er bei der Erinnerung daran lächeln musste. Emily Franklin hatte also selbst fünf Jahre nach ihrem Verschwinden ihre Wirkung auf Männer nicht verloren.

»Sie war neugierig und krempelte Thomas' Leben um. Er hätte alles für sie getan. Und als Emily sich dann in *The Shelter* und den Garten verliebte, schien alles perfekt. Thomas tauschte den Sportwagen gegen seinen Geländewagen, fuhr mit ihr am Wochenende hier raus, bemühte sich, die Beziehung zu seinen Eltern wieder zu verbessern. Ich war damals öfter hier zu Gast, Thomas' Vater ließ mich in der Bibliothek arbeiten, und Mrs. Little freute sich, mich Hungerhaken bekochen zu dürfen. Emily brachte Leben in das Haus. Und als sie dann verschwand …«

Mags blickte Sam an, dessen Stimme leiser geworden war.

»Als sie dann verschwand, wurde Thomas immer wütender. Nicht nur auf die widerliche Presse oder die Polizei. Sondern auf sich, auf alles hier, auf die Welt. Ich war froh, als er nach einigen Monaten wieder zur Ruhe kam und beschloss, trotz allem an *The Shelter* festzuhalten und seinen Vater zu unterstützen. Ich weiß nicht, was er jetzt tun wird. Ich weiß nicht, ob ich jemals wieder so in den Garten gehen könnte, immer in dem Wissen, dass Emily dort …«

Sam hob hilflos die Schultern und ließ seinen Blick über *Shelter Gardens* schweifen. Mags fragte sich, ob er wohl mehr um Emily trauerte, als er sich eingestand.

Sie rieb sich das Handgelenk und schloss die Fahrertür mit einem lauten Knall.

Sam zuckte zusammen, und der Schlüsselbund fiel ihm aus der Hand. Sie konnte sich nicht erklären, warum sie plötzlich wütend war.

»Ich muss in die Küche. Mrs. Little hat Janets Sachen für mich bereitgelegt.«

»Wessen Sachen?«

Mist. Sollte sie ihm erzählen, wer die Praktikantin wirklich war? Miss Clara hatte es ja auch schon Vivian George und der Köchin erzählt, also würde es sowieso bald die Runde machen.

»Janet. Also Sue McEwans, die Praktikantin. Nur dass sie in Wirklichkeit Janet Hayes heißt. Sie ist ganz verstört bei mir aufgetaucht. Sie ist Emilys Halbschwester.«

»Die kleine verhuschte Blonde mit den stachligen Haaren und den fürchterlichen schwarzen Klamotten ist Emilys Schwester?«

Der Unglaube in Sams Stimme erinnerte Mags wieder daran, warum sie den Kerl eigentlich nicht mochte. Irgendwie hatte er es nur geschafft, kurzzeitig weniger arrogant zu erscheinen.

»Ja. Und ich muss jetzt wirklich los.«

Sie ließ Sam neben Puckpuck stehen und ging mit großen Schritten auf das Haupthaus zu. So ein Idiot!

22

In der Küche von *The Shelter* hatte Mags erst einmal mit einer Tasse Tee und einem großen Stück Teekuchen vor sich ausführlich darüber Bericht erstatten müssen, wie sie Emily gefunden hatte und wer die Praktikantin in Wirklichkeit war.

Mrs. Little hatte ihren Gast schnell an den großen dunklen Holztisch geschoben, dessen Oberfläche voller Furchen und Kuhlen war. Mags fragte sich, ob der Tisch wohl schon seit Entstehen des Hauses hier gestanden hatte. Durch die hohen Sprossenfenster fiel das Sommerlicht in den Raum und auf den gefliesten Boden. An den Wänden stand eine buntgemischte Auswahl aus alten Holzschränken und Regalen und modernen Küchenmöbeln, die aus den Sechzigerjahren stammten. Daneben standen gleich drei Herde. An den Wänden hingen alte Backformen und Töpfe aus Kupfer, einige davon so groß, dass Mags sich wahrscheinlich selbst hätte hineinsetzen können.

Trotz ihrer Größe war die Küche ein gemütlicher Raum, durchzogen vom Duft des Kuchens, leiser Musik und Mrs. Littles Stimme.

Mags erzählte gerade von Janet, als die Augen der runden Frau vor ihr sich mit Tränen füllten.

»Armes Ding. So allein hier, und dann muss sie mit ansehen, wie die Knochen ihrer Schwester gefunden wurden.

Mrs. Williams war vorhin noch bei mir und fragte, was wir tun können. Die Arme ist ebenfalls völlig aufgelöst. Sir George verkriecht sich in der Bibliothek, und der junge Thomas ist seit heute Morgen verschwunden. Seitdem die ersten Zeitungen von dem Fund erfahren haben, steht das Telefon nicht still. Ich wette, es wird nicht mehr lange dauern, und die Presse rennt uns das Haus und den Garten ein. Gut, dass Mr. Hawthorn hier ist. Er hat einigen Journalisten am Telefon sehr deutlich gemacht, was sie zu erwarten haben, wenn sie hier auftauchen. Schon beim letzten Mal war er der Familie eine große Hilfe.«

Mags horchte auf. Beim letzten Mal? Sam hatte gar nicht erzählt, dass er vor fünf Jahren bei der Verlobungsfeier auch auf *The Shelter* gewesen war. Aber bevor sie nachfragen konnte, erzählte die Köchin schon weiter.

»Einer der Journalisten wollte mich damals doch glatt mit Geld bestechen, damit ich ihn ins Haus lasse. Mich bestechen! Nur, um weiterhin Lügen über das arme Mädchen zu verbreiten.«

Mags hoffte auf ein zweites Stück von dem Kuchen und war neugierig, wie eine Frau Emily beschreiben würde.

»Das muss eine schlimme Zeit gewesen sein. Wie war sie denn?«

Die Köchin blickte Mags skeptisch an, so dass die sich genötigt fühlte, ihrer Frage noch ein bisschen Nachdruck zu verleihen.

»Als ich vorhin aus dem Auto ausstieg, stieß ich auf Eric Clay. Er war sehr aufgebracht und auch etwas betrunken. Mir schien, dass Emily ihm sehr wichtig war.«

Die Köchin seufzte.

»Irgendwann wird der Junge sich noch mal ernsthaft in Schwierigkeiten bringen. Ich war mit seiner Mutter befreundet. Ihr Tod hat ihn damals sehr getroffen. Er war so jung und dann plötzlich alleine mit dem Haus und allem. Als er dann hier auf Emily stieß ...«

Sie schien kurz zu überlegen, wie viel sie ihr erzählen konnte, stand auf, goss sich eine weitere Tasse Tee ein und legte Mags ungefragt ein zweites Stück Kuchen auf den Teller. Dann lehnte sie sich zurück und Mags ahnte, dass sie nun eine etwas andere Beschreibung von Emily bekommen würde.

»Wissen Sie, Eric kann eigentlich nichts dafür. Und Emily im Grunde auch nicht. Sie hatte einfach eine Art, den Männern das Gefühl zu geben, nur für sie da zu sein. Es gibt Frauen, die das können. Und Männer werden davon angezogen wie Motten vom Licht. Nicht dass sie Thomas jemals untreu gewesen wäre. Das sind böse Gerüchte. Emily war grundehrlich und hätte nie etwas Falsches gemacht, aber sie erwartete das Gleiche auch von ihrer Umgebung. Sie ging davon aus, dass jeder sich an die Regeln halten würde, dass alle das Richtige tun würden. Daher bemerkte sie es vielleicht gar nicht, wenn sich ein Junge wie Eric in sie verguckte. Sie wollte so viel über den Garten lernen und fragte ihn Löcher in den Bauch. Als Dank half sie ihm dabei, einige Angelegenheiten wegen seines Erbes in Ordnung zu bringen. Der Junge stand nach dem Tod seiner Mutter plötzlich alleine da mit dem Haus. Und dann die Kosten für die Beerdigung, die laufenden Ausgaben ... Er war wirklich verzweifelt, und Emily als Anwältin konnte ihm helfen, den Papierkram in Ordnung zu bringen. Wenn sie lachte, legte sie ihre

Hand auf seinen Arm, oder sie brachte ihm aus der Stadt eine Kleinigkeit mit. Für sie war es normal, einfach eine nette Geste. Für Eric bedeutete es mehr.«

Mags merkte, dass Mrs. Little zögerte, dann aber mit einem kurzen Blick auf sie weitererzählte.

»Eines Tages war Werkzeug verschwunden. Teure Sachen, auch aus der Garage und der Werkstatt. Alle waren in Aufregung, und als Thomas es mitbekam, beschloss er, dass es nur Eric gewesen sein konnte. Er war noch relativ neu und hatte Geldprobleme. Für Thomas war die Sache klar, aber Emily sprang Eric bei und verteidigte ihn. Wie gesagt, es war ihr wichtig, dass alles gerecht zuging, und es gab keinen Grund, Eric zu verdächtigen. Thomas und Emily hatten richtig Streit deswegen. Einmal, als ich das Abendessen brachte ...«

Sie unterbrach sich wieder.

»Auf jeden Fall stellte sich heraus, dass die Sachen von einigen Jugendlichen geklaut worden waren, die sich nachts auf das Gelände geschlichen hatten. Hier war ja nicht wirklich irgendetwas abgeschlossen. Thomas musste sich bei Eric entschuldigen, und für Eric war Emily endgültig zu seiner Heldin geworden. Er war sich sicher, dass sie in Wirklichkeit ihn liebte. Ich habe mehrmals versucht, mit ihm zu reden, aber er wollte nicht hören. Und er war nicht der einzige Mann, der sich etwas in dieser Art einbildete.«

Die Köchin schüttelte den Kopf und trank einen großen Schluck Tee.

»Und wie ging Thomas mit Emilys Verehrern um?«

»Der merkte es doch gar nicht. Ich will ja wirklich nichts Schlechtes sagen, aber damals war er eben fest davon überzeugt, dass Emily nie etwas Besseres hatte widerfahren können, als ihn zu treffen und von ihm geliebt zu werden. Er ist von seinen Eltern schrecklich verzogen worden, und von mir auch, da darf ich mich nicht ausschließen. Er war es gewohnt, zu gewinnen. Alles drehte sich um ihn. Ich glaube, er hat andere Männer nie ernsthaft als Konkurrenz wahrgenommen, und schon gar nicht jemanden wie Eric, ein Kind in seinen Augen. Aber er hat sich seitdem geändert. So etwas hinterlässt Spuren. Haben Sie den verrückten Hund schon gesehen, den er an der Straße aufgelesen hat? Er liebt ihn abgöttisch. Stundenlang saß er mit dem kleinen Bündel hier am Küchentisch und hat versucht, ihm Flüssigkeit einzuflößen. Hat mir fast das Herz zerrissen. Gott sei Dank hat er es geschafft.«

Die Köchin schien kurz über etwas nachzudenken.

»Mit Frauen war Emily übrigens genauso. Alle glaubten, sie hätten in ihr eine Freundin fürs Leben gefunden. Und manchmal, wenn sie dann merkten, dass es für Emily nichts Besonderes war, fühlten sie sich betrogen. Aber wie gesagt, Emily ahnte nicht, dass andere so fühlten. Ich glaube, sie wusste selten, welche Gefühle andere Menschen hatten. Wie denn auch, wenn alle um sie herum ihr immer das Gefühl gaben, die Welt sei perfekt?«

Mit einem Blick auf die Küchenuhr setzte sich Mrs. Little etwas aufrechter hin.

»Einmal – das weiß ich noch, weil sie hinterher völlig verwirrt zu mir kam – hat sich eine von Thomas' Exfreundinnen an sie herangeschlichen und sich mit ihr angefreundet. Dann fand Emily heraus, dass die Frau böse Gerüchte über sie und Thomas verbreitete. Sie konnte nicht glauben, dass jemand so etwas tat, denn warum sollte jemand ihr etwas Böses wollen? So sah Emily sich und die Welt.«

Sie stand auf, und Mags wusste, dass das Gespräch damit beendet war.

»Ich bin mir übrigens ziemlich sicher, dass die gleiche Frau hinter einigen der bösen Gerüchte steckt, die nach Emilys Verschwinden auftauchten. Sie hat auch versucht, sich wieder an Thomas heranzumachen, aber Gott sei Dank hat der Junge sie abblitzen lassen.«

Mags merkte, wie sie rot wurde, als der Blick der Köchin bei diesen Worten auf sie fiel.

»Thomas ist ein guter Junge. Er hat es verdient, sich wieder zu verlieben.«

Sie seufzte und stellte das benutzte Geschirr in die Spüle.

»Ich muss mich jetzt an das Abendessen machen, auch wenn ich nicht weiß, wer überhaupt essen wird. Grüßen Sie Miss Clara von mir und die kleine Janet. Es ist schwer, einen geliebten Menschen zu verlieren.«

Mags blickte der Köchin in die Augen.

»Es ist immer schwer, einen Menschen zu verlieren. Ich werde die Grüße ausrichten. Und danke für den Kuchen, er war perfekt.«

Mrs. Little lächelte und nickte. Sie war eine Frau, die genau wusste, was sie tat.

23

Auf der Rückfahrt merkte Mags, wie ihr der Tag so langsam in die Knochen kroch. Auch wenn das Bepflanzen der Steinmauern körperlich nicht so anstrengend gewesen war wie viele ihrer anderen Arbeiten, war sie plötzlich müde. Am Morgen die Praktikantin auf ihrer Türschwelle, dann Mary Shifter, Cynthias bohrende Fragen, was ihre Finanzen anging, und dann der Zusammenstoß mit Eric Clay ...

Das alles war einfach zu viel, und sie hoffte, dass die nächsten Tage wieder ruhiger werden würden. Sie mochte Menschen, war kein Eigenbrötler, aber ein Vorteil ihrer Arbeit bestand dennoch darin, nicht ständig reden zu müssen.

Sie kurbelte Puckpucks Fenster herunter, drehte die Musik auf, und aus den Lautsprechern klang Janis Joplins Stimme, die sich nach Bobby McGee sehnte. Meeresluft wehte um ihre Nase.

Es roch nach Salz, und obwohl der Himmel noch blau und klar war, hing der Duft von Regen in der Luft. Mags lebte lange genug an diesem Ort, um zu wissen, dass der Wind aus Westen in der Nacht oder am Morgen Regen bringen würde. Das wäre gut für die frisch eingesetzten Pflanzen im Garten des Ehepaars James', und auch die Rosen in Miss Claras Garten könnten einen Sommerregen vertragen. Sie hoffte, dass der Regen sich aber bis in den späten Abend hinein Zeit lassen würde, denn sie wollte zu Fuß zum Pub gehen und eigentlich auch trockenen Fußes wieder zurück. Am nächsten Morgen würde sie ausschlafen können. Der Regen würde sie zumindest vom Gießen befreien, und da sie die trockene Luft der letzten Woche genutzt hatte, um überall Rasen zu mähen, würde sie sich in Ruhe den Beeten und Pflanzen widmen können.

Und Janet könnte sie ruhigen Gewissens Miss Clara überlassen, der sicherlich eine Beschäftigung für das Mädchen einfiel. Mags hoffte, dass die Polizei bald einige Antworten fand. Eric Clay würde auf der Pritsche im Stall seinen Rausch ausschlafen und sich dann wahrscheinlich für sein ganzes Auftreten in Grund und Boden schämen. Sie könnte wetten, dass auch die Köchin den jungen Gärtner noch mal gründlich zurechtweisen würde.

Kurz vor Rosehaven wurde die Strecke kurviger, und Mags musste einen Gang zurückschalten und sich auf das Fahren konzentrieren.

Leider waren gerade in den Sommermonaten viele Touristen mit ihren Leihwagen unterwegs, und der Linksverkehr schien für einige von ihnen ein Buch mit sieben Siegeln zu sein. Wo sie es auf den größeren Straßen noch schafften, auf der richtigen Seite zu bleiben, stellten die kleineren Straßen sie regelmäßig vor Probleme. Sie parkten auf der falschen Seite, vergaßen beim Abbiegen, auf die richtige Seite zu schauen, und landeten auf der falschen Spur. Außerdem fuhren sie oft aus Angst vor den engen Straßen und den Steinmauern weit in der Mitte und bremsten vor jeder Kurve auf Schrittgeschwindigkeit ab. Immer, wenn Mags sich erwischte, wie sie über diese Fahrer schimpfte, zwang sie sich, an ihre eigenen ersten Fahrversuche auf der anderen Straßenseite in Amerika zu denken und daran, was wohl die Autofahrer hinter ihr gedacht hatten.

Doch diesmal war es kein Tourist, der sie störte, sondern ein viel zu dicht auffahrender schwarzer Jeep hinter ihr, der sie einen Fluch ausstoßen ließ. Sie schaltete noch einen Gang zurück, streckte den Arm aus dem Fenster und winkte dem Fahrer zu, doch zu überholen. Der jedoch blendete nur kurz seine Scheinwerfer auf.

Mags fluchte erneut, setzte den Blinker und blieb in einer Bucht am Straßenrand stehen. Sollte der Idiot doch vorbeifahren und sich den Hals brechen.

Das Auto fuhr jedoch nicht vorbei, sondern scherte vor ihr ebenfalls in die Parklücke.

Bevor Mags sich ernsthaft Sorgen machen konnte, sah sie, wie aus dem geöffneten Seitenfenster ein riesiger, wolliger Kopf gestreckt wurde.

Der Jeep musste also Thomas gehören, und nur wenige Sekunden später stieg er tatsächlich aus und trat zu ihr an das geöffnete Autofenster. Mags stellte die Musik aus.

Sein Gesicht war immer noch blass, die braunen Augen wirkten fürchterlich müde, die dunklen Haare nicht nur vom Wind zerzaust. Er trug noch dieselbe Kleidung wie gestern und sah alles in allem nicht so aus, als sollte er in seinem Zustand Auto fahren.

»Thomas. Es tut mir so leid.«

Thomas schluckte und blickte zu seinem Hund, der mittlerweile wenig erfolgreich versuchte, auch noch den

Rest seines viel zu großen Körpers durch das halbgeöffnete Fenster zu schieben.

»Wollen wir ein Stück gehen?«

Mags schob den Gedanken an eine Dusche, frische Kleidung und Mrs. Kelvins Pasteten beiseite und nickte.

Neben der Haltebucht führte ein schmaler Feldweg zwischen Mauern und Hecken über die Felder.

Jumbuck war froh, endlich aus dem Auto zu kommen, und stürmte los. Eine Gruppe Elstern stob entrüstet von der Wiese auf und flog in den sicheren Schutz der Hecken. Zu schnell, um sie zu zählen. Allmählich hatte Mags auch genug von den schwarzweißen Vögeln. Der Hund ignorierte die Tiere und rannte weiter in Richtung der halbhoch stehenden Gerstenfelder.

»Wird er nicht jagen und weglaufen?«

Mags dachte an die Kaninchen und die weite, offene Landschaft, in der ein Hund in wenigen Minuten über alle Berge sein konnte.

Thomas schüttelte den Kopf.

»Nein, er ist zu dumm und viel zu treu. Er kommt immer wieder zurück, und sobald er ein Kaninchen von nahem sieht, erschrickt er fürchterlich und wird vom Jäger zum Gejagten.«

Thomas ging mit großen Schritten den Weg entlang, so dass Mags sich beeilen musste, mit ihm Schritt zu halten.

»Hat die Polizei dir gestern noch etwas erzählt? Der Inspector hat sich ja lange mit dir unterhalten.«

»Nein, gar nichts. Er wollte mir nur nicht glauben, dass ich wegen ein paar andersfarbiger Blüten dort gegraben habe. Ich musste es ihm mehrmals erklären. Und dann schien er noch andeuten zu wollen, dass ...«

Sie biss sich auf die Lippe.

»Egal. Er war unfreundlich und hat mir nichts gesagt. Weißt du denn schon mehr?«

Sie war froh, dass Thomas wieder langsamer geworden war.

Er griff nach einem Stock, den Jumbuck ihm erwartungsvoll vor die Füße gelegt hatte.

»Nein, gar nichts.«

Der Stock flog in hohem Bogen in das Gerstenfeld, und der Hund stürmte hinterher, hinterließ eine Schneise umgeknickter Halme hinter sich. Mags zuckte bei dem Gedanken an den Bauern kurz zusammen. Sie hatten als Kinder oft in den Feldern gespielt, besonders gerne in den hohen Maisfeldern, und waren so manches Mal von einem wütenden Bauern vertrieben worden.

»Die Polizei hüllt sich in Schweigen. Sie haben die Stelle großräumig abgesperrt. Heute Morgen sind dann noch Männer mit Metalldetektoren durch den Garten gegangen. Mr. Little hat ihnen die Hölle heißgemacht, dass sie dabei keine Pflanzen zerstören dürfen.«

Jumbuck kam mit dem Stock zurück, und Thomas warf ihn erneut in das Feld.

»Als ob der Dieb den Schmuck dort vergraben hätte.«

Mags blickte zu Thomas, der stehen geblieben war und sich durch die Haare fuhr.

»Was glaubst du denn, was passiert ist?«

»Ich denke – und das habe ich der Polizei schon tausendmal erklärt –, dass Emily in der Nacht die Einbrecher überrascht hat und sie sie mitgenommen haben. Jetzt weiß ich, dass sie sie nicht nur mitgenommen, sondern auch getötet haben.«

Mags hörte sich weitersprechen, bevor sie nachgedacht hatte.

»Und was ist mit dem Alarmsystem, mit der fehlenden Kleidung?«

Thomas blieb stehen und blitze Mags wütend an.

»Das weißt du also? Ich dachte, der Polizist hätte dir nichts erzählt?«

Mags merkte, wie sie rot wurde.

»Nein, das hat er auch nicht. Aber heute Morgen saß Janet bei mir vor der Tür, und deshalb kam die andere Polizistin, und sie hat davon gesprochen.«

»Wer zum Teufel ist Janet, und warum war die Polizei schon wieder bei dir?«

»Eure Praktikantin? Sue McEwans. Sie heißt in Wirklichkeit Janet. Janet Hayes, sie ist Emilys Halbschwester.«

Thomas lachte auf.

»Das hat sie erzählt? Emily hat keine Schwester. Sie muss dir einen Bären aufgebunden haben. Du solltest die Polizei rufen und das junge Ding rauswerfen.«

»Thomas, es tut mir leid. Aber sie ist Emilys Halbschwester. Die beiden haben es erst ein Jahr vor eurer Verlobung rausgefunden. Emilys Vater hatte eine Affäre. Janet lebt mit ihrer Mutter in Frankreich. Und sie haben es wohl geheim gehalten, um niemanden zu verletzen.«

»Emily hatte keine Geheimnisse vor mir. Das kann nicht stimmen.«

Mags tat es leid, Thomas so zu sehen. Er stand auf dem Feldweg und blickte Mags hilflos und wütend an. Auch Jumbuck, der den Stock erneut angeschleppt hatte, spürte, dass es ihm schlechtging, und stieß mit seinem Kopf an Thomas' Hand.

»Emily hatte keine Geheimnisse vor mir. Sie hat mich geliebt, nur mich.«

Der Hund jaulte auf, als Thomas seinen Kopf unsanft zur Seite stieß.

Mags versuchte, ihn zu beruhigen. Sie konnte verstehen, dass das alles zu viel für ihn wurde.

»Das hat sie. Alle haben das gewusst.«

»Und trotzdem hat sie mir nichts von ihrer Schwester erzählt.«

»Vielleicht wollte sie das ja noch. Janet hat mir erzählt, dass Emily sie nach *The Shelter* eingeladen hat, um sie erst einmal kennenzulernen. Sie haben sich Mails geschrieben. Sie hätte es dir noch erzählt.«

Thomas bückte sich, um Jumbuck zu kraulen, der sich immer noch mit eingezogenem Schwanz an seine Beine drückte.

»Du hast recht. Es tut mir leid. Es ist gerade alles einfach zu viel. Janet heißt sie?«

»Ja, Janet Hayes.«

»Ich würde sie gerne kennenlernen.«

»Ich werde es ihr sagen. Sie ist ziemlich aufgewühlt wegen gestern, und zurzeit kümmert sich Miss Clara um sie.«

»Das ist gut. Sag ihr, dass sie auf *The Shelter* jederzeit willkommen ist.«

Er ließ seinen Hund los und griff erneut nach dem Stock.

»Wir brauchen einfach alle etwas Zeit, um das zu verdauen.«

»Glaubst du, die Polizei findet die Täter?«

Thomas schüttelte zu Mags' Erstaunen den Kopf.

»Nein. Ich glaube, sie werden nichts finden. Sie werden rumwühlen, alte Wunden wieder aufreißen, die Presse anstacheln, aber sie werden nichts finden. Die Täter haben keine Spuren beim Einbruch hinterlassen, und ich wette, auch nicht ...«

Hier brach seine Stimme, und er musste sich fassen.

»Und sie werden auch keine Spuren an Emily hinterlassen haben. Keines der gestohlenen Schmuckstücke ist seither irgendwo aufgetaucht. Ich glaube, die Täter sind nicht mehr in Europa. Entweder haben sie den Schmuck neu gefasst und verändert, oder sie warten, bis sie ihn sicher verkaufen können.«

»Das heißt, du glaubst, wir können gar nichts mehr tun?«

Thomas blieb stehen und trat dann einen Schritt auf Mags zu.

»Oh, Maggie. Ja, das glaube ich. Aber es freut mich, dass du ›wir‹ gesagt hast.«

Der große Hund sprang mit seinem Stock aus dem Feld zwischen sie und warf Mags fast um. Thomas fasste ihren Arm, um sie festzuhalten, und sie konnte den Druck seiner Hand spüren und merkte, wie sein Gesicht ihrem näher kam. Dann ließ er sie plötzlich los, nahm Jumbuck den Stock ab, drehte sich aber noch einmal zu Mags um.

»Aber ich bin wirklich sehr froh, dass du wieder hier bist.«

Mag wurde rot. Thomas lächelte.

»Wirklich sehr froh. Lass uns zurück zum Auto gehen.«

Auf dem Rückweg fragte Thomas sie nach einigen Be-kannten in Rosehaven und hielt einen sicheren Abstand zu ihr. Mags wusste nicht, an welcher Stelle ihr Arm mehr brannte. Dort, wo Eric Clay sie wütend gepackt hatte, oder dort, wo Thomas sie eben sanft festgehalten hatte.

24

Mags war müde. Der Tag war lang gewesen und anstrengend, und trotzdem gab es keinen anderen Ort, an dem sie nun lieber gewesen wäre: *The Golden Budgie*. Rosehavens Mittelpunkt des gesellschaftlichen Lebens.

Irgendwie hatten die Besitzer, ein Ehepaar, es geschafft, den Pub trotz der im Sommer so zahlreichen Touristen immer noch zu einem Ort für die Rosehavener selbst zu machen, mit hausgemachtem Essen, akzeptablen Preisen und ausreichend Klatsch über den Tresen hinweg.

The Golden Budgie, der Goldene Wellensittich. Der Name spielte nicht ohne Stolz auf die Bergbauvergangenheit Cornwalls an – und auch, wenn Rosehaven selbst nie eine Mine gehabt hatte, musste man nur wenige Kilometer fahren, um auf eines der mittlerweile stillgelegten Bergwerke zu stoßen.

Die Bergleute hatten Wellensittiche gezüchtet, denn wenn sich in den Minenschächten zu viel Methan anreicherte, wurde es gefährlich. Die Flamme eines Streichholzes genügte, um die Luftmischung zur Explosion zu bringen. Die Wellensittiche stellten ein ausgeklügeltes Warnsystem dar, denn zu viel Methan tötete die kleinen Vögel – und falls in einem der unter Tage mitgenommenen Käfige Vögel von der Stange fielen, dann wusste jeder Bergmann, dass er den Stollen so schnell wie möglich verlassen sollte.

Mags hatte, wie jedes Kind in Cornwall, solche Dinge in der Schule gelernt, hatte die Minen besichtigt und sich schaudernd vorgestellt, wie sie selbst dort hätte arbeiten müssen, im Dunkeln, in der Enge, im Dreck.

Vielleicht lag ihre Angst vor engen Räumen in diesen Geschichten und Bildern begründet – glücklicherweise konnte sie in ihrem Beruf ja meist unter freiem Himmel arbeiten.

The Golden Budgie trug seinen Namen also mit Stolz, und das geschnitzte Schild, das einen Käfig mit zwei goldenen Wellensittichen zeigte, wurde regelmäßig von Mr. Kelvin, dem Besitzer, frisch bemalt und poliert.

Der Pub lag direkt am Hafen, eingebettet in eine enge Häuserreihe müde aneinanderlehnender Fischerhäuser. Die meisten der Häuser waren mittlerweile Feriendomizile, und in ihren bunten Farben, mit den Fensterläden und den blühenden Blumenkästen waren sie ein beliebtes Fotomotiv für die Touristen.

Vor dem Pub standen schwere Holzbänke mit den passenden Tischen, an denen tagsüber Touristen saßen und Mrs. Kelvins Fish and Chips aßen oder eine der drei Pastetensorten: Fisch mit heller Dillsoße, Fleisch mit dunkler Bratensoße oder Gemüse mit einer cremigen Pilzsoße. Dazu gab es süße Limonade, Cider oder Bier.

Mr. Kelvins Hausbier wurde nicht mehr im Hinterraum des Pubs von ihm selbst gebraut, wie noch vor zwanzig Jahren, sondern kam mittlerweile aus einer kleinen Brauerei in Falmouth.

Mags war an einem Abend wie heute froh, den Schritt zurück nach Rosehaven gewagt zu haben.

Janet, die zwischen Mags und Miss Clara an einem der

Tische im großen Schankraum saß, blickte sich mit großen Augen um.

Mags musste grinsen. Sie fand, dass sich die Anwesenden für den heutigen Abend aber auch wirklich ins Zeug gelegt hatten, um dem Mädchen einen filmreifen Eindruck eines cornischen Pubs zu liefern.

Allein die Begrüßung durch Mrs. Kelvin, die ihren kleinen, runden Körper in eine große Schürze gehüllt hatte, auf der sich lachende Möwen tummelten, hatte bei Janet zu großen Augen geführt. Mrs. Kelvin hatte zwei Männer von dem Tisch verscheucht, ihn mit einer schnellen Bewegung abgewischt, mit einer noch schnelleren Bewegung ihrem Mann signalisiert, drei kleine Bier zu bringen, und war dann hinter der Schwingtür zur Küche verschwunden. Mr. Kelvin, breitschultrig, kahlköpfig und mit Händen groß wie Pflugschaufeln, hatte ihnen das Bier gebracht und kurz mit Miss Clara über die neuen Besitzer eines der Fischerhäuser geplaudert. Mr. Kelvin mochte keine neuen Gesichter im Dorf, wohingegen sich Miss Clara über jedes Haus, das vor dem Verfall gerettet wurde und über jeden Penny, der in den Ort gebracht wurde, freute und alle Neuankömmlinge willkommen hieß. Mags war von Jim mit einer herzhaften Umarmung begrüßt worden.

Aus der hinteren Ecke des Pubs waren laute Stimmen zu hören. Anscheinend trug Rosehavens Jugend ein Dart-Turnier aus, bei dem es aus irgendwelchen Gründen um einen einzelnen blauen Gummistiefel als Trophäe ging. Als es einmal zu laut wurde, reichte eine einzelne hochgezogene Augenbraue von Mr. Kelvin aus, um die Jungs wieder leiser werden zu lassen.

An der Theke saß in einer alten Arbeitshose der letzte

Fischer Rosehavens, Albert, mit einem Glas Cider vor sich, in einem Fischerhemd mit einigen dicken Flicken und mit seiner blauen, kreisrunden Mütze auf dem Kopf. Mags hatte Albert noch nie anders gekleidet gesehen, egal, ob es draußen Minusgrade hatte oder man sich die Seele aus dem Leib schwitzte. Sie hatte sich schon mehrmals gefragt, ob Albert in seinem kleinen Fischerhäuschen wohl einen Schrank voll immer gleicher Ensembles von Kleidung hatte oder ob er sie schlicht kaum wechselte. Da er immer einen leichten Geruch nach Meer, Fisch und Tabak mit sich trug, konnte sie schwer einschätzen, welche Variante die wahrscheinlichere war.

Daneben saß Mr. Gulliver, der in seinem maßgeschneiderten Anzug, mitsamt Krawatte und passendem Einstecktuch wie ein Fremdkörper wirkte. Mags war von dem exzentrischen Mann in den Sechzigern fasziniert. Er war laut Miss Clara vor einigen Jahren einfach im Dorf aufgetaucht, hatte sich umgeschaut und dann das alte Pfarrhaus gekauft, in dessen Garten Mags als Kind so oft gespielt hatte.

Irgendwie sickerte durch, dass er den nicht unerheblichen Betrag für das große Haus und den Garten in bar bezahlt hatte, und die Gerüchteküche brodelte auf. Die Bewohner Rosehavens spekulierten, was der Mann mit dem Gebäude vorhatte, von Entzugsklinik, Sektenhauptquartier über Luxushotel waren so ziemlich alle Möglichkeiten durchgespielt worden. Doch er ließ nur das Dach neu decken, ersetzte die alten Fenster durch neue und schloss die Lücken in der Mauer um den Garten. Tagsüber arbeitete er in seinem Garten, der nach und nach zu einem der schönsten wurde, die Mags in Rosehaven je gesehen hatte. Aber sie respektierte seine Zurückgezogenheit, und da er selbst höflich, aber beharrlich allen Versuchen der Dorfbewohner, ihn auszufragen, aus dem Wege ging, gewöhnten sich alle an die Situation. Er saß jeden Abend genau für eine Stunde an der Theke, aß das jeweilige Tagesgericht, trank dazu ein Glas Weißwein und löste das Kreuzworträtsel der Times. Dann stand er auf, verabschiedete sich mit einem Nicken und ging zurück in sein Haus.

Für Mags war all das nichts Neues, aber Janet machte große Augen. Wie Mags bemerkte, hatte das Mädchen mittlerweile das zweite Bier vor sich stehen.

Wie alt sie wohl war? Mags beschloss, Mr. Kelvin bei der nächsten Gelegenheit ein Zeichen zu geben, bei Janet auf alkoholfreies Bier umzuschwenken.

Miss Clara unterhielt das Mädchen mit Geschichten über die Anwesenden, erzählte von den heldenhaften Einsätzen der Bürgerwehr, deren Vorsitz sie seit zwanzig Jahren unangefochten innehatte. Mr. Kelvin mischte sich ein und wollte Janet unbedingt über Rosehavens letzte Piraten erzählen, als die Tür zum Gastraum aufging und ein vertrautes Gesicht auftauchte: Sam Hawthorn.

Mags versuchte, sich neben Miss Clara klein zu machen, in der Hoffnung, dass er sie nicht sah. Aber Janet, mit sichtlich geröteten Wangen von dem Bier und der Wärme, winkte ihm zu.

Als Sam dann vor dem Tisch stand, mit dem typischen belustigten Lächeln im Gesicht, blieb ihr nichts anderes übrig, als ihn vorzustellen.

»Miss Clara, das ist Sam Hawthorn, ein Freund von Thomas Williams. Er versucht sich zurzeit an einer Geschichte Cornwalls.«

Sam deutete eine Verbeugung an.

»Es freut mich, Sie kennenzulernen. Vivian hat mir schon so viel von Ihnen erzählt, und sie meinte, wenn ich Fragen hätte zur cornischen Sprache und Kultur, sollte ich mich auf jeden Fall an Sie wenden. Und sie sagte auch, ich solle auf jeden Fall versuchen, einen Blick in Ihren Rosengarten zu werfen und darauf zu hoffen, etwas Selbstgebackenes von Ihnen probieren zu dürfen, von der besten Bäckerin Cornwalls. Das hat sie allerdings aus Angst vor Mrs. Little nur geflüstert. Vielleicht haben Sie die Tage einmal Zeit für mich?«

Mags traute ihren Augen nicht. Miss Clara, die vernünftigste Frau, die sie je kennengelernt hatte, wurde doch tatsächlich rot. Nur wegen ein paar Floskeln von diesem Schnösel.

Als Miss Clara ihn für den nächsten Tag zum Tee eingeladen hatte, wandte sich Sam sichtlich zufrieden Janet zu und ignorierte Mags weiterhin.

»Da wir uns ja sozusagen eigentlich noch nicht wirklich kennen: Sam Hawthorn. Es freut mich.«

Auch Janet wurde rot und reichte Sam die Hand.

»Es tut mir leid, ich wollte niemanden belügen. Janet Hayes.«

Ein kleiner Schluckauf ließ ihre Antwort etwas weniger würdevoll klingen, als sie es sich wohl erhofft hatte. Sam hielt weiterhin ihre Hand fest.

»Ich hätte es sehen müssen. Sie haben die gleichen warmen Augen wie Emily. Ich bin mir sicher, Ihre Schwester wäre sehr stolz auf sie gewesen.«

In Janets Augen glänzten Tränen, als sie sich bedankte und auf der Bank zur Seite rutschte, um Platz für den

Neuankömmling zu machen. Mags fluchte kaum hörbar vor sich hin. Sie hatte keine Lust, sich schon wieder Sams spöttischem Blick ausgesetzt zu fühlen. Der schien davon jedoch nichts zu bemerken, redete leise mit Janet und brachte sie zum Lachen. Schließlich wandte er sich Mags zu, die eigentlich in Gedanken schon dabei war, den Abend vorzeitig zu beenden.

»Eigentlich bin ich deinetwegen gekommen. Ich wollte dir etwas sagen.«

»Oh ja? Du hättest mich auch einfach anrufen können. Ich denke, sogar auf *The Shelter* gibt es Telefone.«

Mags wusste, dass sie furchtbar bockig klang. Aber sie hatte Sams Art satt, sich immer in alles einzumischen und ständig in ihrer Nähe aufzutauchen.

Er ließ sich allerdings nicht provozieren und nahm einen ruhigen Schluck aus dem Bierglas, das wie durch Zauberhand seinen Weg zu ihrem Tisch gefunden hatte.

»Ich habe noch mal über den Vorfall mit Eric Clay heute Nachmittag nachgedacht, und ich glaube, ich habe mich nicht ganz richtig verhalten.«

Mags zog nur eine Augenbraue hoch.

»Ich habe so getan, als wäre sein Verhalten ein Dummer-Jungen-Streich gewesen. Als hätte er nur ein wenig zu viel getrunken und dabei Blödsinn gemacht.«

»Aber genau das war es doch auch. Ich wäre auch alleine mit der Situation klargekommen.«

Sam schüttelte den Kopf, doch bevor Mags protestieren konnte, hob er eine Hand.

»Ja, vielleicht, aber das meinte ich nicht. Mir geht es darum, dass wir sein Verhalten nicht ernst genommen haben. Immerhin hat er dich bedroht.«

»Ach, er hat halt zu viel getrunken und war traurig und wütend.«

»Das dachte ich ja auch, aber was, wenn er gar nicht traurig oder wütend war?«

Er blickte zur Seite, um sich zu überzeugen, dass Janet von einer von Mr. Kelvins Geschichten gefesselt war.

»Was, wenn er Angst hatte, dass du irgendetwas über den Mord an Emily weißt? Wenn er doch irgendetwas damit zu tun hat und dir deswegen Angst machen wollte?«

Mags blickte in Sams besorgte Augen und musste einfach lachen.

»Das ist doch absoluter Blödsinn. Eric war in Emily verliebt, deswegen war er so aufgebracht. Du siehst Gespenster. Und nach dem, was ich von Mrs. Little gehört habe, gab es kaum einen Mann in Emilys Umgebung, dem es nicht ebenso ging.«

Nun war sie es, die Sam mit einer Handbewegung daran hinderte, etwas einzuwerfen.

»Nein, ich glaube das nicht. Eric war einfach nur traurig, und er wird sich sehr dafür schämen, mich so angegriffen zu haben. Aber er hat sicherlich nichts mit dem Mord an Emily zu tun.«

Als Sam etwas erwidern wollte, sprach Mags schnell weiter.

»Weißt du was? Ich denke sogar, dass du selbst vielleicht etwas mehr als nur Bewunderung für Emily empfunden hast und daher jetzt so überreagierst. Jawohl, das glaube ich.«

»Das ist doch albern. Emily war Thomas' Verlobte. Ich mochte sie, mehr nicht. Ich würde doch nie …«

Jetzt unterbrach ihn Mags mit leiser Stimme.

»Du? Du würdest nie die Frau eines anderen anmachen oder dich in sie verlieben? Das wolltest du doch gerade sagen, oder? Du nicht, dafür bist du ja viel zu stolz oder was auch immer. Aber Eric Clay unterstellst du im selben Moment, eben genau das getan zu haben. Das ist doch erbärmlich.«

Mags versuchte aufzustehen, doch Sam hielt sie am Ärmel fest. Auch seine Augen waren jetzt vor Wut schmaler geworden.

»Du legst mir Dinge in den Mund, die ich nie gesagt habe. Eric hat dich bedroht, egal warum. Das kann ich nicht auf die leichte Schulter nehmen, daher habe ich vorhin Sergeant Shifter davon unterrichtet. Ich wollte nur, dass du Bescheid weißt. Sie wird dich morgen vielleicht noch befragen wollen. Und sie wird auch mit Clay sprechen.«

Mags merkte, wie sie vor Entrüstung zitterte.

»Na super! Du schickst ihm die Polizei an den Hals, und er wird denken, ich sei es gewesen. Dann wird der arme Kerl ja noch mehr Grund haben, auf mich sauer zu sein. Du bringst mich in eine unmögliche Situation! Und jetzt entschuldige mich, ich habe morgen einen langen Tag vor mir.«

Immer noch wütend nickte sie Janet und Miss Clara zu, die ihr eigenes Gespräch schon vor Minuten unterbrochen hatten, erstaunt über die Auseinandersetzung neben sich, und stürmte aus dem Pub.

25

Zu der Elster, die in dem Apfelbaum am Rande des kleinen verwilderten Gartens saß, drangen Stimmen. Eine davon gehörte einem jungen Menschen, der im Haus lebte und oft mit sich selbst sprach. Doch da war noch eine zweite Stimme.

Grelles Licht strich über die Bäume und durch die hohen Grashalme. Die Elster flog auf einen der höheren Äste. Die beiden Menschen gingen am Haus vorbei, den Gartenweg entlang bis zur Hütte, in der das Vogelfutter eingelagert war.

Die Tür wurde geschlossen. Als wenig später nur einer der beiden Männer wieder aus der Hütte kam, fiel die Tür ins Schloss.

Manchmal wusste Mags nicht, warum gerade ihr so etwas passierte. Sie hätte ausschlafen, den Kopf unter der Bettdecke verstecken und *The Shelter* schlicht ignorieren können. Stattdessen saß sie schon wieder hinter Puckpucks Steuer und versuchte, auf dem holprigen Feldweg die Abzweigung nicht zu verpassen.

Sie hatte die Musik aufgedreht, und Scott McKenzie empfahl ihr, Blumen zu tragen, wenn sie nach San Francisco wollte. Im Moment war der Gedanke verlockend, weit weg zu sein.

Sicherlich wäre Eric Clay nicht begeistert, sie zu sehen.

Zum einen war sie es, die in seinen Augen irgendwie mit Emilys Tod verbunden war, zum anderen hatte er sich beim letzten Aufeinandertreffen nicht gerade mit Ruhm bekleckert. Vor ihren Augen von einem anderen Mann körperlich unterlegen und dann auch noch wie ein Teenager zum Ausnüchtern geschickt zu werden – keine gute Gesprächsbasis. Und dann musste sie ihm sagen, dass er heute wahrscheinlich Besuch von der Polizei bekommen werde. Nur, weil dieser Sam Hawthorn sich überall einmischte.

Wahrscheinlich hatte Eric bis zu dem Moment an der Grube immer noch die Hoffnung gehabt, dass Emily einfach wieder unversehrt auftauchen könnte.

Sie hatte Tage nach Arthurs Tod, während sie über Kisten und Koffern saß und verzweifelt überlegte, wie sie bloß weitermachen sollte, noch seinen Schlüssel in der Tür gehört, hatte geglaubt, seine Schritte im Flur zu hören, wie er seinen Aktenkoffer auf die Anrichte legte und seinen Autoschlüssel in die Schale aus Metall warf.

Sie schimpfte vor sich hin, als ein besonders tiefes Schlagloch ihr fast das Lenkrad aus der Hand riss.

Miss Clara hatte zwar davon gesprochen, dass Eric Clays Haus, das er nach dem Tod seiner Mutter vor einigen Jahren geerbt hatte, etwas einsam und ländlich lag, aber aus ihrem Mund hatte das romantisch und pittoresk geklungen, und davon konnte Mags nichts erkennen. Es nieselte, der Weg war keine richtige Straße, sondern eher ein breiter Trampelpfad. Sie hätte gewarnt sein sollen, als sie an der letzten Abzweigung den Briefkasten mit der roten Aufschrift *Clay* gesehen hatte. Wenn noch nicht mal die unerschrockene cornische Post bereit war, direkt bis zum Haus zu fahren ...

Der Weg war gesäumt von dunklen, blühenden Rhododendren. Mags konnte die Schönheit der alten Büsche in Parks und Gärten genießen, wusste aber auch, welche Plage die sich ständig vermehrenden Pflanzen für den Rest der Landschaft Cornwalls waren. An vielen Stellen hatten die Büsche sich so weit ausgebreitet, dass von den ursprünglichen Pflanzen nichts mehr zu sehen war. Jedes Jahr trafen sich viele Freiwillige, um den Büschen mit Sägen und Gift zu Leibe zu rücken. Mags tat es jedes Mal in der Seele weh, eine Pflanze so zu zerstören, sie wusste aber auch, dass es nötig war.

Nach einer letzten engen Kurve tauchte endlich ein Haus auf. Klein und geduckt, mit einem in die Jahre gekommenen Reetdach, auf dem Moos wuchs, stand es vor ihr. Mags war froh, dass vor dem Haus genug Platz war, um zu wenden. Und vielleicht war es der dunkle Weg, der Nieselregen oder die stumpfen, ungeputzten Scheiben des Cottage, die sie dazu brachten, den Schlüssel in seinem Schloss stecken zu lassen.

Auf dem Land groß geworden und durch ihre Aufträge wachsam, öffnete sie zuerst die Fahrertür, blieb jedoch im Wagen sitzen und rief ein lautes »Hallo« in Richtung Haus. Aus Erfahrung wusste sie, dass spätestens dann die meisten Hunde kläffend auf den Wagen zueilen würden.

Aber hier regte sich nichts, und außer dem leisen Summen des Nieselregens um sie herum war es still. Unheimlich still.

Aber Erics Wagen stand in einem wackeligen Unterstand neben dem Haus. Mags wollte unbedingt mit ihm sprechen.

Waren seine Gefühle für Emily wirklich so einseitig gewesen? Oder steckte dahinter vielleicht doch mehr? Seine Trauer war echt gewesen, da war sie sicher.

Plötzlich tauchte ein neuer Gedanke auf:

Wie sollte Thomas sich jemals von seiner Verlobten lösen und sich auf etwas Neues einlassen, wenn er weiterhin das Bild einer Heiligen mit sich herumtrug? Wäre es nicht einfacher für ihn, wenn das perfekte Bild von Emily einige Risse bekäme? Hatte es nicht für sie einiges einfacher gemacht, dass sie in Arthur nicht mehr den strahlenden Ritter gesehen hatte, in den sie sich damals verliebt hatte?

Mags stieg entschlossen aus.

Doch bevor sie an der grünen Haustür angekommen war, hörte sie hinter sich einen anderen Wagen den Weg entlangkommen. Neugierig drehte sie sich um. Ein kleines blaues Auto bog um die Ecke – und hinter dem Steuer konnte Mags das Gesicht von Mary Shifter ausmachen. Anscheinend war sie nicht die Einzige, die schon früh am Morgen mit Eric sprechen wollte.

Die Kriminalbeamtin stieg aus, und wieder verglich Mags ihr eigenes Outfit, bestehend aus einer Jeans und T-Shirt, mit dem der jungen Frau. Über der gutsitzenden Jeans trug sie eine hellgrüne Bluse. Ihre Haare waren glatt und glänzten, und natürlich trug sie keine schlichten Gummistiefel, sondern feste braune Lederstiefel, die ihr bis zur Wade reichten. Mags kam sich mehr und mehr wie ein Teenager vor, der morgens einfach die Klamotten gegriffen hatte, die oben auf dem Stapel lagen. Was im Grunde ja auch stimmte.

Mary Shifter, die einen Regenschirm von der Rückbank gezogen hatte, stand nun ironisch lächelnd vor Mags.

»So sieht man sich also wieder. Ein Freundschaftsbesuch?«

Mags mochte zwar ein ausgeleiertes T-Shirt mit einem Werbespruch für Rasenmäher tragen, aber ihr Kopf funktionierte einwandfrei.

»Ich weiß, dass Sam Ihnen von dem Vorfall zwischen mir und Eric erzählt hat. Also sparen wir uns das. Und ich wollte Eric, der traurig war und zu viel getrunken hatte, noch vor Ihnen erwischen, um ihm klarzumachen, dass ich mit der Sache nichts zu tun habe. Mein Gott, er ist ein halbes Kind und hatte sich nicht unter Kontrolle. Das macht ihn doch nicht zum Verbrecher.«

Mary Shifter hatte ihr anscheinend nicht wirklich zugehört.

»Heute Morgen rief Mr. Hawthorn mich an, weil er wohl den Eindruck gewonnen hatte, dass Sie womöglich vorhätten, erneut mit Clay zu sprechen. Er schien besorgt.«

Mary Shifter lächelte wieder.

»Er scheint Sie ganz gut zu kennen.«

Mags schnaubte und drehte sich entschlossen der Tür zu.

»Mr. Hawthorn sollte sich um seine eigenen Angelegenheiten kümmern. Und es ist ja wohl nicht verboten, einen Bekannten zu besuchen, oder?«

Die Polizistin seufzte und legte Mags kurz die Hand auf den Arm.

»Nein, das ist nicht verboten. Nur denken Sie bitte daran, dass dieses halbe Kind ein erwachsener Mann von dreiundzwanzig Jahren ist und zwischen einer wütenden Beschuldigung und einer körperlichen Bedrohung ein Unterschied liegt.«

Sie ließ Mags' Arm erst los, als diese nickte.

»Und übrigens war Mr. Hawthorn nicht der Einzige, der mich wegen Ihnen anrief. Auch der junge Mr. Williams erreichte mich heute Morgen noch. Mr. Hawthorn hatte ihm wohl auch den Vorfall geschildert. Er klang nicht minder besorgt um Sie.«

Mags merkte, dass sie schon wieder rot wurde. Die junge Polizistin lächelte.

»Ich würde gerne dabei sein, wenn Sie nichts dagegen haben. Und ich werde Mr. Clay versichern, dass Sie nichts mit meiner Anwesenheit zu tun haben, okay?«

Mags nickte und drückte auf den Klingelknopf. Insgeheim war sie über Mary Shifters Anwesenheit ganz froh. Vielleicht konnten sie ihm ja gemeinsam deutlich machen, dass sie nichts mit Emilys Verschwinden zu tun hatte, und wieder Frieden schließen.

Das laute Schrillen durchbrach das leise Tropfen des Regens. Doch hinter der Tür war keine Bewegung wahrzunehmen. Mags klingelte noch einige Male, aber es passierte nichts.

»Und nun?«

»Nun, da er ja Ihr Bekannter ist, hat er sicherlich nichts dagegen, wenn Sie um das Haus herumgehen und nach ihm suchen, oder? Ich kann Ihnen dann ja, besorgt um Ihre Sicherheit, folgen.«

Mags musste nun doch lächeln.

»Na, dann folgen Sie mir mal.«

Sie wandte sich nach links, wo zwischen dem Haus und

dem Unterstand ein schmaler Weg in den Garten führte. Als Mags versuchte, durch die kleinen Scheiben des Hauses ins Innere zu sehen, konnte sie nur schwache Umrisse erkennen. Die Fenster waren lange nicht geputzt worden, und im Haus brannte nirgendwo ein Licht.

»Vielleicht gibt es eine Küchentür zum Garten hinaus.«

Sie ging weiter, die Polizistin im Schlepptau.

Der Garten selbst musste einmal mit viel Liebe angelegt worden sein, und Mags blieb einen Moment stehen, um ihn sich genau anzusehen. Zwischen zu groß gewordenen Rosenbüschen sah sie zugewachsene Beete mit dichten, alten Buchsbaumeinfassungen stehen. Die Wege waren aus hellem Kies. Die Obstbäume auf der Wiese schienen einige Jahre nicht mehr beschnitten worden zu sein, und das Gras stand hoch. Ein Frühbeet stand neben einem Glashaus, dessen Scheiben grün angelaufen waren. Am Ende des Gartens konnte sie eine große Hütte mit einem kleinen Sitzplatz davor sehen, der von einer hellrosa blühenden Kletterrose überdacht war.

Eric hatte sich sicherlich seit zwei Jahren nicht mehr um den Garten gekümmert, was in Mags' Augen um einiges verwerflicher war als die ein oder andere unbedachte Äußerung. Sie wandte sich dem Haus zu.

»Wahrscheinlich liegt er im Bett und schläft seinen Rausch aus.«

Diesmal klang ihre Stimme nicht mehr so freundlich. Kein Mensch sollte so etwas wie das hier einfach verkommen lassen.

Auch durch die Fenster zur Gartenseite ließ sich nichts erkennen. Mary Shifter war einige Meter vorausgegangen und um die Ecke gebogen.

»Hier ist die Küchentür.«

Als Mags um die Ecke bog, sah sie die angelehnte Tür, davor Mary Shifter unter ihrem Regenschirm.

»Wollen Sie hineingehen?«

»Oh, nein. Das wäre ja nicht richtig. Es sei denn, Sie sind besorgt um Ihren Freund und betreten daher sein Haus auf diesem Weg. Ich folge Ihnen dann. Zur Sicherheit.«

Mags seufzte. Man konnte sich das Leben auch kompliziert machen.

26

Die Küche selbst war sicherlich einmal der Mittelpunkt des Hauses gewesen. Der alte Steinfußboden und Küchenschränke aus Holz hätten für Gemütlichkeit gesorgt, wenn nicht jede Fläche der Küche zugestellt gewesen wäre mit leeren Flaschen, Pizzakartons und Geschirr. Ein leicht säuerlicher Geruch lag über allem.

»Ordnung scheint nicht seine Stärke zu sein.«

Doch Mary Shifter zuckte nur mit den Schultern. Wahrscheinlich hatte sie schon ganz andere Küchen gesehen. Eine Tür führte in das Wohnzimmer, in dem ein großer Fernseher vor einem modernen Ledersofa stand. Beides wirkte in dem ansonsten mit alten Holzmöbeln und geblümten Vorhängen eingerichteten Raum wie Fremdkörper.

Mags ging weiter in den Flur. Auf der schmalen Anrichte lagen ein Schlüsselbund und eine grüne Baseballkappe.

»Das sind seine Autoschlüssel und die Kappe, die er gestern trug.«

Sie blickte die Treppe hinauf.

»Eric? Eric! Ich bin es, Mags Blake. Ich wollte noch einmal mit dir sprechen. Eric?«

Auch jetzt war aus dem oberen Stock keine Reaktion zu hören. Mags seufzte. Sie hatte keine Lust, nach oben zu gehen und einen wahrscheinlich völlig verkaterten

Mann aufzuwecken. Aber sie wollte vor der jungen Polizistin auch keinen Rückzieher machen.

Die Treppe knarzte unter ihren Schritten. Vom oberen Flur gingen vier Türen ab. Mags klopfte an der ersten, und drückte vorsichtig die Klinke hinunter. Ein Schlafzimmer mit einem großen Doppelbett unter einer geblümten Überdecke. Es roch muffig, und sie sah den Staub, der auf allen Möbeln lag. Hinter der nächsten Tür ein Badezimmer, dann ein Abstellraum. Es schien, als hätte Eric kaum etwas in seinem Elternhaus verändert.

»Ob er in seinem Zimmer immer noch seine alten Jugendmöbel hat? Wenn ich meine Eltern besuche, schlafe ich in meinem Schrankbett aus Eichenfurnier und blicke auf die ausgeblichenen Take-that-Poster.«

Mary Shifter hatte sich leise zu Mags gesellt und schien amüsiert über die ganze Situation zu sein.

»Na, das werden wir ja gleich sehen.«

Energisch klopfte Mags an die letzte Tür.

»Eric? Komm, es ist schon spät. Du musst heute arbeiten, und ich würde wirklich gern mit dir reden.«

Mags drückte die Türklinke herunter.

Der kleine Raum wurde fast vollständig ausgefüllt von einem schwarzen Doppelbett mit einem verspiegelten Kopfteil. Doch auch dieses Bett war leer.

Erleichtert wollte Mags die Tür wieder hinter sich zuziehen.

»Warten Sie!«

Mary Shifter ging einige Schritte in den Raum hinein.

»Sehen Sie das Foto auf dem Nachttisch?«

Mags folgte ihr, und gemeinsam blickten sie auf ein in

Silber gerahmtes Foto. Eric Clay, neben sich eine junge, schlanke Frau mit einem dunkelbraunen Bubikopf.

»Das ist Emily.«

Mags griff nach dem Foto. Das erste Bild, das sie von Emily sah. Sie war größer, als Mags sie sich vorgestellt hatte – und weniger besonders? Mags war sich nicht sicher, was sie erwartet hatte. Vielleicht jemanden, der eher wie eine Schauspielerin aus Hollywood aussah, mit glänzenden blonden Haaren, feingliedrig und elegant. Doch die Frau auf dem Foto hatte braune Haare und ein offenes Lachen, sie blickte ganz unbefangen und frei in die Kamera.

»Vielleicht war da doch mehr zwischen den beiden. Immerhin hat er dieses Foto.«

Doch Mags, die sich den Hintergrund des Bildes genauer angesehen hatte, schüttelte den Kopf.

»Nein, das glaube ich nicht. Sehen Sie genauer hin. Das Haus im Hintergrund ist das Gärtnerhaus von *Shelter Gardens*. Und sowohl Emily als auch Eric stehen ja ganz am Rand des Fotos, es wirkt irgendwie gequetscht. Und es ist etwas unscharf, als hätte er es vergrößert ...«

Die Polizistin griff nach dem Rahmen.

»Ah, ja. Ich sehe es. Sie meinen, er hat es aus einem größeren Foto ausgeschnitten? Dass dort stattdessen eigentlich mehrere Personen gemeinsam vor dem Gärtnerhaus stehen?«

Eingehend musterte sie das Bild.

»Ich denke, Sie haben recht. Also bestätigt es nur, was wir auch schon vor Jahren wussten. Dass Eric Clay unglücklich in Emily verliebt war. Aber er war in der Nacht, in der sie verschwunden ist, mit einigen seiner Freunde unterwegs. Laut Zeugen war er zu betrunken, um geradeaus zu laufen.«

Mags stellte das Foto wieder auf seinen Platz. Sie fühlte sich schlecht, so in Erics Privatleben eingedrungen zu sein.

»Aber wenn er ein Alibi hat, warum sind Sie denn dann überhaupt noch hier? Bei Sam klang es so, als wäre Eric verdächtig?«

Mary Shifter seufzte.

»Miss Blake, das mit den Alibis funktioniert nur im Fernsehen so. Wir wissen ja gar nicht, wann genau Emily aus dem Haus verschwunden ist. Und wie betrunken Eric wirklich war oder ob er vielleicht nur so getan hat, wer weiß? Und auch die Erinnerung von Zeugen ist nicht immer verlässlich.«

Die beiden Frauen gingen langsam wieder die Treppe hinunter.

»Sehen Sie, wenn ich Ihnen nur oft genug immer wieder eine Geschichte erzähle, sagen wir mal, über eine Frau in einem auffälligen roten Regenmantel, die unter den Besuchern beim Tag des offenen Gartens auf *The Shelter* war, dann werden Sie sich irgendwann auch an eine solche Frau erinnern. Und wenn Sie gebeten werden, zu erzählen, wie die Besucher an diesem Tag ausgesehen haben, werden Sie wahrscheinlich auch von der Frau in dem Mantel erzählen. Das ist nicht so einfach, leider. Wir ergänzen ständig unsere Erinnerungen mit Bildern, füllen Lücken, übernehmen Erzählungen von Eltern oder Freunden. Erinnerungen sind etwas, was wir uns machen. Einige decken sich mit der Realität, andere aber nun mal nicht.«

»Sie haben sich viel damit beschäftigt, oder?«

»Wenn Sie wüssten, wie viele Menschen beschuldigt werden, nur weil Zeugen ebensolche Erinnerungen haben, weil sie meinen, sich zu erinnern, aber in Wirklichkeit nur etwas wiedergeben, was sie sehen wollen oder was ihnen erzählt wurde. Ich wäre sehr froh, wenn mehr Polizisten sich Gedanken darüber machen würden, wie Erinnerungen funktionieren. Ich kenne Verhörmitschnitte, die genau so funktionieren wie meine Geschichte mit der Frau im roten Regenmantel. Die Beamten haben den Zeugen nur immer und immer wieder die gleiche Frage gestellt, bis die sich zu erinnern glaubte. Und solche Aussagen helfen mir nicht, die Wahrheit zu finden. Solche Aussagen machen Unschuldige zu Opfern.«

Die Intensität in Mary Shifters Stimme überraschte Mags.

»Sie haben das erlebt, oder?«

Mags merkte, dass die Polizistin kurz zögerte, sich dann aber zu einer Antwort durchrang.

»Ja, aber ich kann keine Einzelheiten erzählen. Sagen wir mal, jemand von meiner früheren Dienststelle wollte schnell ein Ergebnis, und da hat er, ohne zu zögern, die Zeugen dazu gebracht, seinen Verdächtigen zu beschuldigen. Es war eine Schande. Ich habe es gemeldet, und es hat mich fast meine Karriere gekostet. Wäre Johnson nicht gewesen, der mich zu sich ins Team geholt hat, ich wäre vielleicht endgültig gegangen.«

»Inspector Johnson?«

»Ja. Ich weiß, er ist kein Sonnenschein, und nicht gerade sensibel. Aber er nimmt seinen Job ernst, und er hat noch Überzeugungen. Das gibt es nicht so oft.«

Mittlerweile waren die beiden Frauen wieder im Garten angekommen. Mags war froh, die regennasse Luft einzuatmen und der bedrückenden Atmosphäre des Hauses entkommen zu sein.

»Und was bedeutet das Ganze jetzt für Eric Clay?«

»Oh, erst mal gar nichts. Wir hoffen, dass wir vielleicht an den Überresten des Opfers Spuren finden und dass der Fund vielleicht Bewegung in die Sache bringen wird. Wer weiß? Immerhin können wir es jetzt als Mord einstufen und den ganzen Fall wieder aufrollen. Wobei die verstrichenen Jahre die Sache mit den Zeugenaussagen fast unmöglich machen. Wir werden Fragen stellen, noch mal an alle zuständigen Stellen Anfragen senden wegen der verschwundenen Schmuckstücke und dann abwarten.«

Mags blickte auf den verwilderten Garten. Geduld war noch nie eine ihrer Stärken gewesen. Am liebsten würde sie gleich jetzt und hier anfangen, alles wieder in eine Form zu bringen. Sie wusste nicht, ob sie Mary Shifters Job machen könnte.

Die schien ihre Gedanken gelesen zu haben.

»Sie fragen sich, wie viel Geduld man dazu braucht? Eine Menge. Aber Sie selbst pflanzen doch auch Samen oder Zwiebeln und müssen eine ganze Weile warten, bis Sie ein Ergebnis sehen, oder?«

Mags lachte.

»Ja, das stimmt. Aber als Kind habe ich einen Winter heimlich ganz viele Blumenzwiebeln aus unserem Garten ausgegraben und bei mir auf die Fensterbank gestellt. Ich wollte, dass es schneller geht. Sie sind eingegangen. Pflanzen brauchen ihre Zeit.«

Sie waren bei ihren Autos angekommen.

»Miss Blake, vielleicht sehen Sie wirklich zu, dass Sie, wenn Sie mit Clay sprechen, nicht alleine sind, ja? Es mag ja alles wirklich nur der Trauer und dem Alkohol geschuldet sein, aber trotzdem hat er Sie bedroht. Seien Sie nicht leichtsinnig.«

Mags nickte, als sie Puckpucks Tür öffnete.

»Ich hoffe, Sie finden den Täter. Ich hoffe es wirklich sehr.«

27

Als Mags Puckpuck hinter Mary Shifters kleinen Wagen auf den ausgefahrenen Weg lenkte, versuchte sie, all das Gesehene zu einem neuen Bild über Eric zusammenzufügen. Vielleicht sollte sie wirklich eher bei der Arbeit, wenn andere dabei waren, mit ihm sprechen. Die vielen leeren Flaschen in der Küche waren zum größten Teil Alkohol gewesen, und auch der Zustand von Haus und Garten ließ darauf schließen, dass Eric ernsthafte Probleme hatte. Sie würde Miss Clara davon erzählen, vielleicht hatte sie ja eine Idee, wie man Eric helfen konnte, wieder richtig auf die Beine zu kommen.

Bei dem Gedanken an Miss Clara hatte Mags sofort wieder die prächtige Kletterrose vor Augen. Sie wusste nicht, was es für eine Sorte war, aber Miss Clara würde sich über einen Ableger sicherlich freuen. Und Eric würde wahrscheinlich noch nicht mal bemerken, wenn der ganze Busch fehlte. Der Wagen der Polizistin war schon um die nächste Ecke gebogen, als Mags vorsichtig bremste und den Rückwärtsgang einlegte.

Wieder am Haus, griff Mags unter ihren Beifahrersitz, zog eine Gartenschere und eine Handvoll Papiertüten heraus und machte sich auf den Weg zum Gartenhäuschen. Sie würde Miss Clara auch einige Triebe der Beetrosen mitbringen, vielleicht war ja eine seltene Art darunter.

Auf dem Weg zur Hütte bewunderte Mags noch einmal

den schönen Garten. Jetzt, da der Regen langsam wieder nachließ, konnte Mags die ersten Bienen und Hummeln an den Blüten sehen.

An der Hütte schnitt sie vorsichtig einige Triebe und Blüten ab und packte alles in eine der Tüten. Anhand der Blüten könnte Miss Clara wahrscheinlich die Rosensorte bestimmen. Die Gartenhütte war ein Fertigsatz aus dem Baumarkt und stand wohl noch nicht länger als einige Jahre hier. Wahrscheinlich hatte jemand eine ältere Hütte ersetzt, denn die Kletterrose davor war deutlich älter. Mags mochte solche Hütten nicht besonders, aber sie waren meist ziemlich dicht, isolierten vor Wind und der ersten Herbstkälte und boten Platz für Gartenwerkzeug, Möbel und manchmal auch für einen kleinen Pflanztisch.

Neugierig griff sie zur Klinke, doch die Tür ließ sich nicht öffnen. Irgendetwas schien sie von innen zu blockieren. Mags ging zu einem der Fenster und versuchte, durch die Scheibe in das halbdunkle Innere zu blicken. In den Regalen stapelten sich Pflanztöpfe, Kisten und Koffer. An der Wand hingen ordentlich aufgereiht Gartenwerkzeuge. In einem abschließbaren Schrank standen einige braune Flaschen mit Chemikalien – Miss Clara hatte einen ähnlichen in ihrem Schuppen. Wer Rosen liebte, wurde schnell zu einem Experten für Schädlingsbekämpfung. Auf dem Tisch lag ein Propangasbrenner, wie ihn Gärtner benutzten, um Unkraut abzubrennen, daneben einige Tonschüsseln und Werkzeuge. Eine kleine Werkbank, die im schmalen Lichtschein seltsam glänzte, und an der Wand darüber noch mehr Gartenwerkzeuge. Mags stellte sich auf die Zehenspitzen und ließ ihren Blick nach unten gleiten, um zu sehen, was die Tür blockierte.

»Eric!«

Sie stürzte zur Tür und warf sich dagegen. Es roch nach Gas und nach etwas anderem, ein süßer, metallischer Geruch, der sie kurz zurücktaumeln ließ.

Sie schob die Tür mit aller Kraft ein Stück auf, schlüpfte durch den Spalt und kniete sich neben Eric. Sie wollte ihn anfassen, schütteln, doch ihre Hand hielt im letzten Moment inne. Sein Gesicht war grau.

Augen und Mund standen weit offen. Alles in ihr sträubte sich dagegen, ihn zu berühren. Sie wollte aufstehen, als sie merkte, wie ihr schwarz vor Augen wurde und sie umkippte.

28

»Miss Blake? Mags!«

Jemand rüttelte an ihrer Schulter. Ihr Kopf tat weh, und auf ihrer Zunge lag ein widerlicher Geschmack. Vorsichtig öffnete sie die Augen und sah Mary Shifter, die sich über sie beugte.

»Sie müssen aufstehen. Los jetzt.«

Mit Hilfe der jungen Frau kam Mags auf die Beine und stolperte auf den Rasen. Ihr war immer noch fürchterlich übel.

»Holen Sie tief Luft, ja?«

Mags beobachtete, wie die junge Frau ein Taschentuch und eine Flasche Wasser aus ihrer Tasche zog, das Tuch nass machte und es sich vor Mund und Nase hielt, bevor sie erneut die Hütte betrat.

Nach wenigen Sekunden kam sie mit versteinerter Miene wieder heraus.

»Er ist tot. Sicherlich schon seit einigen Stunden.«

Sie zog ihr Telefon aus der Tasche und warf einen besorgten Blick auf Mags.

»Geht es?«

Mags nickte.

»Gehen Sie zu Ihrem Auto. Setzen Sie sich hinein, lassen Sie die Türen aber offen. Warten Sie dort, ich komme gleich nach.«

Sie wählte eine Nummer, und Mags hörte, wie sie sich

mit Rang und Namen meldete und dann ihren Fund meldete.

Sie ging durch den Garten zu ihrem Auto. Ihr war kalt und übel, und sie zitterte. Graue Haut. Die offenen Augen.

Sie kletterte in ihren Wagen und lehnte sich auf dem Sitz zurück.

Kurz darauf wurde die Seitentür geöffnet, und Mags hörte, wie jemand auf den Sitz kletterte und dann ihr Handschuhfach durchsuchte.

»Haben Sie Kaugummis?«

Mags öffnete ein Auge, schüttelte den Kopf und wies dann auf die Tüte mit den weißen Schokodrops.

Mary Shifter zuckte mit den Schultern, griff in die Tüte und steckte sich eine Handvoll Drops in den Mund.

»Sie werden bald hier sein.«

Sie griff erneut in die Tüte.

»Mein Chef wird mich umbringen. Wir haben im Haus einiges angefasst. Und Sie in der Hütte.«

Ein erneuter Griff in die Tüte. Dann schüttelte sie Mags leicht am Arm.

»Mags? Guck mich an.«

Mags tat, wie ihr gesagt wurde.

Das Teilen von Schokodrops schien das Siezen überflüssig gemacht zu haben.

»Du wirst jetzt nicht umkippen, okay? Ich habe denen gesagt, dass wir keinen Krankenwagen brauchen. Es war kaum noch Gas in der Hütte. Du bekommst doch wieder normal Luft, oder?«

Mags nickte.

»Ist dir schlecht? Siehst du verschwommen?«

Mags schüttelte den Kopf.

»Dann nimm.« Mary hielt ihr die Tüte entgegen.

»Kaugummi hilft besser, aber es geht.«

Sie schwiegen einen Moment.

»Mit nicht leichtsinnig sein meinte ich nicht, wieder alleine zum Haus zurückzufahren. Ich hatte an der Abbiegung gewartet, aber dein Wagen kam nicht nach.«

Als Mags sich nicht bewegte, seufzte die andere Frau.

»Du riechst es immer noch, oder? Ich meine das Blut?«

Mags schloss wieder die Augen. Blut. Eine dunkle Pfütze unter Erics Kopf.

»Ich weiß, es bleibt hängen. Das ist immer so. Kaugummi hilft, Zigaretten oder Schnaps auch. Aber die Schokolade wird es auch besser machen. Glaub mir.«

Mags griff in die Tüte und lutschte auf den weißen Schokotäfelchen. Es half wirklich, der merkwürdige Geschmack auf ihrer Zunge ließ nach, und der Geruch in ihrer Nase verflüchtigte sich.

»Ich habe ihn nicht angefasst. Ich wollte, aber dann habe ich sein Gesicht gesehen. Und dann bin ich umgekippt.«

»Ja, ich denke, er liegt da schon länger. An der Werkbank hinter ihm war ...«

Sie bremste sich im letzten Moment.

»Er scheint auf die Werkbank gestürzt zu sein.«

Mags schloss wieder die Augen.

»Ich habe das Blut auch gesehen. Ich wollte nur einige Triebe von der Kletterrose abschneiden, für Miss Clara. Deswegen bin ich zurückgefahren. Eric hätte sicherlich nichts dagegen gehabt, oder?«

Irgendwie schien ihr das gerade sehr wichtig zu sein. Und sie war dankbar, dass die Frau neben ihr die Frage ernsthaft beantwortete.

»Nein, ich bin mir sicher, dass er nichts dagegen gehabt hätte. Es hätte ihn sicherlich gefreut.«

»Dann ist gut.«

Mags hielt ihre Augen geschlossen, bis die ersten Wagen auf den Hof fuhren. Sie hörte, wie Mary Shifter ausstieg, dann die lauten Stimmen einiger Männer und Frauen, das Öffnen von Kofferräumen und das Schließen von Reißverschlüssen. Sie würden wieder diese weißen Anzüge anziehen, wie sie es Sonntag schon im Garten gemacht hatten.

Sie kniff die Augen zusammen und sah sofort das Innere des Schuppens wieder vor sich. Sie wusste gar nichts über Eric. Die Griffe der Spaten und Harken waren von vielen Händen ganz glatt poliert gewesen, die Schneiden gut geschliffen und geölt. So sahen Werkzeuge aus, die man für den Winter vorbereitet hatte. Eric hatte sie vermutlich lange nicht benutzt. Stimmen rissen sie aus ihren Gedanken, und sie öffnete die Augen. Die Sonne war herausgekommen und brachte das vor einer Stunde noch so düster wirkende, regennasse Haus zum Glänzen.

Mags schloss die Augen wieder. Irgendetwas im Schuppen hatte sie gestört. Die Werkzeuge, die Regale, der Brenner auf dem Tisch.

»Mags?«

Mary Shifter stand an der Wagentür.

»Gleich kommen zwei Polizisten, die dich und deinen Wagen nach Hause bringen. Ich werde zunächst selbst alles berichten, dann komme ich nachher vorbei, um deine Aussage aufzunehmen. Nicht vor dem Nachmittag. Und Johnson wird dabei sein wollen. Er wird vielleicht ein bisschen bellen, aber er beißt nicht.«

Mags nickte. Hauptsache, sie konnte hier weg.

29

Mags war erleichtert, als zwei uniformierte Polizisten zu ihr kamen. Einer kletterte neben sie auf den Fahrersitz, der andere bat sie höflich, zu ihm in den Wagen zu steigen. Ihre Hände zitterten noch immer.

»Haben Sie zu Hause jemanden, der nach Ihnen sehen kann? Sollen wir vielleicht doch noch einen Arzt rufen?«

Mags schüttelte den Kopf. Sie wollte alleine sein. Doch der junge Polizist machte sich ja nicht zu Unrecht Sorgen.

»Meine Vermieterin, Miss Clara. Sie wird wohl da sein.«

Er nickte, und sie fuhren schweigend die schmalen Straßen entlang. Mags schloss die Augen.

Am Haus angekommen, klingelte der Polizist an Miss Claras Tür und sprach kurz mit ihr. Mags wollte aussteigen, aber ihre Beine waren zu müde, und ihre Augen fielen ihr immer wieder zu.

Dann hörte sie Miss Claras Stimme neben sich.

»Mags, meine Liebe. Komm, ich bringe dich zum Haus, ja? Du brauchst einen Tee, und dann legst du dich hin. Ich kümmere mich um alles. So etwas Fürchterliches.«

Mags hörte die vertraute Stimme, stieg aus dem Wagen, dankte dem Polizisten und folgte Miss Clara durch den Garten zu ihrer Scheune.

Dort ließ sie sich einen Becher Tee mit viel Zucker ein-flößen und fiel ins Bett.

Sie träumte. Sie sah Emily Franklin, die ein silbernes Kleid trug, das zu leuchten schien. Mit einem hellen Lachen stand sie zwischen Sam und Thomas und hatte beiden Männern eine Hand auf die Schulter gelegt. Warum waren alle so groß? Mags sah an sich herunter, nur um festzustellen, dass die anderen nicht groß, sondern sie nur viel kleiner war als sonst. Und sie stand in einem Erdloch. Nein, kein Erdloch, da waren blaue Hortensien um sie herum. Sie stand in Emilys Grab und konnte nur mit Mühe über den Rand gucken. Wieder sah sie Emily zwischen den beiden Männern stehen. Sie winkten ihr zu und drehten sich dann um. Mags wollte rufen, sie wollte nicht in dem Loch zurückbleiben, und der Rand wurde immer höher und höher, so würde sie nie herausklettern können. Doch als sie den Mund öffnete, kam da kein Schrei heraus, nur das Krächzen einer Elster. Sie wusste, dass sie träumte, aber sie weinte trotzdem. Sie wollte nicht in der Erde sein, die Wände waren so hoch und kamen immer näher, sie wollte raus, aber es ging nicht. Und sie wurde immer kleiner. Am Rand der Grube waren Schritte zu hören, und Mags sah, wie sich zwei Köpfe über den Rand schoben und zu ihr herunterblickten. Wieder wollte sie etwas sagen, doch wieder kam nur ein Krächzen aus ihrer Kehle. Der eine Kopf gehörte Eric Clay, ganz grau im Gesicht, und mit großen Augen blickte er zu ihr herab.

»Es tut mir leid. Es tut mir leid.«

Mags wollte fragen, was ihm denn leidtue, aber wieder gab sie nur ein Krächzen von sich. Doch Eric schien sie zu verstehen.

»Ich hätte die Rosen schneiden sollen. Vielleicht wäre sie dann zu mir gekommen. Sie liebte Rosen. Komm!«

Er streckte ihr seine Hände entgegen, die mit Gold überzogen waren. Mags wollte nach ihnen greifen, doch sie rutschte immer wieder ab. Eric schüttelte seinen riesigen Kopf.

»Es tut mir leid.«

Der zweite Kopf kam näher und beugte sich über Mags. Es war Mary Shifter.

»Komm. Komm doch einfach rauf.«

Mags wollte erklären, dass die Grube zu tief war, der Rand zu steil, sie zu klein, doch die Polizistin schien das gar nicht zu hören.

»Nimm doch die Leiter! Die silberne Leiter!«

Mags drehte sich in der Grube um. Hier war keine Leiter.

»Siehst du sie nicht? Dann tut es auch mir leid.«

Die beiden Köpfe verschwanden, und Mags saß alleine in der Grube und weinte.

30

Sie hatte sich einen Tee gekocht und saß nun mit der Tasse in der Hand und einem Teller mit Scones neben sich auf ihrer grünen Gartenbank. Was für ein Alptraum. Sie war schweißgebadet aufgewacht und hatte erst einmal einige Minuten an die Zimmerdecke gestarrt, auf der das Sonnenlicht Muster zeichnete.

Es war gerade mal Nachmittag, sie hatte ihre Termine für heute abgesagt. Die Sonne schien auf ihr Gesicht, und der stetig stärker werdende Wind ließ auch noch die letzte Feuchtigkeit im Schatten der Bäume trocknen. Sie holte tief Luft.

Schritte auf dem schmalen Weg ließen sie aufblicken, und sie sah, wie Mary Shifter um die Ecke bog und sich neben sie setzte.

»Scones?«

»Nein, danke.«

»Mir geht es besser.«

»Das sehe ich. Gut.«

Mags blickte Mary an, die trotz ihrer professionellen Miene immer noch blass um die Nase aussah.

»Ist es immer so?« Sie suchte nach Worten.

»So intensiv? Ich hatte das Gefühl, dass der ganze Schuppen, der ganze Garten voll von Tod war, nachdem ich ihn gesehen habe. Das hatte ich nicht erwartet. Im Fernsehen sieht man doch ständig tote Menschen.«

Mary nickte.

»Ja, sieht man, aber sie sind einfach weit weg. Bilder eben. Bilder von toten Menschen. Wenn man auf eine Leiche stößt, spürt man es durch und durch. Einige versuchen, es nicht an sich heranzulassen, aber ich glaube, das geht gar nicht. Besser, man spürt es einmal wirklich, auch wenn es einem große Angst macht. Und danach kann man dann wieder klar denken. Ich kann das auch nicht so gut beschreiben.«

Die Polizistin schloss die Augen und hielt ihr Gesicht in die Sonne.

»Meine erste Leiche sehe ich immer noch vor mir. Dabei war es gar nicht sonderlich blutig. Die Frau war in ihrer eigenen Küche erdrosselt worden. Sie lag zusammengefallen auf dem Boden. Ich dachte zuerst wirklich, es sei eine Puppe. So wie im Museum oder im Wachsfigurenkabinett. Auf dem Herd stand noch ein Kochtopf, Wasser lief in der Spüle, eine Zeitung lag auf dem Tisch. Ich hätte ebensogut vor einem Bild stehen können. Ich hatte zuvor schon Unfallopfer gesehen, doch da war es anders. Die Welt bewegte sich noch. In der Küche der Frau stand sie still. Irgendwie dachte ich damals, dass es nun mein Job wäre, das Ganze wieder in Bewegung zu bringen. Dafür zu sorgen, dass es nicht bei dem Bild bleiben würde. Herauszufinden, was passiert war. Und ich erlaubte mir, auch traurig zu sein. Und das hat geholfen. Ich bin immer wieder traurig, wenn ich einen Toten sehe. Das hilft.«

Mags nickte. Obwohl sie auch jetzt noch die Gartenhütte und Eric Clay vor Augen hatte, waren das panische Gefühl, der Schrecken nicht mehr so stark. Jetzt war

Platz für etwas anderes, und sie merkte, wie ihr Tränen in die Augen stiegen.

»Weißt du schon, was passiert ist?«

Der Morgen im Haus und die gemeinsamen Minuten im Auto schienen eine engere Verbindung zwischen ihr und der Polizistin hergestellt zu haben.

»Wir haben eine ungefähre Idee. Er muss mit dem Hinterkopf auf die Werkbank gestürzt sein. Das Gas vom Brenner war voll aufgedreht, und er roch nach Alkohol. Auf die Ergebnisse aus dem Labor warten wir noch. Zeugen sahen ihn gestern um Mitternacht aus dem Pub kommen, er soll ziemlich betrunken gewesen sein. Der Wirt wollte ihn noch aufhalten, doch er stieg in sein Auto und fuhr los.«

»Was wollte er im Schuppen? Ich erinnere mich, dass der Brenner auf dem Tisch lag. Damit kann man das Unkraut verbrennen, aber Eric hat in seinem Garten sicherlich seit über einem Jahr keine Arbeit mehr verrichtet. Und die Schalen und das Werkzeug daneben? Das sah ja eher aus wie aus dem Chemieunterricht. Kann es etwas mit Drogen zu tun haben?«

Mary lachte müde.

»Nein, keine Drogen. Dafür hätte er mehr Geräte gebraucht.«

Sie holte zögernd Luft und zuckte dann mit den Schultern.

»Du musst das, was ich dir jetzt sage, unbedingt für dich behalten, ja?«

Mags nickte.

»Gold. In den kleinen Schalen wurde Gold geschmolzen, wir haben Reste davon gefunden.«

Mags schwieg und blickte einer dicken Biene nach, die aus dem Rosenbeet geflogen war.

»Der verschwundene Schmuck?«

»Danach sieht es wohl aus.«

Mary Shifter seufzte.

»Wenn sich herausstellt, dass die Spuren zu den verschwundenen Schmuckstücken passen, dann erklärt sich, warum wir nie eines der Stücke gefunden haben. Er muss die Opale und die anderen Steine herausgebrochen und die Fassungen eingeschmolzen haben. Was ihm nur einen Bruchteil des eigentlichen Wertes gebracht haben dürfte, aber das Gold und die Steine konnte er wahrscheinlich so verkaufen. Für den Schmuck selbst hätte er Profis finden müssen. Aber das ist immer noch ein Ratespiel. Das Labor untersucht alles, wir müssen abwarten.«

Mags schwieg. Sie versuchte, sich Erics Verhalten am Tag zuvor unter den geänderten Vorzeichen zu erklären. Wenn er den Schmuck gestohlen und Emily ermordet hatte, warum dann der Angriff auf sie? Warum in aller Welt so viel Aufmerksamkeit auf sich ziehen? Sie schüttelte den Kopf.

»Johnson kommt gleich. Er wird noch mal von dir hören wollen, was wir im Haus und in der Hütte gemacht haben.«

»Ist er sehr wütend?«

»Nun, er war nicht begeistert, dass ich mit dir ins Haus gegangen bin. Aber er ist selten von irgendetwas begeistert. Das wird schon wieder. Du brauchst ihm ja nicht zu verraten, dass ich dir gerade alles erzählt habe, okay?«

Aus der Richtung des Gewächshauses konnten sie jemanden sprechen hören. Mags erkannte Miss Claras helle Stimme, und dann das tiefere Lachen eines Mannes. Mary setzte sich mit einem Ruck auf.

»Johnson lacht? Er lacht nie.«

Dann sahen sie, wie die beiden um die Ecke bogen. Johnson hielt in der einen Hand eine Tüte, und Miss Claras Augen leuchteten.

»Mags, Inspector Johnson war so lieb, mir die Triebe der Kletterrose mitzubringen, die du für mich abgeschnitten hast. Ich glaube, es ist eine alte Ramblerrose. Dafür konnte ich mich revanchieren und dem Inspector einige Triebe meiner gelben Graham Thomas mitgeben für seinen Garten.«

Sie wandte sich Johnson mit einem feinen Lächeln zu.

»Ich werde Ihre Einladung ernst nehmen und sicherlich an einem der nächsten Wochenenden vorbeikommen, um mir Ihre Rosen anzusehen. Und nun lasse ich Sie aber arbeiten. Mags, Liebes, du sagst Bescheid, wenn du noch etwas brauchst, ja? Der arme Junge. Ich kannte seine Mutter, eine gute Gärtnerin, und sie hat ihm eine Menge beigebracht. Und nun das.«

Miss Clara blickte traurig in die Runde und ging zurück zu ihrem Haus.

Mags sah, wie Mary Shifter ihren Vorgesetzten und die Tüte in seiner Hand mit großen Augen anblickte. Anscheinend hatte sie nichts von dessen Gartenleidenschaft gewusst, aber sie hütete sich, irgendetwas zu sagen.

Mags sah mit Genugtuung, wie der stämmige Mann rot wurde und sich räusperte.

»Ich …«

»Inspector Johnson, nehmen Sie sich doch einen Stuhl.

Es ist so unhöflich, wenn wir sitzen und Sie stehen müssen.«

Sie war ihm ins Wort gefallen und hatte ihm damit den Wind aus den Segeln genommen. Johnson griff nach einem der buntlackierten Gartenstühle und setzte sich vorsichtig, darum bemüht, das Gleichgewicht auf dem viel zu schmalen Stuhl nicht zu verlieren.

Dann holte er ein kleines Tonbandgerät aus der Tasche und blickte Mags fragend an. Sie begann, den Morgen noch mal Revue passieren zu lassen und erzählte ihm alles, bis auf die Szene im Auto mit den weißen Schokodrops.

»Und jetzt schildern Sie mir bitte, was Eric Clay gestern auf dem Parkplatz von *The Shelter* zu Ihnen gesagt hat. So genau wie möglich.«

Mags seufzte, tat aber, was er verlangte.

Nachdem sie geendet hatte, stand Johnson auf, und Mary tat es ihm schnell gleich.

»So, das war es dann, Miss Blake. Wir schicken Ihnen morgen einen Beamten vorbei, damit Sie Ihre Aussage noch einmal durchlesen und unterschreiben können.«

Er drehte sich mit einem letzten Nicken in ihre Richtung um.

»Und wie geht es jetzt weiter?«

Langsam wandte der Polizist sich um.

»Wie es weitergeht, Miss Blake? Für Sie geht gar nichts weiter, verstanden? Sie werden weder irgendwelche Löcher graben noch fremde Häuser oder Schuppen betreten noch irgendetwas anderes tun, was die Ermittlungen betrifft. Das ist kein Spiel. Wir werden unsere Arbeit machen, also machen Sie auch die Ihre.«

Seine Stimme war gefährlich leise geworden. Mags ließ sich davon nicht beeindrucken und stand ebenfalls auf.

»Aber warum hat ...«

»Miss Blake! Halten Sie sich aus meinen Ermittlungen raus. Sie machen sich nur lächerlich. Ich wünsche Ihnen einen guten Tag.«

Frustriert setzte sich Mags wieder und biss ein großes Stück aus ihrem Scone. Sah er denn nicht, dass das Ganze überhaupt keinen Sinn machte? Sie würde sich von Johnson nicht vorschreiben lassen, was sie zu tun hatte. Sicherlich nicht.

31

Gerade, als sie die letzten Kuchenkrümel aufgesammelt hatte und überlegte, was sie nun tun sollte, hörte sie erneut Schritte auf dem Weg. Sie waren zu laut für Miss Clara.

Neugierig stand sie auf, den Teller in der Hand, und sah Sam Hawthorn um die Ecke biegen. Sie blickte ihn kurz an und ging dann wortlos in ihre Küche.

Doch der Mann folgte ihr und blieb, an den Rahmen ihrer Eingangstür gelehnt, stehen.

»Ich war gerade bei Miss Clara zum Tee. Sie hatte mich ja gestern eingeladen.«

Mags beschloss, einfach nicht zu reagieren. Vielleicht würde er dann ja wieder gehen.

»Sie hat mir erzählt, dass du Eric gefunden hast.«

Mags war versucht, den Teller mit Schwung in die Spüle zu werfen, doch er gehörte Miss Clara, die das sicherlich nicht gutheißen würde.

»Es tut mir sehr leid, das muss ein Schock gewesen sein. Erst Emily und jetzt Eric ...«

Mags ließ Spülwasser einlaufen. Er sollte gehen.

»Weiß die Polizei schon, was passiert ist?«

Der Mann schien einfach immun zu sein gegen jeden Wink mit dem Zaunpfahl.

Sie drehte sich um.

»Er ist gestürzt und hat sich den Kopf angeschlagen. Und es sieht so aus, als hätte er etwas mit dem gestohlenen Schmuck zu tun. Zufrieden? Du hattest recht, ich nicht. Herzlichen Glückwunsch! Sei stolz darauf. Und jetzt geh, ich will meine Ruhe.«

Sie drehte sich wieder zum Spülbecken um und schloss die Augen.

Wenig später konnte sie hören, wie sich seine Schritte auf dem Kiesweg entfernten. Sie zählte im Kopf bis sechzig, ignorierte das Spülwasser und griff beim Hinausgehen nach Puckpucks Autoschlüssel. Sie brauchte Luft.

Sie schaffte es bis zu Puckpucks Tür, als sie erneut gerufen wurde.

Sie fluchte leise, als sie aus der Küchentür des Cottage Janet treten sah.

Diesmal trug die junge Frau wieder ihre normale Kleidung und sah in dem langen schwarzen Rock, an dem der Wind zerrte, und mit dem schwarzen dünnen Trägeroberteil aus Spitze zerbrechlich aus.

»Miss Clara und Sam haben sich gerade vor meinem Fenster verabschiedet. Ich konnte oben hören, was Sam erzählt hat.«

Mags unterdrückte einen zweiten Fluch.

»Dass Eric tot ist und du ihn gefunden hast. Und dass Eric etwas mit dem Schmuck zu tun hatte. Heißt das, er hat Emily umgebracht?«

Mags schüttelte müde den Kopf.

»Ich weiß es nicht. Eigentlich dürfte ich sowieso gar nichts wissen. Die Polizei untersucht ja erst alles. Eric hatte einen Unfall in seiner Gartenhütte und ist tot.«

Das Gesicht grau, die Augen offen. Mags schluckte, um das Bild aus ihrem Kopf zu verscheuchen. »Und mehr weiß ich wirklich nicht.«

»Aber was meinte Sam denn dann?«

Mags merkte, wie eine leise Wut in ihr aufstieg. Sie hätte die Klappe halten müssen.

»Ich weiß es nicht, okay? Die Polizei wird alles untersuchen. Wir müssen abwarten.«

Janet blickte sie immer noch skeptisch an, zuckte dann aber mit den Schultern.

»Warten also. Ich hoffe, die erzählen mir überhaupt etwas. Dieser Johnson hat mich gar nicht wirklich beachtet. Ich will einfach nur wissen, wer Emily das angetan hat.«

»Ich bin mir sicher, sie werden dich informieren, wenn es neue Ergebnisse gibt.«

Sie selbst würde Mary noch mal daran erinnern, dass Janet auch zu Emilys Familie gehörte.

»Ich hoffe es. Warte mal kurz, ich habe noch etwas für dich.«

Sie eilte ins Haus. Mags konnte sehen, dass sie barfuß war, die Zehennägel rosa lackiert.

Wenig später kam sie zurück und hielt einen dicken braunen Umschlag in der Hand.

»Das sind die Mails. Ich habe sie gestern noch mal ausgedruckt, Miss Clara hat mich ihren Rechner benutzen lassen. Diese Polizistin wollte sie doch lesen. Sie muss sie lesen! Ich habe gestern gut zugehört. Sie glaubt, Emily hätte geplant, Thomas zu verlassen, oder? Der fehlende Koffer, die Papiere, das Geld und so. Aber sie liebte ihn doch! Die Polizistin wird das sehen, wenn sie die Mails gelesen hat. Emily wollte nicht weg, sie war glücklich. Es gibt auch Stellen, an denen Emily über Eric erzählt. Sie hat ihn sehr gemocht, aber nicht geliebt. Einmal hat sie geschrieben, er erinnere sie an mich.«

Janet drückte Mags zitternd den Umschlag in die Hand.

Sie musste an den Koffer denken, der in Clays Gartenschuppen gestanden hatte. Das würde sie Janet bestimmt nicht erzählen.

»Ich bin mir wirklich sicher, dass die Polizei alles genau untersuchen wird. Ich leite die Briefe weiter.«

Janet sah immer noch sehr blass aus.

»Emily hätte nie etwas gestohlen.«

Mags nickte. Das Gleiche hatte ihr auch schon Thomas versichert, aber so langsam bekam sie Zweifel.

Janet schob sich eine Strähne ihres blonden Haares aus der Stirn. Sie sah so jung aus.

»Ich bin dabei, zu packen. Ich muss zurück nach Hause, meine Mutter denkt, ich wäre bei Freunden in London. Ich kann nicht ewig hierbleiben. Hier gibt es ja auch nichts mehr zu tun für mich.«

Mags fand, dass sie ziemlich verloren in der Tür stand, und dachte an Thomas.

»Hast du denn mittlerweile noch mal mit Thomas gesprochen? Seitdem er weiß, dass du Emilys Schwester bist? Ich glaube, es würde ihn freuen.«

Janet guckte auf ihre Füße.

»Glaubst du wirklich? Ich dachte, er wäre vielleicht sauer, weil ich mich so reingeschlichen habe und weil Emily ihm nichts von mir erzählt hat.«

Mags dachte an den Spaziergang auf den Klippen.

»Ich glaube, es würde ihn wirklich freuen. Und seine Eltern auch. Sie haben Emily sehr geliebt, und du bist ihre Schwester, oder?«

Janet blickte auf.

»Ja, klar. Ich würde mich auch gerne verabschieden. Auch von Mr. Little, er war ein Schatz. Nach wenigen Minuten mit mir im Garten hat er mich angeguckt und mich gefragt, warum ich wirklich da sei. Ich habe einfach keine Ahnung von Gartenarbeit. Da habe ich ihm alles erzählt. Er hat es niemandem weitererzählt und mir Aufgaben gegeben, bei denen ich nicht allzu viel falsch machen konnte. Ohne ihn wäre ich sofort aufgeflogen.«

Sie überlegte kurz.

»Ich werde Miss Clara bitten, mich morgen nach *The Shelter* zu fahren. Sie kennt doch Mrs. Williams, oder? Und danach fliege ich dann wieder nach Hause.«

»Das ist doch eine gute Idee. Sie wird dich sicherlich begleiten. Und wenn nicht, dann sag mir Bescheid, ich habe morgen zwar einiges zu tun, aber irgendwie wird das schon klappen. Wir sehen uns auf jeden Fall vorher noch einmal, ja?«

Mags öffnete Puckpucks Tür und legte den Umschlag mit den Briefen auf den Beifahrersitz. Sie brauchte wirklich Luft, und da der warme Sommerwind ihr schon hier um die Nase wehte, wusste sie auch, wohin sie fahren würde.

32

Es gab einen Ort, an den Mags gerne fuhr, wenn ihr die Welt zu laut wurde. Das passierte zum Glück immer seltener, aber gerade in der ersten Zeit nach ihrer Rückkehr nach Rosehaven hatte sie dem Dorf und den Blicken der Bewohner mehr als einmal entfliehen müssen.

Jim, Puckpucks Vorbesitzer, hatte sie einmal an diesen Ort gebracht, und sie war ihm sehr dankbar dafür.

Sie parkte Puckpuck auf einem provisorischen Parkplatz an den Klippen, auf dem schon andere alte VW-Busse und kleinere Wohnmobile standen. Die meisten Wagen waren mit bunten Aufklebern aus ganz Europa beklebt und hatten große Dachgepäckträger. Als sie mit den Briefen in der Hand und mit einer Decke unter dem Arm den schmalen Weg zum Meer hinunterging, konnte Mags das erste Knattern der Segel hören.

In der Bucht trafen sich vom Frühjahr bis in den späten Herbst hinein die Wind- und Kitesurfer, und Mags liebte es, ihnen zuzuschauen.

Selbst hatte sie es noch nie ausprobiert, und nur wenige Menschen wussten, warum. Sie konnte zwar schwimmen, war als Jugendliche bei einem Ausflug mit Freunden aber einmal zu weit aufs Meer hinausgeschwommen und von einer Strömung abgetrieben worden. Sie hatte alle Kraft in jeden Schwimmzug gelegt, war aber machtlos gewesen. Ihre Rufe waren nicht bis ans Ufer getragen worden, und dann hatte sie Panik bekommen. In einer letzten Anstrengung hatte sie sich dann doch noch aus dem Sog befreien können und es zurück an den Strand geschafft. Viele Meter von den anderen entfernt. Sie hatte vor Angst und Wut und Erleichterung geheult wie nie zuvor.

Seitdem hatte sie Angst davor, im Meer zu schwimmen, und fuhr an den wirklich heißen Sommertagen lieber zu einem der Seen im Hinterland.

Auf dem Meer waren schon bunte Segel zu sehen. Das Wasser war in der Bucht bis weit hinaus flach, ein idealer Ort zum Surfen.

Andere Besucher verirrten sich selten an den Strand, und Mags legte ihre Decke etwas windgeschützt neben einen der Felsen in die Sonne und griff nach den ausgedruckten Mails.

Eine Stunde später legte sie den Stapel aus der Hand und ließ sich auf den Rücken sinken. Wie es wohl gewesen wäre, selbst eine Schwester zu haben? Der Ton in den Mails der beiden Frauen war am Anfang noch verhalten. Janets Überraschung war groß nach der ersten Kontaktaufnahme durch Emily, bis sie schließlich die Bestätigung ihrer Mutter bekam. Dann folgten die ersten vorsichtigen Schritte des Kennenlernens. Mags hatte beim Lesen gespürt, wie schwierig es für Janet gewesen sein musste, sich mit der scheinbar so perfekten Emily zu vergleichen. Ein Brief von Emily, in dem sie Janet erzählte, wie unsicher sie selbst früher gewesen sei, hatte das Eis gebrochen. Die Mails waren nach und nach persönlicher geworden, sie hatten sich wöchentlich geschrieben, oft einfach aus ihrem Alltag erzählt. Emily hatte viel von

Thomas und *The Shelter* geschrieben, Eric wurde einmal erwähnt, als es um den Diebstahl ging. Mags begriff allmählich, was Sam und Mrs. Little gemeint hatten, als sie von Emilys Gerechtigkeitssinn sprachen. Es war ihr wirklich wichtig, dass Eric nicht ohne Beweise entlassen wurde, aber von Liebe oder Leidenschaft war nichts zu spüren. Eine begeisterte Mail kam von Emily, in der sie von ihrer Verlobung mit Thomas erzählte und von dem neuen Kleid, das so gut zu ihrer Kette passte. Mags hatte schlucken müssen, als sie an die Reste des silbernen Stoffes dachte. Dann die Einladung an Janet, nach *The Shelter* zu kommen. Janets Absage, sie wolle nicht an einem Bruch zwischen Emily und ihrem Vater schuld sein. Die Antwort auf Janets Absage war Emilys letzte Mail, eine Woche vor ihrem Verschwinden abgeschickt. Sie schrieb, dass sie Janet verstehen könne und dass sie sehr hoffe, sie trotzdem so bald wie möglich einmal zu treffen. Doch dazu war es nie gekommen.

Mags schloss die Augen und ließ die warme Sonne auf ihr Gesicht scheinen. Es tat ihr leid, dass die beiden Schwestern sich nie getroffen hatten. Sie würde die Briefe morgen bei der Polizei abgeben, vielleicht verbarg sich ja doch noch ein Hinweis in ihnen.

Schritte, die näher kamen und vor ihr stoppten, ließen sie die Augen wieder öffnen. Als sie hochblickte, sah sie in das ernste Gesicht eines vielleicht vier- oder fünfjährigen Jungen, der einen großen blauen Plastikeimer in der Hand hielt.

»Hi.«

Der Junge antwortete nicht, sondern starrte sie weiterhin an.

»Kann ich dir irgendwie helfen? Wo sind denn deine Eltern?«

Der Junge drehte sich um und zeigte mit seiner freien Hand auf eine Frau, die auf einer Decke am Strand saß und sich gerade mit einem der Surfer unterhielt. Er blickte zurück zu Mags, dann in den blauen Plastikeimer.

»Was hast du denn da?«

Mags kniete sich hin, um in den Eimer sehen zu können, den der Junge ihr hinhielt.

»Einen Krebs. Er gehört mir. Ich nehme ihn mit nach Hause.«

Mags hörte den Trotz in der Stimme des Jungen und vermutete, dass seine Mutter schon etwas zu diesem Plan gesagt hatte.

»Das ist ein schöner Krebs.«

Sie setzte sich wieder.

»Ich glaube, ich habe ihn schon einmal hier gesehen. Er scheint am Strand zu wohnen.«

Der Junge blickte sie skeptisch an.

»Er gehört mir, er ist mein Freund. Ich nehme ihn mit.«

Mags zuckte mit den Schultern.

»Ich glaube, das musst du mit deiner Mama besprechen.«

»Mum sagt, der Krebs will gar nicht mit mir nach Hause kommen. Sie hat es verboten.«

»Ich glaube, deine Mama hat recht. Der Krebs braucht Wellen und Wind und Sand, er ist hier zu Hause. Du kannst ihn ja besuchen kommen.«

Der Junge schüttelte wütend den Kopf und blickte Mags enttäuscht an.

»Nein. Er gehört zu mir.«

Mags seufzte.

Anscheinend hatte er gehofft, sie würde etwas anderes sagen als seine Mutter. Er drehte sich um und ging weg.

Mags wollte gerade wieder auf die Briefe gucken, als sie sah, wie der Junge den Krebs aus seinem Eimer holte und ihn mit aller Kraft gegen einen Felsen warf.

Sie stand auf, doch die Mutter war schneller bei ihrem Sohn und kniete sich vor ihn.

»Jeremy, was soll das? Jetzt ist der Krebs tot. Warum hast du das bloß gemacht?«

Der Junge hatte Tränen in den Augen, blickte aber seine Mutter weiterhin trotzig an.

»Ich kann ihn ja nicht haben, und dann soll ihn auch kein anderer mitnehmen.«

Mags hörte die Mutter noch schimpfen, als sie es sich wieder auf der Decke bequem machte. Sie hatte keine Lust mehr, weiter in den Briefen zu lesen. Morgen würde sie sie Mary Shifter geben, und dann war es vorbei. Sie würde sich raushalten, und sie hätte keinen Grund mehr, auf *The Shelter* aufzutauchen. Sie hatte mit ihrem eigenen Leben genug zu tun.

Als sie die Augen schloss, sah sie Thomas' Gesicht vor sich. Er lächelte sie an, und sie spürte, wie er seine Hand an ihre Wange legte. Schnell öffnete sie die Augen. Verdammt.

33

Als Mags nach Hause kam, war sie froh, an den Strand gefahren zu sein. Die Sonne und der Wind hatten sie müde gemacht und einen großen Teil des Schreckens aus ihr vertrieben. Sie hatte sich gezwungen, sich an die Hütte und an Eric zu erinnern, und jedes Mal war den Bildern in ihrem Kopf etwas von ihrem Grauen genommen worden. Nicht alles, aber sie konnte nun an Eric denken und neben dem Schock auch Trauer fühlen. Sie würde heute Nacht vielleicht ohne wirre Träume schlafen können.

Außerdem hatte die Salzluft sie hungrig gemacht. Sie würde sich etwas kochen und dann so lange in einem Buch lesen, bis sie fast von selbst einschlief. Morgen musste sie einen neuen Kunden besuchen, der seiner Frau zum Geburtstag einen Kräutergarten schenken wollte, und dann waren da auch noch die Termine von heute nachzuholen. Es würde ein voller Tag werden, aber Mags war froh, sich ablenken zu können.

Gerade, als sie mit einem Teller Rührei und einer Scheibe Malzbrot an ihrem Arbeitstisch saß und die Termine der nächsten Wochen durchging, klopfte Miss Clara an den Rahmen der offen stehenden Tür.

»Liebes? Ich hoffe, ich störe nicht?«

Sie schüttelte den Kopf und schluckte.

»Miss Clara, Sie stören mich nie. Ich sitze gerade über den Terminen der nächsten Wochen und freue mich, so viele Aufträge zu haben. Gleichzeitig bin ich froh, wenn endlich Ferien sind und James und Sebastian mir wieder zur Hand gehen können. Eine Menge Arbeit wartet auf uns.«

Miss Clara zog eine Augenbraue hoch.

»Vielleicht wird es aber auch einfach Zeit, doch jemanden einzustellen, oder? Und nicht nur die beiden Stone-Brüder in den Sommerferien zu beschäftigen.«

Mags wich ihrem Blick aus. Sie wollte niemanden so eng um sich herum haben. Jemanden, der ihre Bücher sah und schnell herausfinden würde, warum Mags trotz der vielen Aufträge um jeden Penny kämpfen musste. Es war ganz gut, für sich alleine zu arbeiten.

»Ja, da haben Sie recht. Ich werde darüber nachdenken.«

Miss Clara lachte.

»Also nein, oder? Das heißt es doch meistens, wenn du noch über etwas nachdenken musst. Es ist deine Entscheidung, aber ich glaube, du solltest dir ab und zu etwas Zeit für dich nehmen. Ausgehen, dich mit Freunden treffen. Dates haben mit gutaussehenden Männern.«

Mags blickte erstaunt auf.

»Wie kommen Sie denn jetzt darauf?«

Miss Clara lachte erneut und ging aus der Tür hinaus, um kurz darauf mit einem Korb wiederzukommen, in dem ein großer Blumenstrauß lag, daneben eine kleine Pflanze.

»Den Blumenstrauß hat Thomas Williams vorhin für dich vorbeigebracht. Er schien sehr enttäuscht, dass du nicht da warst. Ein wirklich attraktiver Mann, nicht wahr?«

Mags blickte auf den Strauß, der in allen Sommerfarben leuchtete. Ihr Gesicht glühte.

»Ich soll dir sagen, dass es ihm leidtue, dass du Eric so finden musstest und dass er jederzeit für dich da sei, falls du Hilfe brauchst. Er hat es natürlich viel ernsthafter und ritterlicher gesagt, als ich es weitergeben kann.«

Mags lächelte. Miss Clara hatte Thomas' Art zu sprechen damit ziemlich gut beschrieben.

»Ritterlich, natürlich.«

»Er hat sich auch ganz rührend um Janet bemüht und sie zum Abendessen auf *The Shelter* eingeladen. Er hat sie gleich mitgenommen. Janet wird die Nacht dort verbringen und dann am Morgen mit Thomas nach London fahren. Er wird sie zum Flughafen bringen. Sie sagt, sie sei dir sehr dankbar für deine Hilfe. Und dass du sie in Paris besuchen kommen sollst.«

Mags lächelte. Paris. Was für eine schöne Vorstellung.

Miss Clara griff zu der anderen kleinen Pflanze.

»Und eine halbe Stunde nachdem Thomas wieder weg war, kam dein junger Wissenschaftler noch einmal auf den Hof gefahren.«

»Er ist nicht mein junger Wissenschaftler.«

»Ach nein? Mir schien … nun ja. Auf jeden Fall fand er dich nicht und drückte mir die hier in die Hand. Er hat gesagt, es tue ihm diesmal wirklich wahnsinnig leid, immer recht zu haben.«

Mags seufzte.

»Sogar wenn er sich entschuldigen will, ist er unverschämt arrogant.«

Miss Clara lachte.

»Ja, oder? So wirkt es wohl. Wobei ich, als er mit mir

sprach, das Gefühl hatte, dass er damit eher darüber hin-
wegtäuschen will, dass er eigentlich jeden Moment über
seine eigenen Füße stolpern könnte. Ich glaube, er ist
ziemlich unsicher.«

Erstaunt blickte Mags ihre Vermieterin an.

»Unsicher? Der? Dass ich nicht lache.«

Sie griff nach der Pflanze und betrachtete sie leicht verwirrt. Was in aller Welt war …

»Ich habe auch etwas länger gebraucht, um sie einordnen zu können. Aber guck dir mal die kleinen Blätter an.
Oder besser noch, berühre sie mal.«

Mags strich mit ihrem Finger über die kleinen, farn-
artigen Blätter. Sofort zogen sie sich zusammen und roll-
ten sich ein.

Eine Mimose! Sam Hawthorn hatte ihr eine Mimose
geschenkt. Der Mann war wirklich unglaublich.

34

Schon wieder wurde die Elster aufgescheucht. Ein Mensch ging hinunter zum Wasser. Die Elster folgte ihm. Der Mensch stand reglos am Ufer. Das erste Morgenlicht setzte ein. Er hob den Arm, holte aus, und etwas Glänzendes flog durch die Luft, landete mit einem leisen Klatschen im Wasser und versank sofort. Die Elster stieß ein Krächzen aus. Erschrocken fuhr der Mensch herum und ging dann mit schnellen Schritten in Richtung Haus. Ruhig blickte die Elster auf das Wasser. Es war tief.

Mags stand auf einem Stuhl in Miss Claras Küche und rollte mit den Augen. Ihre Vermieterin kniete mit einem Nadelkissen neben ihr und steckte den Saum ihres Kleides ab. Bei der letzten Bemerkung darüber, wie unnötig dieser Aufzug sei, war Mags zufällig von einer der Nadeln gestochen worden.

Also schimpfte sie lieber leise in sich hinein und lauschte Miss Clara, die ihr von den Vorbereitungen für den Ball auf *The Shelter* berichtete.

»Vivian war ja zuerst unsicher, ob es sich überhaupt gehörte, so wenige Wochen nachdem man Emily gefunden hat, und dann der Unfall von Eric ... Aber andererseits ist ja alles schon seit Monaten in Planung, und Emily und Eric hätten sicherlich nicht gewollt, dass die Feier ausfällt. Es hat ja so lange keine große Feier mehr auf

The Shelter stattgefunden. Mrs. Little ahnt nicht, dass die ganze Aufregung ihr und ihrem Mann gilt, sie werden aus allen Wolken fallen.«

Der Ball auf *The Shelter*. Zu Ehren des Ehepaares Little, das damit in seinen wohlverdienten Ruhestand entlassen würde. Nicht dass Mr. Little dem Garten ernsthaft den Rücken zuwenden könnte, aber offiziell würden beide nicht mehr für die Williams arbeiten.

»Und dann die große Überraschung! Die Kreuzfahrt. Was für ein phantastisches Geschenk. Wenn ich mir vorstelle, zwei Wochen über das Mittelmeer zu reisen!«

Mags seufzte leise, als Miss Clara zurücktrat und sie aufforderte, sich einmal zu drehen. Bis vor wenigen Tagen hatte sie nichts mit diesem Ball zu tun gehabt. Und das war auch gut gewesen, denn statt hier in der Küche zu stehen und sich in ein unbequemes Kleid zu zwängen, sollte sie bei ihren Kunden sein oder an den Plänen für den Garten des alten Schulhauses arbeiten. Sie hatte keine Zeit für *The Shelter* und die Leute dort.

Miss Clara schien noch nicht zufrieden mit ihrer Arbeit und näherte sich erneut.

»Wir sollten deinen Ausschnitt noch ein wenig tiefer …«

Diesmal stöhnte Mags laut und, wie sie hoffte, entrüstet auf.

Aber das schien Miss Clara keineswegs zu beeindrucken.

»Ein wenig tiefer machen, jawohl. Und den Schlitz am Bein etwas höher. Wann bekommt man schon eine so schöne Einladung? Der junge Thomas hat sich die letzten Wochen über wirklich Mühe gegeben, oder? Die Blumen und kleinen Geschenke? Und jetzt gehst du mit ihm auf den Ball und wirst Spaß haben.«

Mags musste nun doch lachen.

»Sie haben ja recht. Die Blumen waren toll. Ich wünschte nur, er hätte sie nicht alle bei Cynthia bestellt. Ebenso gut hätte er eine Anzeige in die *Seaway News* setzen können. Alle reden darüber, dabei habe ich ihn seit Wochen nicht gesehen.«

»Vivian sagt, er arbeite gerade viel und sei die ganze Zeit in London. Irgendein wichtiger Abschluss oder so. Aber ist es nicht umso reizender, dass er die ganze Zeit an dich gedacht hat? Du magst ihn doch, oder?«

Mags nickte. Es war ihr unmöglich, Thomas nicht zu mögen, auch wenn er in ihren Gedanken gelegentlich noch aussah wie der Student von damals.

Sie zupfte an ihrem Kleid. Es war schon einige Jahre alt, aus festem, fast goldenem Stoff und lag an den richtigen Stellen eng an. Als sie es aus einer der Kisten auf Miss Claras Dachboden gezogen und anprobiert hatte, spannte es nur leicht am Rücken und an den Oberschenkeln. Sie hatte es vor Jahren in Amerika getragen, zu einer Zeit, als sie noch glücklich mit Arthur gewesen war. Sie hatten Champagner getrunken und auf einer Dachterrasse getanzt. Eines der wenigen Kleider, die sie nicht weggegeben hatte. Allerdings hatte ihr die Gartenarbeit der letzten Jahre Muskeln an Stellen eingebracht, wo vorher noch keine gewesen waren.

Sie hatte seit einigen Jahren nicht mehr wirklich getanzt. Miss Claras Stimme drang wieder zu ihr durch.

»Und dann habe ich noch bei Mrs. Klein angerufen, eigentlich hatte sie ja gar keinen Termin mehr frei, aber

dann hat sie dich doch noch für morgen einschieben können, und sie lässt dir ausrichten, dass du heute und morgen deine Hände gefälligst einweichen und cremen sollst.
Um die Nägel kümmert sie sich dann auch.«

Mags ließ sich auf den Stuhl fallen und blickte die etwas zu arglos lächelnde Frau fassungslos und wütend an.

»Mrs. Klein? Sie haben mir einen Termin in Mrs. Kleins
Salon gemacht?«

Mrs. Kleins Salon, ein Traum in Altrosa und Spitze,
dekoriert mit Werbefotos von Aufsteckfrisuren der acht-
ziger Jahre und dem Duft nach Blondiercreme und Haar-
spray. Miss Clara ließ sich von Mags' Ton nicht beeindrucken und summte weiterhin leise vor sich hin.

»Ja, ich dachte an eine lockere Hochsteckfrisur, nichts
zu Steifes.«

Mit einem missbilligenden Blick auf Mags' Hände redete sie weiter.

»Und eine Maniküre. Vielleicht ein leichter Schimmer,
das wird perfekt.«

Mags konnte einfach nicht anders, sie musste lachen
und drückte ihrer erstaunten Vermieterin einen Kuss auf
die Stirn.

»Sie haben das alles genau geplant, nehme ich an. Ich
hatte nie eine Chance, oder?«

Jetzt lachte auch Miss Clara und steckte eine letzte Na-
del im Kleid fest.

»Nicht die geringste. Aber du hast dich tapfer geschlagen.«

Wenig später ließ sie Miss Clara an der Nähmaschine
zurück und ging zurück zu ihrem Schuppen. Auf dem

Küchentisch stand der Strauß mit hellrosafarbenen Rosen, der vor einigen Tagen zusammen mit Thomas' Einladung gekommen war. Die anderen Sträuße von ihm waren meistens bunt gewesen. Rosen waren neu. Sie hatten mehr zu bedeuten als ein harmloser Sommerstrauß, oder?

Als sie in die Küche ging, um sich ein Glas mit Eistee aus dem Kühlschrank zu holen, blieb ihr Blick an einer der Postkarten hängen, die mit Magneten an der Kühlschranktür befestigt waren. Sie zeigte den botanischen Garten in Oxford, und jemand hatte mit schnellen Strichen eine Frau mit einer Latzhose und Turnschuhen in den Garten gemalt. Und in die Ecke der Karte ein Kaninchen mit einer Taschenuhr. Sam.

Lust auf ein Picknick vor den Gewächshäusern? Garantiert ohne Kricketturnier. Ich besorge die Schlüssel. Sam.

Mags' erster Impuls war es, die Karte einfach wegzuwerfen, aber dann musste sie doch lächeln. Natürlich war sie schon in dem Garten gewesen, der Lewis Carroll wie so vieles in Oxford für seine Alice-Erzählung als Vorlage gedient hatte. Und die Vorstellung, alleine durch den Garten zu schlendern, ohne die vielen anderen Besucher, die sich sonst im Garten versammelten, war verführerisch. Der Gedanke an Sam weniger. Mit einem Kopfschütteln öffnete sie den Kühlschrank und griff nach dem Krug. Sie sollte die Karte wirklich wegwerfen.

35

Mags hatte es abgelehnt, zusammen mit Miss Clara in deren Wagen zum Ball zu fahren. Sie wollte unabhängig sein, und sollte sie mehr als ein Glas Sekt trinken, würde sie Mr. Smith anrufen, der nicht nur die Rosehavener Autowerkstatt führte, sondern am Wochenende auch den einzigen Taxiservice im Umkreis anbot.

Daher hatte sie ein sauberes Handtuch über Puckpucks Fahrersitz gelegt, die Sandalen für die Fahrt gegen ein Paar Chucks ausgetauscht und war selbst zum Herrenhaus gefahren. Miss Clara hatte ihr verboten, die Fenster aufzumachen, um die Frisur zu schonen, die Mrs. Klein am Nachmittag gestaltet hatte, unter einem unaufhörlichem Redeschwall von Klatsch und Tratsch des Ortes.

Spätestens, als sie Mags' schweißtreibende Arbeit als Hobby bezeichnet hatte, wäre sie der Friseurin normalerweise an die Kehle gesprungen. Doch dann hätte sie sich hinterher eine Predigt von Miss Clara anhören müssen. Mrs. Klein mochte eine verblödete Sumpfkuh sein, aber sie war auch eine ziemlich gute Friseurin, und Miss Clara hätte es Mags nicht so schnell verziehen, Rosehavens einzige Friseurin zu verärgern. Also hatte sie mit zusammengebissenen Zähnen gelächelt und versucht, an etwas anderes zu denken.

Das Ergebnis konnte sich jedenfalls sehen lassen. Also ließ sie das Fenster mit einem kleinen Fluch auf den Lippen oben. Sie liebte Puckpuck, aber manchmal war der Gedanke an ein neues Auto mit Klimaanlage einfach zu verlockend.

Beim Herrenhaus angekommen, parkte sie den Wagen diesmal nicht auf dem seitlichen Parkplatz für Angestellte, sondern fuhr die Einfahrt hinauf. Auf dem Rund vor dem Haupteingang standen schon weitere Autos. Mags bugsierte Puckpuck in eine schmale Lücke neben Miss Claras Mini und öffnete erleichtert die Tür, um es in der nächsten Sekunde schon zu bereuen. Die Luft war seit ihrem Aufbruch in Rosehaven noch schwüler geworden, und es gab keinen Lufthauch. Es würde auf jeden Fall noch ein Gewitter geben. Sie hoffte, es würde glimpflich ablaufen, nachdem im letzten Sommer ein Gewittersturm mit Starkregen nicht nur einen Großteil von Miss Claras blühenden Rosen zerschlagen, sondern vor allem das auf den Feldern stehende Getreide zerdrückt und den Bauern der Umgebung herbe Verluste eingebracht hatte. Mags erinnerte sich noch mit Schaudern an ein Sommergewitter ihrer Kindheit, bei dem die Stromversorgung zusammengebrochen war und der Regen an vielen Stellen ganze Abschnitte der Steilküste unterspült und zum Absturz gebracht hatte. Sie und ihr Vater hatten gemeinsam mit anderen Freiwilligen und der Rosehavener Bürgerwehr Tage gebraucht, um die Küstenwege wieder einigermaßen zu sichern.

Hoffentlich fiel der Strom nicht gerade heute Abend auf der Feier aus. Mags' Sorge war nicht unberechtigt, da in vielen Teilen Cornwalls die Leitungen noch oberirdisch verlegt und nicht gerade für ihre Stabilität bekannt waren. Aber sicherlich hatten die Williams für solche Fälle Vorsorge geleistet.

Sie griff nach den Sandalen und der kleinen Handtasche, die sie sich von Miss Clara geborgt hatte, und rutschte von Puckpucks Fahrersitz herunter. Dabei verfing sich das Kleid zusammen mit dem Handtuch im Gurt und blieb hängen, so dass Mags unfreiwillig deutlich mehr Bein zeigte, als sie wollte. Sie schimpfte vor sich hin, doch Gott sei Dank war ja außer ihr niemand ...

»Interessante Kombination.«

Mags schloss die Augen. Natürlich. Wer auch sonst ...

»Halt die Klappe!«

Mags hörte ein gedämpftes Lachen und dann Schritte auf dem Kies.

»Bleib ja da, wo du bist, sonst ...«

»Oh, natürlich. Wie Sie wünschen, Madame.«

Sam Hawthorn. Sie würde ihn einfach ignorieren.

Mags würde jetzt nicht rot werden, auf keinen Fall. Sie würde sich jetzt einfach umdrehen und ihr Kleid befreien. Doch bei der ersten Bewegung merkte sie, wie der Stoff sich gefährlich spannte, und hörte ein Ächzen der Nähte.

Vorsichtig hob Mags den Blick. Sam lehnte einige Meter entfernt mit dem Rücken zu ihr an einem der Wagen. Sie schluckte.

»Ich glaube, ich bräuchte doch Hilfe.«

Sie würde das Ganze mit Würde über sich ergehen lassen. Sam drehte sich um und kam auf sie zu. Sie rechnete es ihm hoch an, dass er dabei zumindest nicht breit grinste, auch wenn das Funkeln in seinen Augen seine Belustigung zeigte.

»Ich hänge irgendwie fest. Könntest du …?«

»Ah, ja. Mit Vergnügen.«

Er trat den letzten Schritt auf sie zu und griff dann über sie, um das Kleid zu lösen. Mags schloss die Augen. Sam roch nach Rasierwasser und aus ihr unerfindlichen Gründen nach Butterstreuseln. Alles in allem keine schlechte Kombination.

Nach wenigen Sekunden trat er zurück und lächelte sie an.

»Jetzt müsste es gehen.«

Sie holte Luft und versuchte vorsichtig, einen Schritt von Puckpuck weg zu machen. Das Kleid löste sich und fiel ihr in einer fließenden Bewegung wieder bis an die Knöchel.

»Danke.«

Mags gab es auf, gegen die Röte in ihrem Gesicht anzukämpfen. Vielleicht würde er es ja gar nicht sehen.

»Oh, kein Problem. Ich helfe immer gerne einer Dame in Not.«

Mags hätte ihn ohrfeigen können. Warum schaffte er es nicht wenigstens für einen kurzen Moment, nicht ironisch zu werden?

»Darf ich dich hineinbegleiten?«

Sie strich das Kleid ein letztes Mal glatt.

»Ich finde den Weg alleine, danke. Thomas wartet sicherlich schon.«

Sie sah, wie Sam eine Augenbraue anhob.

»Ah, du bist also mit Thomas verabredet? Dann muss ich auf jeden Fall darauf bestehen, dich hineinzubegleiten. Das letzte Mal, dass ich ihn gesehen habe, war er dabei, die Kellner einzuweisen. Ich als sein Freund sollte ihn, bis er dir die nötige Aufmerksamkeit widmen kann, vertreten.«

Mags knirschte mit den Zähnen. Jetzt erneut abzulehnen wäre kindisch, und sie war sich sicher, dass Sam mit seinem breiten Grinsen nur darauf wartete, dass sie das tat.

»Dann werde ich wohl mit dir vorliebnehmen müssen, bis Thomas fertig ist.«

Sam neigte kurz den Kopf. Mags wollte schon losgehen, als sie sein leises Hüsteln hörte.

»Ich bin ja kein Experte in Sachen Mode und möchte mich ja auf keinen Fall einmischen, aber vielleicht …«

Sie folgte seinem Blick nach unten und sah, dass sie immer noch ihre Turnschuhe trug.

Verdammt.

36

Sie hatte unter Sams belustigtem Blick die Schuhe gewechselt, die Handtasche aufgehoben und war mit schnellen Schritten in Richtung Eingang geeilt. Doch Sam hatte mit seinen langen Beinen locker mitgehalten und es sogar geschafft, ihr die Tür aufzuhalten. Der Mann war wirklich unglaublich.

Die Eingangshalle, die Mags nur grob in Erinnerung hatte, war schon gefüllt mit Gästen in schicken Abendkleidern und Anzügen. Miss Clara, in einem eleganten hellblauen Etuikleid, das ihre graublonden Haare leuchten ließ, winkte Mags fröhlich zu. Neben Miss Clara konnte sie Elisabeth King erkennen, die in ein dunkelrotes Kostüm gehüllt war. Mags wäre wahrscheinlich vor Hitze zerlaufen, doch die Schriftstellerin zeigte keinerlei Anzeichen davon. Viele der anderen Gäste kannte Mags nicht, und sie merkte, dass sie sich unwohl zu fühlen begann. Sam hatte ihr ein Glas Champagner in die Hand gedrückt und war dann gegangen, um Thomas Bescheid zu geben.

Bevor Mags sich zu Miss Clara durchdrängen konnte, hörte sie ein aufgeregtes Murmeln durch die Gäste gehen und sah dann, wie George Williams auf der Treppe erschien.

»Liebe Freunde, herzlich willkommen! In wenigen Minuten wird meine Frau das Ehepaar Little in die Halle geleiten – und dann ist die Überraschung hoffentlich perfekt. Wenn keiner von uns etwas verraten hat, denken die beiden immer noch, die heutige Feier sei zu Ehren von Vivians und meinem Hochzeitstag. Der auf jeden Fall immer eine Feier wert ist, aber heute steht ein anderes Paar im Mittelpunkt. Ich möchte Sie bitten, einfach mit dem weiterzumachen, was sie gerade so angeregt tun, wenn Mr. und Mrs. Little die Halle betreten. Erst wenn sie in der Mitte angekommen sind, wird die Musik einsetzen, und mein Sohn wird das Banner oben an der Treppe entrollen.«

Mags blickte die große Freitreppe hinauf und sah dort an den beiden Enden der Brüstung Thomas und Sam stehen, die ihr beide zuwinkten. Sie wurde rot.

»Wenn die Überraschung geglückt ist, werden wir gemeinsam in den großen Saal gehen, wo schon das Buffet wartet. Ich wünsche Ihnen einen wunderbaren Abend.«

Zwei Stunden später stand Mags mit geröteten Wangen auf der Terrasse und blickte in den immer dunkler werdenden Himmel. Das Gewitter ließ sich Zeit, doch die Wolken bauten sich über der See immer höher auf. Alles hatte geklappt, das Ehepaar Little war in die Halle gekommen, und man hatte ihnen die Überraschung deutlich angesehen. Das Plakat war entrollt, die Geschenke unter Tränen überreicht und das Buffet gestürmt worden. Thomas hatte sich den ganzen Abend um Mags bemüht und sie nicht aus den Augen gelassen. Sie hatte getanzt, Komplimente für ihr Kleid und ihre Frisur bekommen und es geschafft, Sam Hawthorn, so gut es ging, aus dem Weg zu gehen. Doch so langsam merkte sie, wie sie müder wurde

und die vielen Stimmen und die Musik ihr leichte Kopfschmerzen bescherten.

Sie spürte, wie sie sich in dem aufkommenden Wind
entspannte.

»Es ist immer so still, bevor ein Gewitter kommt, finden Sie nicht?«

Beim Klang der Stimme neben sich zuckte sie zusammen und blickte nach rechts. Vivian Williams stand dort,
an die Hauswand gelehnt, und lächelte Mags entschuldigend an.

»Ich wollte Sie nicht erschrecken.«

»Nein, kein Problem. Ich dachte nur, ich wäre alleine
hier draußen.«

Vivian Williams schüttelte lächelnd den Kopf und hob
ihre Hand, in der Mags nun eine dünne Zigarette sehen
konnte.

»Wären Sie auch, wenn ich mich nicht wie ein Schulmädchen zum Rauchen nach draußen geschlichen hätte.
Rauchen Sie?«

»Nein, mein Vater hat geraucht und versprochen, mir
ein altes Auto zu kaufen, falls ich es nie anfange. Das war
ein guter Anreiz.«

Vivian Williams drückte ihre Zigarette in einem kleinen Handaschenbecher aus, den sie dann in eine Mauer-
lücke neben dem Fenster schob.

»Ich erinnere mich. Maximilian war sehr stolz auf Sie.«

Mags konnte nur nicken.

»Ich hoffe, mein Sohn hat sich heute gut um Sie gekümmert?«

Nun war es an Mags, sich wie ein Schulmädchen zu
fühlen.

»Ja, er ist ein perfekter Gastgeber. Ich brauchte nur kurz frische Luft.«

Sie blickte über den Garten, der vor den Gewitterwolken in beinahe lilafarbenes Dämmerlicht getaucht war.

»Der Garten ist wunderschön. Der Anblick muss Sie jeden Tag sehr glücklich machen.«

Vivian Williams war mittlerweile neben Mags getreten und blickte ebenfalls in Richtung der Bucht. Sie zögerte mit einer Antwort.

»Ja. Das tut er. Aber er ist auch so vergänglich. Ich kann ihn nicht festhalten, verstehen Sie? Das macht mich manchmal traurig.«

Mags sah erstaunt auf die schmale Frau neben sich. Sie kannte das Gefühl, das Vivian Williams beschrieb, sehr gut, nur hätte sie nie gedacht, es gerade mit der ansonsten eher unnahbar wirkenden Frau zu teilen.

»Ja, das kenne ich. Obwohl ich jeden Herbst weiß, dass es im nächsten Jahr wieder grün wird, habe ich doch das Gefühl, mich verabschieden zu müssen. Als würden die Gärten um mich herum einfach gehen. Mir ist es wichtig, mich zu verabschieden. Der Herbst macht mich traurig.«

Mags spürte kurz die Hand der Frau auf ihrem Arm.

»Ja. Sich nicht verabschieden zu können tut weh.«

Ein erneuter Windstoß brachte den Geruch von Salzwasser mit sich.

»Wir sollten besser wieder hineingehen, bevor George mich sucht oder ich nicht da bin, um ihn von einer stundenlangen Rede abzuhalten. Wissen Sie, ich …«

Vivian hielt kurz inne und drehte sich dann schnell zu Mags um.

»Kennen Sie eigentlich die Zeichnungen?«

»Welche Zeichnungen?«

Die Frau fasste sie erneut am Arm und wirkte aufgeregt.

»Oh, Sie kennen sie nicht. Das ist ja … Ich zeige sie Ihnen, Sie müssen sie sehen. Ihr Vater hat sie angefertigt, ich habe ihn damals gefragt. Sie liegen in einer Mappe in Georges Arbeitszimmer. Kommen Sie mit, es sind Aquarelle vom Garten und vom Haus. Ich wollte sie immer rahmen lassen, aber dann würden die Farben so schnell verblassen. Sie sind wirklich wunderschön, und vielleicht liegt darin ja doch eine Möglichkeit, einen Garten festzuhalten.«

Aufgeregt zog Vivian Mags mit sich durch die Halle und die Treppe hinauf bis zu einer schweren Eichentür.

Das Arbeitszimmer von George Williams sah genau so aus, wie Mags es sich vorgestellt hatte. Ein schwerer dunkler Schreibtisch, an den Wänden eingebaute Bücherregale, ein großer Tisch, übersät mit Papieren und Büchern. Ein grünes Ledersofa mitsamt einem passenden Ohrensessel, ein kleiner Barschrank. Lampen und Beschläge funkelten in poliertem Messing, und über allem lag ein Geruch nach Holz und Leder.

Vivian hatte das Deckenlicht angeschaltet und wühlte gerade in einem der Papierstapel.

»Hier muss die Mappe doch irgendwo sein, erst vor ein paar Wochen haben George und ich doch noch …«

Sie zog eine große schwarze Leinenmappe hervor und legte sie auf den Schreibtisch.

»Kommen Sie, die Zeichnungen sind wirklich etwas Besonderes.«

Mags beugte sich über den Tisch, um kurz darauf erstaunt nach Luft zu schnappen. Die Zeichnungen waren wirklich wunderschön. Sie kannte lediglich die schnellen Skizzen, mit denen ihr Vater in den Gartenbüchern seine Ideen festgehalten hatte, aber so genaue und feine Zeichnungen waren auch ihr neu.

»Sie sind phantastisch.«

Mags blätterte mit offenem Mund durch die Mappe.

Vivian nickte.

»Nicht wahr? Ich habe ihn damals gefragt, wo er das gelernt hat und warum er nicht mehr daraus machte.«

Sie zögerte kurz und blickte Mags vorsichtig an.

»Er sagte, Ihre Mutter habe es ihm beigebracht und dass er gegen sie, eine richtige Künstlerin, ein wahrer Tölpel am Zeichenblock sei.«

»Oh.«

Ihre Mutter also. Die Frau, über die Mags so gut wie nichts wusste. Ihr Vater hatte das Thema vermieden. Als Mags groß genug war, nachzufragen, hatte er sie immer nur angeschaut und gefragt, ob er ihr denn nicht genug sei. Nach und nach hatte sie die Geschichte erfahren. Wie Maximilian Blake und seine junge Frau nach Rosehaven gezogen waren und eine Tochter bekommen hatten. Wie glücklich sie schienen, bis eines Tages die junge Frau verschwunden war und ihr Kind und ihren Mann alleine gelassen hatte. Mags' Vater hatte einmal, als sie ihn mit vielleicht fünfzehn Jahren immer wieder um Einzelheiten bat, nur erzählt, dass ihre Mutter in Rosehaven unglücklich gewesen sei, dass sie reisen wollte, nach Indien, die Welt sehen, und dass sie eines Morgens gegangen war.

Nach dem Tod ihres Vaters hatte Mags in seinen Sachen nach Erinnerungen an ihre Mutter gesucht und außer zwei Fotos kaum etwas gefunden. Das eine wurde wohl am Tag der Hochzeit aufgenommen und zeigte zwei junge Menschen, die etwas steif vor einem Baum standen und in die Kamera lächelten. Auf dem anderen war eine junge Frau zu sehen, mit langen offenen Locken, die ein Baby auf ihrem Schoß hielt und die gar nicht zu bemerken schien, dass sie fotografiert wurde. Keine Briefe, keine Unterlagen, nichts. Mags hatte lange überlegt, ob sie sich auf die Suche nach ihrer Mutter machen sollte, aber hatte sich nie dazu durchringen können. Sie würde später darüber nachdenken, was sie mit Vivians Information anfangen würde.

Die Aquarelle zeigten *Shelter Gardens* so, wie Mags den Garten von damals in Erinnerung hatte. Es gab Zeichnungen ganzer Abschnitte und Zeichnungen einzelner Bäume oder Pflanzen. Als Mags ein Blatt mit einer Studie zur Rindenstruktur des Riesenfarns sah, musste sie schlucken.

»Sie sind etwas Besonderes. Aber ich habe noch mehr, warten Sie. Fast hätte ich es vergessen.«

Diesmal musste Vivian Williams etwas länger auf dem Tisch suchen, bis sie eine zweite, etwas kleinere Mappe herauszog.

»George hat Maximilian damals gebeten, auch den Schmuck zu zeichnen. Sehen Sie selbst.«

Mags blätterte begeistert durch einen weiteren Stapel mit Zeichnungen. Die Ketten, Ringe, Broschen und Armbänder sahen spektakulär aus.

»Es sind alles seltene schwarze Opale aus Australien,

Georges Großvater hat dort mit Minen das Geld verdient, das er brauchte, um *The Shelter* aufzubauen. Die schönsten und größten Steine hat er jedoch nicht verkauft, sondern seiner Frau mitgebracht. Ein Goldschmied aus London hat dann hier vor Ort Wochen gearbeitet, um die Fassungen zu schmieden. Sie waren einzigartig. Uns bleibt nur das eine Stück, das Sie gefunden haben. Eigentlich sollte es so schnell wie möglich nach London in ein Schließfach gebracht werden – Thomas bestand darauf –, aber ich konnte mich noch nicht davon trennen. Aber verraten Sie mich nicht.«

Sie zögerte kurz, ehe sie Mags mit sich zog.

»Kommen Sie, ich zeige es Ihnen. Es ist gereinigt worden und hat keine Beschädigung davongetragen. Sie sollten es in diesem Zustand sehen, immerhin haben Sie es ja gefunden. Es ist phantastisch!«

Vivian Williams schien die Feier und die Rede ihres Mannes völlig vergessen zu haben und trat zu einem Wandschrank, in dem ein Safe eingelassen war.

»Ich würde die Kette ja so gerne hier bei uns haben, in einer Vitrine oder so, damit man sie sehen kann. Was nützt es denn, wenn sie in einem dunklen Schließfach liegt? Sie ist doch dafür gemacht worden, bewundert zu werden.«

Sie hatte die Safetür geöffnet und trat mit einer blauen Samtschatulle in der Hand wieder zu Mags.

»Der Mittelstein der Halskette ist einzigartig, vielleicht einer der schönsten schwarzen Opale, die je gefunden wurden. Ich dachte, ich sehe ihn nie wieder.«

Mags blickte mit großen Augen in die Schatulle.

»Aber das ist doch nicht …«

Bevor Mags ihren Satz beenden konnte, hörte sie Thomas' Stimme auf dem Flur.

»Mutter?«

Er kam ins Zimmer und blickte sich fragend um.

»Mutter, wir haben dich vermisst. Was machst du denn hier?«

Vivian Williams klappte schnell die Schatulle wieder zu und lächelte entschuldigend.

»Oh, ich wollte Miss Blake hier nur noch einmal die Kette zeigen, die sie gefunden hat. Es ist so schade, dass sie jetzt in einem Bankschließfach landen wird, wo niemand sie sehen kann.«

»Die Kette sollte doch schon längst in London sein! Du und Vater wolltet sie doch letzte Woche dort abgeben!«

Mags hörte, wie aufgeregt Thomas war.

»Kann denn nicht endlich Schluss damit sein?«

Vivian wurde blass, und sie schob die Schatulle schnell zurück in den Safe.

»Thomas, es tut mir so leid. Du hast ja recht. Gleich morgen lassen wir sie nach London bringen, ja? Und Miss Blake hier wird sicherlich keinem erzählen, was sie gesehen hat, oder?«

Mags bemühte sich, zu versichern, dass sie natürlich schweigen würde. Gleichzeitig begannen ihre Gedanken zu rasen.

»Thomas, die Kette? Ich habe aber doch …«

Wieder unterbrach Thomas sie und griff sie am Arm.

»Mags, lass uns heute nicht mehr davon sprechen, ja? Heute wollen wir einmal nur feiern, und nicht in der Vergangenheit wühlen. Mein Vater wird gleich eine seiner berüchtigten Reden halten. Ich hole dir vorher noch ein Glas Champagner.«

Mags hatte das Gefühl, wie ein kleines Kind von Thomas aus dem Raum gezerrt zu werden, und nahm sich fest vor, später noch einmal nach den Zeichnungen der Schmucksammlung zu sehen. Vivian Williams musste irgendetwas durcheinandergebracht haben, denn warum war die Kette …

Bevor sie weitergrübeln konnte, tauchte Thomas wieder neben ihr auf und drückte ihr ein volles Glas Champagner in die Hand.

»Auf dich. Ich bin froh, dass du heute gekommen bist.«

Mags wurde bei seinen Worten rot und trank schnell einen großen Schluck, um ihre Verlegenheit zu überspielen.

»Danke.«

Aus dem Nebenraum drang lautes Lachen und dann das Geräusch von Gläsern, mit denen angestoßen wurde, zu ihnen.

»Mein Vater. Wir sollten zu den anderen gehen. Mit dir an meiner Seite wird sogar eine seiner Reden zu einem schönen Moment.«

Wieder prostete er ihr zu. Mags trank ihr Glas aus und folgte Thomas. Wenn sie nicht alles täuschte, flirtete er mit ihr. Und auch, wenn sie sich genau das in den letzten Wochen insgeheim gewünscht hatte, wusste sie plötzlich nicht mehr, ob es ihr wirklich gefiel.

37

Sir Georges Rede glich in vielen Teilen der, die er vor zwei Wochen schon gehalten hatte. Mags grinste, als sie am Ende gemeinsam mit allen anderen applaudierte. Sie wettete, dass einige der Anwesenden den Text mittlerweile wie ein Glaubensbekenntnis mitsprechen konnten.

Als sie sich von der Wand abstieß, hatte sie das Gefühl, dass der Raum leicht schwankte und sie sich abstützen musste. Sie hatte doch erst zwei Gläser getrunken, oder? Vielleicht vertrug sie es nicht so gut. Thomas wollte wieder nach ihrem Arm greifen, wurde neben ihr aber von einem der anderen Gäste festgehalten, der unbedingt seine Meinung über irgendeine Geschäftsübernahme in London hören wollte. Das kam ihr gelegen. Sie lächelte Thomas zu und ging mit vorsichtigen Schritten durch den Raum. Sie wollte unbedingt noch einmal die Zeichnungen sehen. Etwas wackelig auf den Beinen, ging sie in den Flur und wandte sich dann zum Arbeitszimmer.

Die Mappe lag noch auf dem Tisch, und Mags seufzte, als sie die feinen Pinselstriche ihres Vaters sah, die den Schmuck zum Leben erweckten.

»Mags? Schon wieder bist du mir abgehauen.«

Thomas legte ihr von hinten eine Hand auf die Schulter.

»Ja, es tut mir leid. Deine Mutter hat sie mir gezeigt. Sie sind von meinem Vater, daher wollte ich sie noch einmal sehen.«

»Sie sind wunderschön. Er hatte großes Talent.«

»Ja, oder? Nur ist darunter kein Bild von der Kette, die ich gefunden habe.«

Mags merkte, wie schwer ihre Zunge war. Sie hätte das zweite Glas nicht so schnell trinken sollen. Vielleicht lag es ja an der Hitze und dem nahenden Gewitter, dass sie sich so schwindelig fühlte.

»Doch, Mags, da ist es doch. Diese hier war es.«

Mags blickte auf die Zeichnung, auf die Thomas zeigte.

»Nein, das ist die Kette, die deine Mutter mir gerade gezeigt hat. Die aus dem Safe.«

Mags musste sich konzentrieren, um die richtigen Wörter zu finden.

»Aber ich bin mir sicher, dass die Kette, die ich im Garten gefunden habe, ganz anders aussah. Sie war doch silbern, oder?«

Thomas lachte.

»Ich glaube, du bist die einzige Frau, die ich kenne, die ein solches Schmuckstück findet und sich dann nicht genau daran erinnert. Die Kette, die du mir gegeben hast, war golden. Es war diese hier. Du erinnerst dich doch sicherlich an den großen Stein und die kleinen Brillanten. Unter dem Dreck war das alles ja nur schwer zu sehen, aber an den Stein erinnerst du dich doch.«

Thomas zeigte erneut auf die Zeichnung der Kette. Mags beugte sich vor – und merkte nun deutlich, wie schwindelig ihr tatsächlich war.

Hatte sie diese Kette an jenem Morgen in der Hand gehabt? Sie schloss die Augen. Etwas hatte zwischen den Reethalmen geglänzt, sie hatte danach gegriffen. Die Kette in ihrer Hand. Ja, ein schwarzer Stein, aber die Fassung angelaufen. Silber. Da war sie sich sicher.

Sie richtete sich auf und blickte Thomas an, der sie anlächelte und nach ihrer Hand griff.

»Siehst du, du kannst dich erinnern. Das Gold war matt und glänzte nicht so stark. Aber es war diese Kette.«

Mags versuchte, in dem immer stärker werdenden Durcheinander in ihrem Kopf einen Gedanken festzuhalten. Doch als sie ihn gefunden hatte, wurde ihre Zunge schwerer und schwerer, und sie wandte sich an Thomas.

»Versuchst du, mir von der Frau in dem roten Regenmantel zu erzählen?«

Thomas blickte sie verständnislos an.

»Ist es das, was du willst? Ich falle darauf nicht rein.«

Thomas hob beschwichtigend seine Hände.

»Mags, ich weiß nicht, wovon du sprichst. Du hast ein wenig zu viel getrunken. Lass mich dich nach Hause fahren, ja?«

Er griff erneut nach ihren Händen.

»Ich brauche keinen Chauffeur, danke. Ich habe nämlich erst zwei Gläser getrunken, und mir geht es gut.«

Sie versuchte gerade, ihre Hände aus Thomas' Griff zu lösen, als sie aus den Augenwinkeln sah, wie Sam ins Zimmer kam.

»Oh, ich wollte nicht stören.«

Thomas trat schnell einen Schritt zurück.

»Das tust du nicht. Mags hat vielleicht ein Glas zu viel getrunken. Ich wollte sie gerade nach Hause fahren.«

Sam blickte mit hochgezogener Augenbraue auf Mags, die darüber kichern musste.

»Da zieht er wieder eine seiner Augenbrauen hoch, wie der Inspector. Das macht er ständig, oder? Ich kann alleine fahren.«

Sie versuchte, sich an etwas zu erinnern.

»Wo waren wir gerade? Ach ja, Thomas wollte mir von der Frau im roten Regenmantel erzählen. Aber ich glaube ihm nicht.«

So langsam kamen die Worte immer schwerfälliger aus ihrem Mund.

Sam sah Thomas verwirrt an, der nur den Kopf schüttelte.

»Sie hat deutlich zu viel getrunken. Sie gehört ins Bett. Ich werde …«

Sam griff nach Mags' Arm, bevor Thomas es tun konnte.

»Nein, ich mache das schon. Du hast hier Gäste und würdest vermisst werden. Ich fahre sie nach Hause, Thomas. Ich habe selbst noch nichts getrunken, und du solltest wirklich nicht verpassen, wie die Littles ihr Geschenk bekommen, oder?«

Thomas öffnete den Mund, als wolle er widersprechen, aber Mags kam ihm zuvor.

»Mich fährt keiner nach Hause. Ich …«

Sie merkte, dass ihr schon wieder schwindlig wurde.

»Mir ist schlecht. Ich werde jetzt erst einmal ins Bad gehen und dann etwas essen. Wahrscheinlich ist mir der Champagner deswegen so zu Kopf gestiegen. Mein Bauch ist ganz leer und komisch.«

Sie schüttelte Sams Hand ab.

»Ich kann das alleine.«

Sie drehte sich zu Thomas um.

»Und über deine Regenmantelfrau unterhalten wir uns dann noch mal, ja? Warum willst du mir mit deinen schönen Augen weismachen, sie sei da gewesen?«

Bevor die beiden reagieren konnten, war sie durch die offene Tür zurück in die Halle gestolpert. Hinter sich hörte sie Sams und Thomas' Stimme. Ihr war nun wirklich schlecht, und mit schnellen, wenn auch etwas schwankenden Schritten ging sie auf die Gästetoilette am Ende der Halle zu. Dahin würden die beiden ihr wohl nicht folgen. Sie brauchte nur ein paar Minuten, dann würde es sicherlich wieder bessergehen. Ihr war so übel.

Im Bad konnte sie gerade noch den Schlüssel umdrehen, als sie sich schon übergeben musste. Danach stützte sie sich am Waschbecken ab und blickte in den Spiegel. Aus ihrem blassen Gesicht starrten ihr zwei große Augen entgegen. Irgendetwas musste mit dem Champagner nicht gestimmt haben. Hoffentlich ging es den anderen Gästen gut. Mags drehte den Wasserhahn auf und ließ das kalte Wasser über ihre Handgelenke laufen. Es half nichts. Sie hatte das Gefühl, dass der Raum um sie herum immer enger wurde. Sie musste hier raus. Frische Luft würde ihr helfen. Sie musste ihren Kopf wieder klar bekommen. Bei dem Gedanken, durch die Halle an all den Menschen vorbeizutorkeln, wurde ihr wieder schlecht. Sie blickte sich um. Das Fenster war fast bodentief, und so würde sie keine Fragen beantworten müssen. Was hatte sie zu Thomas gesagt?

Mags schüttelte den Kopf und drehte das Wasser ab. Woher kamen bloß diese Kopfschmerzen? Hatte sie sich einen Infekt eingefangen? Oder war es doch einfach die schwüle Gewitterluft? Sie ging zum Fenster, schob den

Riegel zur Seite und die untere Scheibe nach oben. Das würde sie schaffen. Sie wollte nur raus und frische Luft. Es war zu eng hier. Sie kletterte aus dem Fenster und stolperte in Richtung Puckpuck. Sicherlich würde sie im Handschuhfach noch eine Kopfschmerztablette finden.

Der Wind war mittlerweile stärker geworden, es war fast dunkel. Mags fluchte leise, als ihr ein kleiner Stein in die Sandale rutschte. Diese blöden Schuhe. Sie musste sich an Puckpucks Seite abstützen, um sie auszuziehen. Unbeholfen öffnete sie Beifahrertür und schimpfte erneut vor sich hin. Natürlich funktionierte ausgerechnet heute die Innenbeleuchtung nicht. So würde sie nie etwas im Handschuhfach finden.

Sie hörte eine Stimme, die ihren Namen rief. Sam.

Sie würde nicht zulassen, dass er sie so sah und auslachen konnte.

Mags kletterte über den Beifahrersitz vor das Steuer und suchte nach dem Schlüssel. Seine Stimme kam näher. Sie musste sich beeilen.

Gott sei Dank sprang der Motor sofort an. Mags setzte zurück und konnte im Licht der Scheinwerfer noch kurz Sams Gesicht sehen, dann gab sie Gas.

38

Durch die offenen Fenster wehte ihr der immer frischer werdende Wind um die Nase. Gleich würde der Regen kommen, und aus der Ferne hatte sie auch schon Donnergrummeln gehört.

Langsam wurde ihr Kopf klarer. Was machte sie eigentlich am Steuer, so schwindelig, wie ihr war? War sie denn von allen guten Geistern verlassen? Mit zitternden Händen bog sie in die nächste Abzweigung ein. Der Klippenweg. Sie stellte Puckpucks Motor ab. Es wurde dunkel um sie herum, und sie ließ ihren Kopf auf das Lenkrad sinken. Immer wieder hatte sie das Gefühl, dass Nebelwolken durch ihren Kopf zogen und jeden klaren Gedanken verhinderten. Vielleicht sollte sie einfach schlafen, das wäre gut. Sie war so müde.

Ein Klingeln ließ sie hochschrecken. Warum klingelte es? Sie brauchte einige Sekunden, um sich an das Mobiltelefon in ihrer Handtasche zu erinnern. Beim zweiten Versuch schaffte sie es, auf den richtigen Knopf zu drücken.

»Ja?«

»Mags? Gott sei Dank. Wo bist du? Sam hat mir erzählt, dass es dir nicht gutging und du losgefahren bist.«

»Oh, Miss Clara. Ihr Kleid ist wirklich wunderschön, habe ich das schon gesagt?«

»Wo bist du? Du solltest so nicht Auto fahren.«

»Oh, nein. Das wäre nicht gut. Aber ich fahre ja auch nicht, ich stehe. Mein Kopf tut weh.«

»Wo genau stehst du denn?«

Mags blickte aus Puckpucks geöffnetem Seitenfenster.

»Neben dem Weißdorn. Aber er hat gar keine Blüten mehr. Gleich wird es regnen.«

Mags hörte, wie Miss Clara seufzte und etwas sagte.

»Was? Ich habe Sie nicht verstanden.«

Doch statt Miss Claras Stimme war nun die von Sam zu hören.

»Ist alles okay?«

»Oh, ja, der große Sam. Du sollst mich nicht auslachen.«

»Mags, verdammt. Ich lache dich nicht aus. Wo bist du? Wir machen uns Sorgen. Thomas ist schon ganz aufgelöst losgefahren, um dich zu suchen.«

Mags lehnte sich in ihrem Fahrersitz zurück.

»Der soll mich aber nicht finden. Er will doch nur, dass ich an die Frau mit dem roten Regenmantel glaube.«

»Welche Frau denn? Das hast du vorhin schon gesagt. Ich verstehe nicht …«

»Ha! Du verstehst das nicht. Weil du gar nicht so schlau bist, wie du gerne tust, oder? Ich hab es verstanden, als Mary es mir erzählt hat. Ich weiß, dass sie silbern war.«

»Silbern?«

»Die Kette, du solltest mir besser zuhören.«

Sie hörte, wie Sam tief Luft holte.

»Wo bist du? Miss Clara und ich kommen dich abholen. Sag doch einfach, wo du bist.«

»Ich bin in meinem Wagen.«

Plötzlich war es sehr hell, und gleich darauf donnerte es.

»Das Gewitter geht los. Ich muss die Fenster schließen. Dann ist es sicher hier drin. Bei Gewitter soll man nicht telefonieren. Ich muss jetzt auflegen.«

Bevor Sam noch etwas sagen konnte, drückte Mags auf den Knopf an der Seite des Telefons und sah zu, wie es ausging. Dann drehte sie Puckpucks Fenster hoch. Im Auto war sie sicher. Das hatte sie in der Schule gelernt. Sie würde warten, bis das Gewitter vorbei war, und dann nach Hause fahren.

Müde lehnte sie sich wieder in ihrem Sitz zurück und schloss die Augen.

Was hatte Sam gesagt? Thomas suchte nach ihr. Das war doch gut, oder? Sie mochte Thomas.

Die Kette war silbern gewesen.

Thomas mit seinen braunen Augen und der schönen Stimme.

Die Kette war wirklich silbern gewesen.

Er hatte auf die Zeichnung gezeigt. Alle Schmuckstücke waren golden gewesen. Sie musste sich irren.

Aber die Kette war wirklich silbern gewesen.

Mags öffnete die Augen und setzte sich auf.

Warum log Thomas?

Und woher kam dann die goldene Kette, die im Safe lag?

Ihr wurde wieder schlecht. Sie musste raus hier.

39

Als Mags die Autotür öffnete, wurde sie ihr fast vom Wind aus den Händen gerissen. Das Gewitter war genau über ihr.

Thomas hatte gelogen, und sie hatte den Champagner getrunken, von dem ihr so schwindelig geworden war.

Mags war innerhalb von Sekunden bis auf die Haut durchnässt, aber sie ging trotzdem weiter zur Hecke und beugte sich nach vorn. Sie musste den letzten Rest des Champagners loswerden.

Sie spuckte, bis ihr Magen leer war. Zitternd wollte sie zum Wagen zurückgehen, als sie sah, dass Scheinwerfer in den schmalen Pfad einbogen. Zurück! Sie musste runter vom Weg. Mags stolperte in die Hecke und kauerte sich zusammen. Thomas' Wagen. Sicherlich wollte er nur nach ihr sehen, machte sich Sorgen. Sie war albern und sah Gespenster. Trotzdem stand sie nicht auf.

Thomas stieg aus und ging zu Puckpucks Fenster. Er hatte eine Taschenlampe und leuchtete hinein. Dann ging er zurück zum Auto und öffnete die Tür. Die Innenbeleuchtung ging an, und Mags sah, wie er etwas in seinem Handschuhfach suchte und dann die Tür wieder schloss. Dunkelheit legte sich über ihn.

Sicherlich würde er Hilfe rufen. Sie sollte ihm Bescheid geben, dass es ihr gutging. Gerade, als sie sich aufrichten wollte, zuckte ein Blitz über den Himmel, und Mags sah, was Thomas in der Hand hielt. Das war kein Mobiltelefon, das war eine Waffe. Mags entwich ein kurzer Schrei, und sie presste die Hände vor den Mund. Dann kauerte sie sich zitternd zurück auf ihre Fersen.

Das konnte doch nicht sein! Nicht Thomas. Sie sah, wie er seine Taschenlampe erneut einschaltete und den Lichtkegel über den Weg gleiten ließ. Schnell robbte sie tiefer in die Hecke und hoffte, dass der Regen dabei alle Geräusche überlagern würde. Sie musste sich verstecken.

Thomas war mittlerweile in Richtung der Klippen gegangen. Sie hörte seine Stimme, die nach ihr rief.

Er ließ das Licht weiter über die Hecken wandern. Noch einen Meter weiter links, und er würde sie sehen. Ihr Kleid war viel zu hell, um sich damit zu verstecken.

Sie richtete sich vorsichtig auf und wich Schritt für Schritt weiter nach hinten zurück. Sie wusste, dass die Hecke noch etwa einen Meter tief war, sich dann öffnete und den Blick auf die Klippen freigab. Vorsichtig setzte sie einen Fuß hinter den anderen. Der Boden war zerklüftet, und die Kaninchen hatten alles mit ihren Bauten durchzogen. Als sie gerade am Ende der Hecke angekommen war und überlegte, ob sie nach links zur Straße oder lieber nach rechts Richtung Klippenweg gehen sollte, wurde sie vom Lichtkegel gestreift.

»Mags? Warte!«

Thomas' Stimme. Sie duckte sich schnell und hörte, wie er in die Hecke trat und die Zweige unter seinem Gewicht brachen.

»Mags, warte. Du musst doch ganz müde sein. Ich bringe dich nach Hause.«

Sie merkte, wie ihr Tränen der Angst und Wut in die Augen stiegen. Der Regen und die Kälte halfen ihr, wieder einen klaren Kopf zu bekommen. Er musste ihr etwas in den Champagner gemischt haben, deswegen hatte sie nicht mehr richtig denken können! Zum Glück war ihr so schlecht geworden.

»Komm, bleib stehen. Ich fahre dich nach Hause. Die anderen machen sich schon Sorgen.«

Mags wich weiter zurück und stolperte dabei über das Kleid. Mit einem unterdrückten Fluchen raffte sie den Stoff zusammen und riss daran.

Nur noch wenige Meter bis zur Absperrung. Sie tastete sich in Richtung Klippe vor. Wenn sie es schaffte, dass Thomas ihr weiter folgte, vielleicht könnte sie ihn zum Rand der Klippe locken?

Ihr Telefon lag noch auf Puckpucks Beifahrersitz. Sie holte tief Luft. Ihre Stimme zitterte vor Angst.

»Thomas? Mir ist schwindelig, alles dreht sich. Kannst du mich holen?«

Sie sah, wie die Taschenlampe in ihre Richtung geschwenkt wurde und duckte sich erneut.

»Ich komme. Bleib stehen, dann bringe ich dich nach Hause. Alles ist gut, ich bin ja da.«

Mags knirschte mit den Zähnen.

Es ging um die Kette. Sie musste versuchen, ihre Gedanken zu sammeln. Was war ihr vorhin aufgefallen? Die Kette im Garten war silbern gewesen. Sie hatte eine silberne Kette gefunden und Thomas gegeben. Doch die Kette im Safe war aus Gold.

Mags stolperte weiter. Ein erneuter Blitz erhellte alles, und sie sah, dass Thomas mittlerweile nur noch wenige

Meter von ihr entfernt war. Sie duckte sich unter der Absperrung hindurch. Jetzt musste sie schnell sein.

Würde er es wagen, ihr zu folgen?

Liebe Janet. Was hatte in den Briefen gestanden? Das silberne Kleid. Das Verlobungsgeschenk von Thomas, die Kette für Emily. Die hatte sie im Garten gefunden. Keine der alten Ketten aus der Sammlung der Williams. Thomas musste sie ausgetauscht haben. Mags schüttelte erneut den Kopf. Der Regen schlug ihr ins Gesicht, und ihr Herz klopfte ihr bis zum Hals. Thomas musste die Ketten ausgetauscht haben. Silber gegen Gold. Doch nur derjenige, der in der Nacht den Schmuck gestohlen hatte, konnte die alte Kette haben. Und wer den Schmuck gestohlen hatte, hatte auch Emily ...

Donner durchbrach krachend den Regen. Sie beeilte sich, zum Rand der Klippe zu kommen. Ein alter Zaun ragte schief über dem Abgrund auf. Perfekt. Schnell wickelte sie das abgerissene Stück Kleid um den Stacheldraht. Hoffentlich würde Thomas darauf zueilen. Er war schwerer als sie.

»Mags? Mags!«

Sie sah, wie das Licht der Taschenlampe über den glänzenden Stoff strich und duckte sich noch tiefer. Er war nur noch wenige Schritte entfernt.

Er trat den letzten Schritt nach vorn, konnte den Stoff fast berühren. Der Boden war brüchig, der Regen hatte ihn noch weiter durchspült. Mags hielt den Atem an, dann brach die Kante ab.

40

»Ist dir nie aufgefallen, dass die Kette, die du gefunden hast, viel neuer und moderner war, als dass sie in die Sammlung von Thomas' Urgroßvater hätte gehören können?«

Miss Clara saß an Mags' Bett und blickte sie erstaunt an.

Die schüttelte den Kopf und lächelte. »Nein, ist es mir nicht. Schon Arthur hat sich immer wieder darüber beschwert, dass ich seine Geschenke nicht zu schätzen wusste. Einmal hat er mir Ohrringe geschenkt und mich dann eine halbe Stunde später gefragt, welche Farbe die Steine hätten. Ich konnte es ihm nicht sagen. Schmuck bedeutet mir nichts.«

Miss Clara lachte.

»Ich bin mir sicher, den nächsten Mann, der um dich wirbt, wird das sehr freuen. Trotzdem kann ich mir immer noch nicht vorstellen, dass Thomas zu so etwas in der Lage ist.«

Mags nickte. »Das hätte ich auch nie geglaubt.«

Es klopfte vorsichtig an der Tür. Als Miss Clara öffnete, stand Sam vor ihr.

»Darf ich reinkommen?«

Miss Clara trat einen Schritt zurück und lächelte Sam an.

»Ich muss sowieso kurz nach meinem Kuchen sehen.«

Sie legte Mags noch sanft ihre Hand auf die Wange.

»Ich bin sehr froh, dass dir nichts passiert ist.«

Damit ging sie aus dem Zimmer.

Mags blickte den großen Mann an, der blass und müde aussah.

»Ich komme gerade aus dem Krankenhaus.«

Mags schluckte. »Wie geht es Thomas?«

Sam trat einen Schritt nach vorne.

»Den Umständen entsprechend. Ein Arm ist gebrochen, und er hat eine leichte Gehirnerschütterung.«

Mit einem kurzen Zögern setzte sich Sam auf den frei gewordenen Stuhl.

»Die Rettungskräfte erzählten mir, dass er immer wieder darauf beharrte, du seist mit ihm abgestürzt?«

Mags holte tief Luft.

Nachdem Thomas über die Klippe gestürzt war, war sie zum Auto gerannt und hatte Hilfe gerufen. Und dann war alles so schnell gegangen. Sam und Miss Clara waren gekommen, außerdem die Polizei und die Feuerwehr. Sie hatten Mags, die zitternd, zerkratzt und schlammig in ihrem Wagen gesessen hatte, untersucht und ihr etwas zur Beruhigung gegeben. Sie hatte Mary Shifter und Inspector Johnson, die ebenfalls da waren, nur noch kurz und wirr erzählen können, was passiert war, ehe sie im Krankenwagen einfach eingeschlafen war.

Mags trank einen Schluck Tee und blickte Sam an.

»Ich habe mein Kleid zerrissen, es an den Zaun an der Abbruchkante gebunden und mich dann versteckt. Er hat geglaubt, ich stünde da, und hat nach mir gegriffen. Um mich zu halten? Oder um mich zu stoßen? Thomas hatte eine Waffe.«

Sam nickte.

»Ja, die Polizei hat sie gefunden. Und Thomas hat gestern Nacht alles gestanden. Inspector Johnson hat es mir erzählt. Ich durfte nur kurz zu ihm.«

»Thomas hat sie getötet, oder?«

Mags sah, dass Sam noch blasser wurde und aus dem Fenster blickte. Wie immer nach einem Gewitter war die Luft klar, und die Sonne schien, als sei nie etwas geschehen.

»Ja, hat er.«

»Warum denn bloß? Er hat sie doch geliebt.«

»Er sagt, dass sie ihn dabei überrascht habe, wie er den Tresor ausgeräumt hat.«

Sam fiel es sichtlich schwer, weiterzusprechen.

»So wie es aussieht, hatte Thomas den Plan, den Schmuck selbst zu stehlen und es wie einen Einbruch aussehen zu lassen. *The Shelter* hing damals an einem seidenen Faden, es fehlte an Geld, und er wollte das Anwesen nicht verlieren. Wenn der Schmuck gestohlen worden wäre, würde die Versicherung eine große Summe bezahlen.«

»Und wie kommt Emily dazu? Nach allem, was ihr erzählt habt, hätte sie bei so etwas nie mitgemacht!«

Sam nickte.

»Wie gesagt, sie überraschte ihn. Er versuchte, es ihr zu erklären, doch sie weigerte sich mitzumachen. Sie stürmte in ihr Zimmer und packte einen Koffer. Er hielt sie auf, und die beiden haben gestritten. Er muss sie gestoßen haben, so dass sie stürzte. Aber ich weiß nicht, ob das so stimmt. Dafür gibt es ja keine Zeugen. Thomas kann sehr jähzornig sein. Wer weiß, wie es tatsächlich passiert ist.«

»Und die Kette? Was sollte das alles? Warum hat er sie ausgetauscht?«

Sam blickte sie wieder an.

»Thomas sagt, nachdem er gesehen habe, dass Emily tot war, sei er in Panik geraten. Er habe sie in den Garten geschleppt und vergraben. Auf dem Weg muss sie die Kette verloren haben. Danach ging er ins Haus und versteckte den Schmuck. Eigentlich wollte er auch den Koffer wieder verstauen, aber die Zeit reichte nicht.«

Mags schüttelte den Kopf.

»Aber warum hat er die Ketten ausgetauscht und ist so ein Risiko eingegangen? Ich hätte ja jederzeit darauf bestehen können, eine silberne Kette gefunden zu haben.«

»Ja, das stimmt. Aber für ihn war die silberne Kette ein Zeichen für Emilys Verrat.«

Mags sah, wie Sam bei diesen Worten litt.

»Verrat, so hat er es wirklich genannt. Er lag vor mir im Krankenhausbett und sagte, sie habe ihn verraten und sei nie wirklich gut genug gewesen, um so eine Kette zu besitzen. Deswegen hatte er sie in den Fluss geworfen und gegen eine der alten Ketten ausgetauscht.«

Sam zuckte mit den Schultern.

»Ich habe ihn kaum noch erkannt. Es war …«

Er holte tief Luft.

»Es war, als ob ein Fremder vor mir säße. Die Polizei hat ihn dann auch nach Eric Clay gefragt. Thomas schweigt bisher dazu, aber Johnson meinte, dass er glaubt, dass Thomas alles arrangiert und in Eric einen Sündenbock gefunden hat.«

Mags schluckte. »Das heißt, er hat auch Eric umgebracht?«

Sam nickte.

»So sieht es aus. Du hattest recht. Der Junge hatte nichts mit Emilys Verschwinden zu tun. Er hat sie nur geliebt.«

Mags hatte Tränen in den Augen.

»Das ist doch Wahnsinn.«

Sam stand auf und ging zur Fensterbank.

»Ich glaube nicht. Thomas konnte nicht verlieren, nicht Emily, nicht *The Shelter*. Er konnte nicht und musste dann handeln.«

Er drehte sich um.

»Und gestern wollte er dich töten. Ich war nicht schnell genug, um dir zu helfen.«

Mags schnaubte empört.

»So wie es aussieht, konnte ich mir ja selbst helfen, oder?«

»Ja, das stimmt. Aber ich hätte dir trotzdem gerne beigestanden. Nenn es altmodisch.«

Mags musste an Miss Clara denken, die vorhin auch ein altmodisches Wort benutzt hatte.

»Wirbst du etwa um mich?«

»Na ja, ich habe es versucht, aber irgendwie hast du auf alle meine Versuche nur damit reagiert, immer lauter zu fluchen.«

»Ich dachte, du lachst über mich in meiner Latzhose und mit meinen klobigen Gartenschuhen. Ich dachte, du seist ein pingeliger, spießiger, arroganter Oxford-Schnösel voller Vorurteile.«

»Na, danke schön. Aber anscheinend bist du diejenige, die den Kopf voller Vorurteile hat.«

Nach kurzem Zögern nickte Mags.

»Ja, erwischt.«

Sie grinste Sam an und streckte ihm ihre Hand entgegen.

»Freunde?«

Er zuckte zusammen, und mit einem leicht gequälten Ausdruck schlug er ein.

»Vorerst. Ich muss heute zurück. Ich habe für das Trimester eine Vorlesung übernommen und muss morgen wieder in Oxford sein.«

Mags schluckte.

»Kommst du wieder?«

Sam grinste.

»Nun, wenn du es mir erlaubst? Ich habe meine Recherchen noch nicht abgeschlossen, und in drei Monaten bin ich wieder frei.«

Mags nickte, und Sam ging Richtung Tür.

»Ach, Sam, hat Thomas vielleicht gesagt, wo er die Kette in den Helford River geworfen hat?«

Sam lachte.

»Nein, leider nicht. Also wohl ein weiterer verschollener Schatz für Cornwall.«

BRENDA NOVAK

ICH TÖTE DICH

THRILLER

atb

1. KAPITEL

Alle sind böse. So oder so.

Richard Ramirez, Der Night Stalker

Zwanzig Jahre später ...

Wenn er könnte, würde er sie umbringen. Einmal hatte er sie bereits angegriffen. Das durfte sie nicht vergessen.

Doktor Evelyn Talbot legte den Kugelschreiber auf ihren Notizblock, fuhr mit den Fingern unter die Brillengläser und rieb sich die Augen. Sie hatte letzte Nacht nicht viel geschlafen, weil sie wieder einen ihrer furchtbaren Albträume hatte. »Es gibt einen Grund, dass das Plexiglas da ist, Hugo. Es wird immer zwischen uns sein. Und wir wissen beide, weshalb.«

Das war nicht die Antwort, auf die er gehofft hatte. Er verzog nervös sein attraktives Gesicht mit der hohen Stirn und den unschuldig aussehenden braunen Augen, aber er achtete darauf, die Stimme nicht zu erheben. Im Gegenteil, er senkte die Stimme, als er beteuerte: »Ich werde Ihnen kein Härchen krümmen, das schwöre ich. Ich muss Ihnen nur etwas erzählen. Kommen Sie auf meine Seite herüber, damit ich flüstern kann. Es dauert nur eine Minute.«

Er würde noch weniger Zeit brauchen, um ihr die Hände um die Kehle zu legen oder sie krankenhausreif zu schlagen, wie er es gemacht hatte, als sie ihm in San Quentin zum ersten Mal begegnet war.

Sie nahm wieder ihren Kugelschreiber und erwiderte in dem verbindlichen Tonfall, den sie bei ihren Patienten anschlug: »Sie wissen, dass das nicht geht. Also sagen Sie, was Sie zu sagen haben.

Hier und jetzt. Wir drehen uns mit diesem Spielchen jetzt schon seit zwei Wochen im Kreis.«

Er wandte sich um und blickte zur Kamera hinauf, die ihn beobachtete. Jedes Mal, wenn sie sich mit einem Insassen traf, überwachte ein Gefängnisaufseher, der in einem Zimmer am Ende des Korridors saß, die Begegnung über das hauseigene Videoüberwachungssystem. Die Insassen glaubten, dass sie aus Sicherheitsgründen unter Beobachtung standen, aber diese Sitzungen wurden aufgezeichnet und gespeichert. Die Videos ermöglichten ihr, Nuancen in der Körpersprache der Gefangenen zu analysieren, was zusammen mit den Mustern ihres verbalsprachlichen Ausdrucks der Kernbereich von Evelyns Forschung war.

»Ich *kann* nicht«, bekräftigte er. »Nicht vor den Kameras. Wenn ich das tue, bin ich ein toter Mann.«

Das musste ihm jemand glaubhaft eingeimpft haben. *Das* zumindest nahm sie ihm ab. Aber ihre Patienten verstanden sich aufs Lügen, deshalb war auch gut möglich, dass sie sich irrte. Vielleicht dachte er sich das alles nur aus. »Wer sollte Ihnen etwas antun?« Sie beugte sich dichter an die Scheibe. »Und wie?«

Evelyn beobachtete Hugo Evanski schon, seit Hanover House vor drei Monaten im November eröffnet worden war. Er war einer der ersten Psychopathen gewesen, die man hierher verlegt hatte, und er schaffte beeindruckende 37 von 40 möglichen Punkten auf Hares Checkliste für Psychopathen, auch PCL-R genannt. Doch wer ihn sah oder mit ihm redete, wäre nie auf die Idee gekommen, dass er fähig war, einen Mord zu begehen. Evelyn fand ihn intelligent, zugänglich und meistens höflich. Er war sogar hilfsbereit, wenn er die Gelegenheit dazu bekam.

Der Gedanke war ihr etwas suspekt, aber wenn es unter den Psychopathen, zu deren Erforschung sie nach Alaska gekommen war, jemanden gegeben hätte, den sie als Freund bezeichnen würde, wäre es Hugo gewesen. Vielleicht fühlte sie sich aus diesem Grund versucht, ihm zu vertrauen, selbst nach allem, was er bereits getan hatte, und trotz allem, was sie selbst durchgemacht hatte.

»Ich hatte recht mit Jimmy, stimmt's?«, fragte er.

Er hatte sie vor anderthalb Monaten gewarnt, dass ein anderer Insasse plante, sich mit einem Laken zu erhängen. Ohne Hugo wäre Jimmy Wiese jetzt tot.

»Ja, aber Sie haben nicht von mir verlangt, dass ich für diese Information mein Leben aufs Spiel setze.«

»Weil Jimmy keine Gefahr für mich ist!«

»Und wer ist gefährlich?«

Er schloss die Augen und stieß die Stirn rhythmisch gegen die Scheibe.

Evelyn wartete.

»Was kann ich tun?«, fragte er nach einer Weile des Schweigens. »Was muss ich tun, damit Sie mir glauben? Damit Sie mir ein kurzes Gespräch unter vier Augen gewähren?«

Er hatte fünfzehn Frauen erwürgt und Evelyn angegriffen und verletzt. Das bedeutete, er konnte *überhaupt nichts* tun, denn sie war nicht so dumm, ein solches Risiko erneut einzugehen.

»Es tut mir leid«, sagte sie. »Ehrlich.«

Sein Blick fiel auf die sechs Zentimeter lange Narbe an ihrem Hals. »Das ist *seine* Schuld.«

Sie berührte das vernarbte Gewebe. Vielleicht hatte Hugo recht. Trotzdem amüsierte es sie, dass er die Schuld an ihrer Reserviertheit nicht im Geringsten mit seinem eigenen Verhalten am Tag ihres Kennenlernens in Verbindung zu bringen schien. Sie hätte ihn darauf hinweisen können, aber was er ihr erzählen wollte, interessierte sie mehr. »Ja.«

Er stand auf und ging unruhig in der kleinen Kabine herum, die *seine* Hälfte ihres Treffpunktes und gewissermaßen ihre Behandlungscouch darstellte. »Ich würde alles in meiner Macht stehende tun, damit Ihnen nichts geschieht«, versicherte er.

»Und wie war das in San Quentin?« Diesmal konnte sie es sich nicht verkneifen.

»Damals kannte ich Sie noch nicht. Inzwischen liegen die Dinge anders.«

Taten sie das *wirklich*? Das war die Frage.

»Das weiß ich zu schätzen«, räumte sie ein, was aber nicht bedeutete, dass sie ihre Meinung geändert hatte.

Er hielt inne und wandte sich ihr zu. »Verstehen Sie denn nicht? *Sie sind nicht sicher.* Keiner von uns ist sicher.«

Er redete in einem eindringlichen Tonfall auf sie ein und setzte dabei eine Miene auf, dass sich ihre Härchen auf dem Arm aufrichteten. Was wollte Hugo erreichen? Wollte er ihr Angst einjagen?

Sie musste sich eingestehen, dass es funktionierte – aber nur, weil so etwas vor dem 1. Januar noch nicht zu seiner Taktik gehört hatte. Und er wirkte so überzeugend und so ernsthaft dabei.

Anscheinend war sogar *sie* noch manipulierbar.

Evelyn nahm Notizblock und Kugelschreiber und stand auf. »Ich bedaure, aber wir müssen unsere Sitzung heute leider früher beenden. Sie steigern sich da in etwas hinein ... Was auch immer der Grund sein mag, weshalb Sie sich so aufregen – so kommen wir jedenfalls nicht weiter.«

»Warten Sie!« Er trat an die Scheibe. »Evelyn ...«

Als sie ihn verblüfft ansah, weil er ihren Vornamen benutzte, als seien sie so vertraut miteinander, dass es ihm zustand, fiel er wieder in die übliche, formelle Anrede zurück.

»Dr. Talbot, hören Sie mir zu. Bitte! Das hier ist ein Gefängnis für Psychopathen, stimmt doch, oder? Männer, die skrupellos und ohne zu zögern andere umbringen.«

Darauf erwiderte sie nichts, weil sie keinen Sinn darin sah. Er wiederholte nur, was beide wussten.

»Ich will Ihnen doch nur sagen, dass ...«, er blickte wieder zur Kamera hinauf, »nicht jeder Killer in Hanover House hinter Schloss und Riegel sitzt.«

Damit hatte sie wirklich nicht gerechnet. »Was meinen Sie damit?«

»Mehr kann ich nicht sagen. Es sei denn ... es sei denn, Sie geben mir die Möglichkeit, unter vier Augen mit Ihnen zu reden. Dann erzähle ich Ihnen, was ich weiß und was ich gesehen und gehört habe. Und ich werde Ihnen nichts tun. *Ich versuche doch nur, Ihnen zu helfen!*«

Evelyn hatte keine Lust, sich noch mehr davon anzuhören. Hugo wollte anscheinend seine Position in ihrer Beziehung stärken, indem er sich als ihr Beschützer gebärdete, während er gleichzeitig ihr Sicherheitsgefühl zu unterminieren versuchte. Das durfte sie ihm auf keinen Fall erlauben. Mit sechzehn hatte es sie fast das Leben gekostet, sich in einen Mann wie Hugo zu verlieben. Seit sie vor acht Jahren Psychiaterin geworden war, lebte sie nur dafür, das Mysterium skrupelloser Mörder zu erforschen. Sie wusste mehr über die Denkweise von Psychopathen als irgendjemand sonst auf der Welt, ausgenommen vielleicht Dr. Robert D. Hare, der die PCL-R-Liste entwickelt hatte und seit fast dreißig Jahren auf demselben Gebiet forschte. Bedauerlicherweise wusste sie längst nicht so viel, wie sie wollte, und nicht annähernd genug, um vor Überraschungen gefeit zu sein.

»Wir treffen uns übermorgen zur gewohnten Zeit«, sagte sie Hugo. »Sie sollten versuchen, sich zu entspannen. Sie werden allmählich paranoid.«

Nach diesen Worten wandte sie sich zum Gehen, aber das wollte er nicht auf sich sitzen lassen. »Sie werden schon sehen«, rief er ihr hinterher, »und sich wünschen, Sie hätten mir geglaubt!«

* * *